Traîtrises

PENELOPE
WILLIAMSON

Traîtrises

ROMAN

Traduit de l'américain
par Nicole Ménage

J'AI LU

Titre original
BELOVED ROGUE

Éditeur original
Avon Books, a division of the Hearst Corporation, N.Y

1

Pieds nus sur l'épais tapis de jonc qui ne parvenait guère à réchauffer le sol, Alexia Carleton, transie, observait ce qui se passait dans la cour par la fenêtre à treillis.

Il restait encore une heure avant l'aube. Dans la pâle clarté lunaire, la haute silhouette de son père se détachait parmi les membres du clan. Elle reconnut son rire rauque quand il ceignit son épée. Il portait son casque et sa cotte d'armes, ce qui indiquait l'éventualité d'un combat.

Bien que sa chambre fût située au troisième étage du château de Thirlwall, Alexia percevait la tension des hommes autant que la nervosité des chevaux qui martelaient les pavés de leurs sabots ferrés.

Elle se détourna avec un frisson qui n'était pas dû qu'au froid. Une excitation mêlée d'effroi l'habitait. Ce qu'elle s'apprêtait à faire était dangereux, voire insensé. Sa mère, lady Edwina, trouverait cela scandaleux, pensée qui amena un sourire espiègle sur ses lèvres.

S'efforçant de rester calme, elle se dirigea vers le coffre placé au pied de son lit et en extirpa un petit ballot attaché par une ficelle. Dans l'obscurité, elle enfila tant bien que mal les vêtements qui s'y trouvaient et pour elle tout ce qu'il y a de plus inhabituels : des hauts-de-chausses, une chemise, un pourpoint et des bottes en cuir usées. Des habits et des bottes appartenant au palefrenier, Willie Bell, tout au moins jusqu'à ce qu'elle l'en dépouille en les jouant aux dés dans une stalle vide, au fond de l'écurie, la veille. Elle avait insisté pour emporter son gain sur-le-champ et se remémora avec amusement le pauvre Willie essayant de cacher sa nudité avec une poignée de paille en la suppliant de ne pas le regarder. Compréhensive, elle s'était détournée non sans lui jeter un coup d'œil des plus intéressés au passage.

Les vêtements auraient presque pu être taillés pour elle. Alexia était grande pour une femme. Trop grande, même, comme sa mère se plaisait à le lui répéter. Selon elle, aucun homme ne voudrait d'une épouse qu'il ne pourrait dominer sur tous les plans. Elle ignorait que sa fille s'accommodait fort bien de cette fatalité. À quatorze ans, Alexia n'avait pas l'intention de se marier avant longtemps.

Elle se prit à souhaiter que Willie Bell n'ait pas de puces et ressentit des démangeaisons à cette seule idée. Elle prit dans le coffre le dernier accessoire : un superbe chapeau qu'elle avait payé pas moins de trois shillings à la foire de la Saint-Michel, à Gilsland. En velours rouge, il était orné d'une plume de perdreau.

La veille au soir, elle avait noué ses longs cheveux bruns en deux tresses épaisses afin de les ramasser plus aisément sous le couvre-chef. Malgré la pénombre, elle fut à même de juger de l'effet de son déguisement masculin dans la psyché en argent poli. Imitant un chevalier qu'elle avait vu saluer au mariage de sa cousine, elle plaça sa main droite sur son cœur et s'inclina devant son image avec un vaste geste circulaire du bras gauche.

Une porte claqua quelque part dans le château, lui

rappelant qu'elle ne devait pas s'attarder. Elle traversa la pièce et s'arrêta à mi-parcours, se rappelant in extremis qu'elle oubliait la seule chose qu'elle ne pouvait surtout pas se permettre de laisser derrière elle.

Revenant hâtivement sur ses pas, elle heurta malencontreusement le socle du lit. Un soupir et un bruissement d'étoffe se firent entendre. Alexia retint son souffle, compta jusqu'à vingt, puis écarta doucement les rideaux du baldaquin. Dans l'obscurité, elle distingua le dos de sa sœur Evie qui se soulevait au rythme d'une respiration régulière. Ses longs cheveux aussi sombres que les siens s'étalaient sur l'oreiller.

Sans quitter des yeux la jeune fille endormie, elle glissa une main sous son propre oreiller d'où elle retira avec précaution un couteau.

Un nuage de vapeur blanche se forma autour du visage de sir Thomas Carleton quand il s'exclama, d'un ton qui recouvrit la rumeur de la foule qui s'agitait dans la cour :

— Sacré nom de nom ! Rufus ! Où êtes-vous ?

Un jeune homme trapu, aux cheveux d'un brun terne, leva les yeux de la sangle qu'il était en train de fixer autour du ventre de son cheval, et son regard s'arrêta sur... Alexia. Tapie contre l'animal, elle espérait passer inaperçue. Il reporta son attention sur le père de la jeune fille.

— Ici, monsieur.

Sir Thomas se dressa devant son régisseur.

— Doublez la garde auprès des troupeaux, Rufus. J'ai un sale pressentiment. Quelque chose me dit que dès que nous aurons le dos tourné, Maxwell en profitera pour venir voler nos bêtes.

Rufus Hall repoussa le cheval d'un coup de genou.

— Je croyais qu'en qualité de gouverneur écossais, lord Maxwell serait au March Meeting. Cette réunion des frontaliers le concerne au premier chef.

— Bien sûr que ce moins que rien y sera, mais peut-être pas tous ses fils. J'ai moi-même songé à profiter de l'occasion pour m'emparer de son bétail, alors soyez certain qu'il aura eu la même idée. Doublez la garde.

Le visage buté de Rufus s'assombrit mais il s'inclina néanmoins :

— Bien, monsieur.

Il se hissa en selle, et Alexia s'éloigna. Si le régisseur l'avait reconnue, il allait prévenir son père sans délai. Rufus Hall n'avait jamais laissé passer une occasion de lui nuire.

Elle longea le bâtiment des cuisines en courant et se retrouva près du tas de fumier qui empestait malgré l'air glacial du petit matin. Il faisait plus sombre à l'arrière du château et, semblait-il, encore plus froid. Frissonnante, elle referma ses bras autour d'elle.

— Willie ? Où es-tu ?

— Ici, maîtresse.

Elle fit volte-face en sursautant. Un jeune homme maigre comme un clou, les cheveux filasse, émergea de derrière la réserve à grain en tenant par la bride une jument alezane. Le voyant qui grelottait dans ses guenilles, Alexia réalisa qu'elle l'avait privé des seuls vêtements corrects en sa possession.

— Je te rendrai tes habits ce soir, dès que nous serons rentrés, lui promit-elle.

— Vous ne devriez pas faire ça, maîtresse.

— Eh bien, je le ferai quand même.

Elle prit la bride mais Willie tira en sens inverse et la jument s'ébroua.

— Vous allez vous attirer des ennuis, c'est sûr. Enfin.

Vous ne direz pas à sir Thomas que je vous ai aidée, n'est-ce pas ?

Le grincement des chaînes qui soulevaient la herse se fit entendre.

— Je ne soufflerai mot, je te le jure.

Willie lui jeta un regard sceptique.

— Tu peux me croire, siffla-t-elle entre ses dents. Nom d'un chien, Willie Bell, laisse-moi partir !

Il lâcha la bride en soupirant et s'écarta. Sans lui laisser le temps de changer d'avis, Alexia enfourcha l'animal et s'éloigna au trot pour rejoindre les hommes du clan qui s'avançaient en file vers le corps de garde.

C'était le moment le plus délicat : se mêler à la foule sans attirer l'attention avant d'être à bonne distance de Thirlwall. Car, si on la démasquait alors que le château était déjà loin, son père serait obligé de l'emmener avec lui. Il entrerait dans une colère noire mais il n'oserait pas la renvoyer sans compagnie, et il ne pouvait se permettre de détacher une escorte pour la ramener. Et puis, elle n'était pas si sûre qu'il serait vraiment fâché. Il la savait capable de se débrouiller, l'ayant lui-même élevée comme un garçon, lui apprenant à se battre à l'épée, à manier la lance et à se servir d'un arc.

Elle caressa le manche en argent ouvragé du couteau qu'elle portait à la ceinture. Son père le lui avait offert pour le Nouvel An et, pour une fois, sa mère n'avait fait aucun commentaire désobligeant sur le bien-fondé de ce présent. Dans les régions frontalières entre l'Angleterre et l'Écosse, la mort pouvait surgir du nord à tout moment et chacun, les femmes y comprises, dormait avec un poignard sous son oreiller.

Alexia garda la tête baissée sous son chapeau jusqu'à ce qu'ils aient franchi la grille et le pont-levis. Peu après, ils prirent de la vitesse. À un moment, le cavalier qui la précédait, un jeune homme à peine plus âgé qu'elle, se retourna. La plus vive stupeur se peignit sur ses traits quand il la reconnut. Sans se démonter, Alexia lui adressa un clin d'œil et l'invita à se taire en posant un doigt sur ses lèvres. Il détourna les yeux en rougissant.

Pivotant sur sa selle, elle contempla au loin la silhouette du château de Thirlwall avec ses remparts crénelés. Dans la lumière blanche de l'aube naissante, la forteresse paraissait imprenable et Alexia en conçut une satisfaction certaine. Aussi longtemps que Thirlwall veillerait ainsi sur la lande du Cumbrian, il y aurait des Carleton pour la défendre.

Deux semaines seulement s'étaient écoulées depuis la Saint-Michel mais, déjà, les nuits d'octobre étaient glaciales. Toutefois, les journées demeuraient anormalement chaudes pour la saison et les gelées matinales ne résistaient pas longtemps à l'ardeur du soleil. La sécheresse sévissait et la lande avait pris la couleur des fougères mortes, un gris brunâtre. Il avait à peine plu durant l'été et pas une goutte de pluie n'était tombée au cours de l'automne. La moisson en avait souffert, le gibier était rare et la famine menaçait de sévir cet hiver. De nombreux pillages étaient à redouter.

Ils étaient monnaie courante dans ces régions, et ce quelle que soit l'abondance des récoltes. Après trois siècles de guerres perpétuelles entre l'Angleterre et l'Écosse, ces attaques de pillards faisaient maintenant partie intégrante de leur vie. Jadis question de survie, elles constituaient aujourd'hui une habitude. La nuit, des clans franchissaient les collines escarpées, et traversaient les plaines marécageuses pour piller puis brûler les maisons. Bien entendu, ils repartaient avec le bétail, principalement des moutons et des chevaux. Le jour, ils se rencontraient dans les tavernes de Carlisle pour se défier aux cartes, aux dés ou aux courses de Langholm où les paris allaient bon train. Ainsi l'histoire avait-elle lentement légalisé, banalisé la guerre, le vol et le meurtre entre les deux pays.

Une fois ou deux dans l'année, une journée de trêve était décrétée à l'occasion d'un « March Meeting », une rencontre des frontaliers où les clans ennemis se réunissaient pour tenter de trouver un terrain d'entente. Sir Thomas n'était pas seulement le chef du clan Carleton. Depuis maintenant dix ans, il était gouverneur des frontières de l'ouest qu'il défendait au bénéfice des Anglais, les protégeant des invasions et s'efforçant de maintenir l'ordre dans cette région de l'Angleterre où régnait l'anarchie. À ce titre, il présidait cette réunion avec son plus grand ennemi, lord Maxwell, défenseur du point de vue écossais.

Un jour, la reine Elizabeth Ire d'Angleterre les avait comparés à deux voleurs rivaux auxquels on aurait donné la couronne royale à nettoyer. Le fait est que les deux gouverneurs, l'un comme l'autre pilleurs notoires, n'avaient jamais été capables de respecter les accords de paix qu'ils avaient pourtant eux-mêmes établis. Plus d'une journée de trêve s'était terminée par une gigantesque bagarre.

Les femmes n'étaient pas admises lors de ces réunions, hormis bien entendu les filles de joie, considérées au même titre que les colporteurs, jongleurs et autres amuseurs publics. Mais il n'y avait pas de place pour les dames, et encore moins pour les demoiselles de bonne famille. Aussi Alexia avait-elle décidé d'enfreindre cette règle, trouvant parfaitement injuste que les hommes se réservent toujours les côtés les plus agréables et les plus intéressants de la vie. De plus, elle brûlait d'envie de voir à quoi ressemblaient ces maudits

Maxwell. Jusqu'ici, elle ne les avait jamais entrevus que de nuit, cachée dans le donjon, quand ils venaient voler les bêtes des Carleton.

Mieux valait qu'aucun d'entre eux ne tombe entre ses mains, songeait-elle comme ils approchaient des rives de la Lyne. La sécheresse l'avait réduite à un mince filet d'eau mais le gué était étroit et ils durent le franchir en file indienne. Son régisseur à ses côtés, sir Thomas s'écarta pour laisser passer ses hommes. Alexia tenta de se fondre dans le nombre. Parvenue à la hauteur de son père, elle toussa. Un prétexte pour se couvrir le visage d'une main, mais...

— Alexia ! rugit sir Thomas.

Elle feignit de ne pas l'entendre, réaction d'autant plus ridicule que tous les autres s'étaient arrêtés et la dévisageaient avec stupeur.

— Bon sang, Alexia, viens ici !

Déglutissant péniblement, Alexia fit exécuter une volte à sa jument et se prépara à affronter son père. Elle garda la tête baissée pendant qu'il laissait exploser sa fureur, menaçant de lui donner une correction avec le plat de son épée, de l'enfermer dans une cave de Thirlwall et de la mettre au pain et à l'eau pendant une semaine, puis de laisser lady Edwina la corriger comme elle l'entendrait.

— Inutile de parler dans le vide, conclut-il. Il est trop tard pour que tu rentres maintenant mais ne nous crée pas de problèmes, d'accord ? acheva-t-il en agitant un doigt noueux sous le nez de sa fille.

— Oui, père.

— Et arrange-toi pour qu'aucun Maxwell ne te voie. Si jamais ils découvraient ta présence, ils te prendraient en otage et j'en serais réduit à me dépouiller de tous mes biens pour te récupérer.

Alexia leva enfin les yeux.

Le régisseur l'observait avec une satisfaction visible, se délectant de la semonce qu'elle venait de recevoir.

— Rufus vous recommandera de me passer en profits et pertes, comme un troupeau de moutons touché par la gale. N'est-ce pas, Rufus ? ne put-elle s'empêcher de persifler.

— Pas d'insolence ! intervint son père. Et ne l'appelle pas Rufus. Tu n'es encore qu'une gamine, aussi je te prie de t'adresser à tes aînés avec tout le respect qui leur est dû.

Alexia ouvrit de grands yeux faussement effarés.

— Comment ceux qui m'estiment en âge de convoler pourraient-ils encore me considérer comme une enfant ?

Sir Thomas s'éloigna en grommelant suivi d'un Rufus rougissant de colère et d'embarras.

La jeune fille sourit. Elle ne pouvait s'empêcher de taquiner le régisseur, c'était plus fort qu'elle. Il était tellement hautain ! De plus, il ne la portait pas dans son cœur, bien qu'il eût suggéré à son père de la lui donner pour épouse. Mais si Rufus était un gentleman, il n'en était pas moins issu d'une famille pauvre et sir Thomas nourrissait pour sa fille de plus hautes ambitions. Il avait refusé.

La question de son mariage était d'ailleurs une source de dilemme pour lord Carleton. Alexia était la préférée de son père, et il ne semblait pas pressé de la perdre en la mariant. D'un autre côté, il n'avait pas d'héritiers mâles, et il rêvait d'être grand-père. Quant à Evie, cette pauvre Evie, jamais elle ne convolerait. Alexia restait le seul espoir de sir Thomas.

Ils retrouvèrent les autres clans anglais sur le bord de l'Esk. Sur la rive opposée se tenaient les Écossais. Alexia descendit de cheval en ignorant le sourire conciliant de Rufus.

— Les Maxwell sont là, dit-il. J'aperçois leur étendard.

Orné de gueules à faucon argenté, en l'absence de vent, il pendait pour l'heure mollement.

— Père, lequel est lord Maxwell ?

Sir Thomas tourna vers elle son visage ridé.

— Je croyais t'avoir dit de te faire oublier ! Ces maudits Maxwell se multiplient comme des mouches, ajouta-t-il à l'adresse de Rufus. Ses fils sont là en fin de compte, mais ils sont cinq maintenant. Cinq fils !

Il cracha dans la poussière.

— Il n'y a pas de justice en ce bas monde, commenta Rufus, les yeux rivés sur Alexia qui scrutait la rive opposée en essayant de deviner lequel des cavaliers pouvait bien être celui qu'elle cherchait.

Enfant, elle faisait des cauchemars dans lesquels il apparaissait muni de sabots et d'une queue fourchue, tel le diable dépeint dans le livre de prières de sa mère. Aujourd'hui, elle était curieuse de voir à quoi il ressemblait réellement.

Personne n'avait jamais été capable de lui dire comment était née la querelle entre les Carleton et les Maxwell. Elle s'était rallumée par intermittence pendant une centaine d'années pour s'embraser sans faiblir quarante ans plus tôt, quand le père de l'actuel seigneur Maxwell s'était vu déposséder de son épée par le grand-père d'Alexia, au cours de la bataille de Solway Moss, l'une des plus cuisantes humiliations écossaises. Aujourd'hui, l'épée était exposée comme un trophée dans la grande salle de Thirlwall et les Maxwell avaient juré de la récupérer, dussent-ils mettre le château en pièces, pierre après pierre.

Un Écossais franchit le gué et se dirigea vers eux. Sir Thomas sauta à terre, tendit les rênes de son cheval à Rufus, et marcha à sa rencontre sur le sable rouge de la berge.

— Que vont-ils faire ? demanda Alexia à Rufus, oubliant qu'elle ne lui parlait plus. Se battre ?

— Ils vont s'engager à respecter la trêve jusqu'au lever du soleil. Le March Meeting commencera seulement alors.

— Comment mon père peut-il faire confiance à ce Maxwell ?

— Et pourquoi lord Maxwell devrait-il faire confiance à votre père ? riposta-t-il.

Alexia releva la tête avec dédain. Une question aussi absurde ne méritait pas de réponse.

Sir Thomas était grand mais l'Écossais le dépassait d'une demi-tête. Ils s'immobilisèrent, face à face, se jaugeant du regard, puis lord Maxwell ôta son casque et le jeta par terre. Sir Thomas l'imita.

La barbe et les cheveux d'un roux vif de Maxwell brillaient comme une flamme sous le soleil. Les deux hommes discutaient à présent, mais Alexia avait beau tendre l'oreille, elle n'entendait pas ce qu'ils se disaient. Au bout du compte, le père d'Alexia et son ennemi échangèrent une solide poignée de main, et le clan anglais s'ébranla vers la frontière écossaise.

Cette rencontre déçut profondément Alexia. Les deux gouverneurs, assis sous un dais, échangèrent une liste interminable de griefs. De temps à autre, le ton s'élevait mais ils n'en vinrent jamais aux mains.

Avec un soupir d'ennui, Alexia se dirigea vers un

groupe d'Écossais venus du village voisin de Gretna. Ils avaient dressé des tentes sous lesquelles ils vendaient de quoi boire, manger et quantité d'articles ou de denrées diverses. Elle acheta une tourte à la viande qu'elle dévora tout en se promenant parmi les étals de fortune où l'on proposait des marchandises ordinaires à prix d'or. Un peu plus loin, des coqs de combat enfermés dans des sacs attendaient de se battre à mort.

La tourte lui ayant donné soif, elle acheta une chope de bière sous une tente dont la toile pendait dangereusement par endroits. La terre trop sèche et trop dure ne permettait pas d'enfoncer les poteaux correctement mais elle trouva une fraîcheur bienvenue à l'ombre de cet abri de fortune. Des hommes rassemblés autour d'un banc faisaient une partie de dés, et dehors, dans un champ, des jeunes jouaient au ballon. La plupart d'entre eux avaient ôté leur chemise à cause de l'ardeur du soleil. Alexia s'approcha du terrain de jeux.

Les cheveux. Ce fut la première chose qu'elle remarqua de lui. Des cheveux d'un blond doré, parsemés de mèches devenues presque blanches sous l'effet du soleil. Un halo lunaire et lumineux parmi les têtes plus sombres de ses comparses. Mince et vif, il se déplaçait avec la noblesse pleine de grâce d'un étalon galopant sans entrave dans un pâturage. Mais la férocité avec laquelle il se battait pour garder la balle la fit songer à un chien-loup, rapide, précis et intrépide.

Au cours de la partie, un jeune homme roux s'empara du ballon et courut vers les buts sans faiblir. Il fut le seul à l'arrêter en plongeant dans ses jambes auxquelles il s'accrocha des deux bras. Son adversaire se retrouva à plat ventre, la tête dans la poussière, tandis que le ballon s'élevait dans les airs. Alexia éclata de rire.

Pendant que les autres se disputaient la réception du ballon, le jeune homme roux se releva tranquillement en prenant le temps d'épousseter ses vêtements et d'examiner ses genoux écorchés. Seul un Maxwell pouvait avoir une telle chevelure, décida Alexia en riant de nouveau.

Ce dernier l'entendit. Il fit volte-face et l'examina un instant avant de poser ses deux poings sur ses hanches.

— Hé, palefrenier, qu'est-ce qui te fait rire comme ça ? demanda-t-il avec un accent écossais particulièrement prononcé.

Il était très musclé, avec des mains semblables à des battoirs et un regard noir, dur et cruel.

— Toi, rétorqua-t-elle sans ciller.

Une Carleton ne baissait pas les yeux face à un Maxwell.

— C'est toi qui me fais rire, ajouta-t-elle.

L'Écossais fondit sur elle en quelques enjambées et d'une poussée la fit tomber à la renverse. Elle se retrouva assise dans la poussière.

— Alors, t'as toujours envie de rire, l'Anglais ?

Alexia se releva aussitôt et le bouscula à son tour mais elle se heurta à un roc. À une falaise.

— Tu ne fais pas le poids, palefrenier !

Il allait saisir la jeune fille par le col quand une main le tira en arrière.

— Surveille tes manières, Sandie. Tu oublies qu'il est notre invité.

C'était le jeune homme aux cheveux blonds. Il s'exprimait sur un ton badin mais Alexia remarqua qu'il retenait l'autre d'une poigne de fer.

Trois autres rouquins s'arrêtèrent de jouer et se dirigèrent vers eux. Alexia repensa subitement à la mise en garde de son père qui lui avait conseillé de se tenir à l'écart des Maxwell.

— Ne me mets pas de mauvaise humeur, s'insurgea

le premier. Je pourrais bien faire de la chair à pâté de toi et de ton petit protégé.

Le jeune homme blond jeta un bref regard à Alexia, un regard si pétillant de malice qu'elle ne put s'empêcher de sourire.

— Faudra d'abord que tu m'attrapes, Sandie ! lança-t-il alors en envoyant un coup de genou dans la figure du prétentieux.

D'abord suffoqué, le roux poussa un rugissement. Déjà, les autres couraient vers eux. Saisissant le poignet d'Alexia, son compagnon s'élança vers les tentes en l'entraînant à sa suite. Leurs poursuivants les talonnaient, ils gagnaient du terrain.

Passant près d'une charrette chargée d'articles de cuisine, le sauveur d'Alexia décrocha une cruche de son crochet. Elle alla atterrir dans les pieds de celui qui les serrait de plus près, et il tomba tête la première, entraînant dans sa chute un superbe étalage de pommes disposées en pyramide qui s'écroulèrent comme un château de cartes.

Alexia cria de joie avant d'aviser le plateau d'un vendeur qui venait de s'arrêter pour assister à la scène. Elle saisit une tarte qu'elle lança à la tête d'un rouquin mais elle le manqua. Le projectile alla s'écraser au sol avec un bruit spongieux.

Le blond s'esclaffa.

— Tu vises comme une fille !

Il jeta une tarte à son tour. La sienne s'écrasa sur la figure d'un garçon qui lâcha un hurlement car elle était encore chaude.

Ils poursuivirent leur course en attrapant au passage tout ce qui leur tombait sous la main, semant derrière eux des obstacles destinés à retarder leurs poursuivants : tonneaux, grenades, balles de jongleur, écheveaux de coton multicolores dans lesquels leurs ennemis se prirent les pieds. Les fugitifs trouvèrent enfin refuge sous un chariot. Hors d'haleine, Alexia haletait.

— Nom d'un chien !

— Que se passe-t-il ? demanda-t-elle.

— J'ai laissé ma dague à... Il me faut un couteau.

Alexia lui donna le sien et le regarda avec une stupeur admirative entailler prestement plusieurs sacs de toile. En une minute, huit coqs de combat se retrouvèrent libres. Ils s'affrontèrent à coups de bec rageurs, caquetant et battant des ailes. Une foule excitée se rassembla autour d'eux en un instant, et on lança les paris. L'un des propriétaires des gallinacées surgit en criant, récupérant de justesse l'une de ses bêtes sur le point de succomber aux coups mortels d'un énorme adversaire au poitrail rouge.

Le blond se glissa dans une tente qui faisait bar à bière, Alexia sur les talons.

Dans le chaos général, la toile commença à trembler, et la jeune fille se dit qu'elle s'était fourrée dans un beau pétrin, tout cela pour suivre ce grand gaillard un peu toqué qui passait à présent d'un banc à l'autre comme si une nuée de puces venait de s'abattre sur lui.

Deux de leurs assaillants firent irruption sous la tente qui tanguait de plus en plus.

— Oh, Seigneur ! murmura Alexia en essayant de gagner la sortie du fond.

Elle n'en eut pas le temps. L'un des rouquins avait saisi un banc qu'il faisait tournoyer au-dessus de sa tête. Il heurta au passage plusieurs piliers de soutènement, et l'inévitable se produisit. La tente s'écroula à grand fracas.

Le jeune homme blond se servit du couteau pour couper la toile qui les emprisonnait. L'instant d'après, Alexia et lui couraient vers les bords de l'Esk qu'il traversa avec une aisance déconcertante en sautant d'une pierre à l'autre. Elle le suivit tant bien que mal, et s'écroula à ses côtés sur la rive sablonneuse avant de succomber à un fou rire irrépressible.

Le jeune homme mit les deux poings sur ses hanches.

— Hé, palefrenier, qu'est-ce qui te fait rire comme ça ? lança-t-il en imitant le rouquin.

Alexia se tenait les côtes.

Au loin, une silhouette coiffée d'une crinière rousse avait réussi à s'extraire de l'amas de toile en rampant, et vociférait en pointant l'index dans leur direction. Alexia gémit et enfouit sa tête entre ses genoux.

— Je n'ai plus la force de courir.

— Nous allons nous cacher, décida son équipier.

Ils trouvèrent un abri dans les épais fourrés le long de la berge, et s'y tapirent. Des éclats de voix furieuses leur parvenaient, puis ils entendirent le bruit d'un plongeon.

— Pas un bruit ! chuchota le jeune homme à Alexia qui sentait le fou rire la reprendre.

Quelqu'un fouillait à présent les branchages, tout près. Des graviers dégringolèrent sur le promontoire rocheux sous lequel ils avaient trouvé refuge et une voix toute proche cria :

— Sors de là et viens te battre à la loyale, Jamie Maxwell !

Maxwell !

Tout d'abord, Alexia se demanda si elle avait bien entendu puis elle frémit contre lui, si fort qu'il murmura à son oreille :

— Du calme !

Elle sentit son souffle chaud sur sa peau. Bien sûr qu'il voulait qu'elle se calme ! Ce sauvage de Maxwell tenait à rester seul avec elle pour l'égorger tranquillement ou pire encore... Il s'était joué d'elle en l'entraînant à l'écart, et allait mettre cet éloignement à profit pour la tuer. Et avec son couteau, en plus ! Elle ferma les yeux et déglutit avec peine.

Étendus l'un contre l'autre, ils attendirent que leurs poursuivants s'éloignent. Ils passèrent si près qu'Alexia enfouit son visage dans le cou du jeune homme. Elle sentait son pouls, le rythme de son souffle. Ses seins étaient pressés contre le bras qu'il avait étendu entre eux. Elle fut prise d'une bouffée de chaleur telle qu'elle la crut perceptible à travers le pourpoint en cuir et l'épaisse chemise de Willie. Elle devinait la puissance de ce corps d'homme si proche du sien, ses muscles d'acier...

Et pour comble, elle s'aperçut que dans la précipitation, elle avait glissé une jambe entre les siennes... Elle voulut se dégager mais se retrouva lovée contre lui de plus belle.

Il roula soudain de côté et s'agenouilla.

— Pour l'amour de Dieu, cesse de te frotter contre moi comme une fille en chaleur !

Il la repoussa avec une violence telle qu'elle tomba à la renverse. Légèrement étourdie, elle se redressa sur les coudes. Son chapeau glissa en arrière et ses longues nattes brunes se déroulèrent sur ses épaules.

Les yeux écarquillés, Jamie Maxwell s'accroupit pour la regarder plus attentivement. Elle en profita pour l'observer en retour.

Ce n'étaient pas seulement ses cheveux si blonds et coupés court, formant comme un casque d'or autour de son visage, qui le rendaient différent. C'étaient ses yeux. D'un vert foncé. Vert comme l'herbe à la fin de l'automne dans les prairies frontalières. Il avait les pommettes saillantes, un nez droit et une bouche pleine et bien dessinée. Malgré sa position, malgré sa chemise froissée et maculée de terre, il gardait une élégance naturelle, une prestance qui rappela crûment à Alexia qu'elle était vêtue comme un palefrenier. Pour la première fois de sa vie, son apparence la préoccupait, et elle songea avec désespoir qu'elle devait paraître minable.

Elle connaissait ses défauts. Sa mère ne perdait jamais une occasion de lui rappeler qu'elle était plate comme une limande, qu'elle ressemblait à un échalas, qu'elle avait des jambes interminables et des pieds trop grands. Pour ce qui était de son visage, elle se voyait affublée d'un nez trop fin et de lèvres trop charnues. Ses cheveux constituaient son seul atout, mais pour l'heure, dans l'état où ils étaient après leur séjour sous le chapeau de velours, ils ne risquaient pas de lui être d'un grand secours.

— Tu... vous êtes une *fille* ! s'exclama-t-il, abasourdi mais souriant.

— Ne dites rien à mon père.

— Mon Dieu, il ne le sait pas ?

Alexia répondit à son regard pétillant de gaieté par une grimace.

— Ce n'est pas ce que je voulais dire. Et quoi qu'il en soit, je ne le suis pas !

— Pas quoi, Seigneur ?

— En chaleur !

Il éclata de rire. Elle en profita pour tenter de se lever mais il lui saisit le bras.

— Ils nous attendent sur l'autre rive.

Elle risqua un regard dans la direction indiquée.

— Qui sont-ils ?

— Les Johnstone. Une famille assez prospère de Gretna, et c'est tant mieux parce que les parents ont intérêt à rembourser les dégâts.

— Mon père s'en chargera. C'est le gouverneur.

Une vive surprise se peignit sur les traits du jeune homme et son sourire mourut peu à peu sur ses lèvres.

— Dieu Tout-Puissant ! Non seulement vous êtes une fille mais... vous êtes une *Carleton* !

— Alexia Carleton.

Elle lui tendit la main, paume vers le bas, telle une grande dame à qui l'on présentait une nouvelle connaissance dans un salon. Mais ils n'étaient pas dans un salon, et il dédaigna sa main.

— Est-ce à dire que j'ai risqué d'être taillé en pièces par une bande de voyous, que j'ai ruiné la moitié des commerçants de Gretna – que j'entends d'ailleurs dédommager à mes frais –, tout cela à cause d'une maudite *Carleton* ?

— Vous avez une façon de prononcer mon nom ! Comme s'il était synonyme de lèpre ou d'une calamité similaire !

Ils se regardèrent, et il finit par sourire.

— Bon, après tout, ça en valait la peine. Nous les avons ridiculisés, ces damnés Johnstone !

— J'espère que vous n'aurez pas trop de problèmes, répondit Alexia en lui rendant son sourire.

— Difficile à dire. Mon père sera content de savoir que j'ai donné une leçon à ces crâneurs mais il appréciera moins le coût de l'opération. Quand je pense que j'étais censé surveiller la rencontre !... Un jour, je serai gouverneur, ajouta-t-il d'un ton morne, comme si cette perspective ne le réjouissait guère.

Le silence se fit. Ils étaient assis côte à côte, adossés au rocher. Alexia observa le jeune homme à la dérobée, admirant son profil parfait, la noblesse de ses traits.

— Puis-je avoir mon couteau, s'il vous plaît ?

Il le récupéra sous sa chemise et prit le temps de l'admirer.

— C'est un cadeau de mon père, dit-elle fièrement.

Il contempla le manche en argent finement gravé, le faisant tourner entre ses longs doigts aux ongles impeccables. Prenant subitement conscience que les siens étaient noirs de crasse, Alexia les cacha derrière son dos.

Avec une vivacité étonnante, Jamie Maxwell saisit tout à coup la pointe de la lame et lança le couteau en direction d'un arbre situé à une dizaine de mètres. Il se ficha profondément dans le tronc, à deux centimètres d'un trou laissé par un nœud.

— Manqué ! s'exclama-t-elle.

Il se leva, alla récupérer le couteau, et le soupesa en revenant vers elle.

— Il est mal équilibré.

Alexia sauta sur ses pieds et récupéra son bien.

— Sûrement pas.

Il la dévisagea avec une curiosité amusée, tendit la main vers ses cheveux et tira une tresse.

— Même avec ça, vous ressemblez toujours à un garçon.

Contre toute attente, cette réflexion heurta la jeune fille qui en eut presque les larmes aux yeux, elle qui ne pleurait pourtant pas facilement. Dans l'intention de le blesser à son tour, elle rétorqua sans réfléchir :

— Nous avons l'épée de votre grand-père.

Il se raidit.

— Pas pour longtemps. J'ai l'intention de la récupérer.

— Ah oui ? Avec quelle armée ?

Il se détourna sans répondre, et commença à s'éloigner.

— Où allez-vous ?

— Je rentre.

— Oh... eh bien, au revoir.

Il s'immobilisa, et revint sur ses pas.

— Alexia...

Il se tenait devant elle à présent, si près qu'elle distinguait les ombres étranges qui donnaient au vert de ses yeux cette nuance sombre et rare. D'une main, il souligna la ligne de sa mâchoire, puis il se pencha lentement, et posa ses lèvres sur les siennes.

Elles étaient chaudes, fermes, et se mouvaient sur sa bouche selon un rythme mystérieux et familier à la fois. Une sensation étrange naquit en elle, comme si une nuée de papillons prenaient soudain leur envol au creux d'elle-même, battant des ailes pour tenter de briser le cocon qui les emprisonnait encore.

Le baiser prit fin mais elle garda l'empreinte de ses lèvres sur les siennes.

— Pourquoi m'avez-vous embrassée ? demanda-t-elle dans un filet de voix.

— Je ne sais pas, j'en ai eu envie.

Il secoua la tête et ajouta :

— Je dois être en train de devenir fou.

— Recommencez.

Il recula sans cesser de secouer la tête, puis regagna les bords de la rivière d'un pas rapide. En suivant la silhouette élancée de Jamie Maxwell qui sautait adroitement de pierre en pierre, Alexia éprouva un sentiment de solitude inexplicable.

Et elle se demanda si elle le reverrait jamais.

2

D'énormes nuages noirs assombrissaient le ciel de Carlisle, ce soir-là. Ce fut comme si la nuit tombait plus tôt. Au-dessus des portes des maisons de maîtres, les lanternes se balançaient en grinçant, diffusant leurs lueurs mouvantes dans les rues obscures et tortueuses.

Des rafales de vent soulevaient des tourbillons de poussière et de feuilles.

Un éclair déchira le ciel, illuminant brièvement le château, puis le tonnerre gronda si fort que la jument d'Alexia fit un écart et heurta le cheval de sa sœur.

— Il va pleuvoir, remarqua Evie. Ton nouveau manteau va être abîmé.

— Tant mieux, répondit Alexia. Je le déteste.

Sir Thomas se glissa entre ses filles.

— Je croyais que tu l'aimais, s'étonna-t-il.

Alexia se tourna vers son père dont elle ne pouvait voir le visage dans la pénombre.

— C'est surtout à *toi* qu'il a plu.

— Mais, enfin...

— Enfin quoi ? Tu ne t'es pas préoccupé de savoir ce que je voulais, la première fois. Pourquoi serait-ce différent aujourd'hui ?

— À l'époque, tu étais trop jeune pour savoir ce qui te convenait.

— Et c'est pour cette raison que je vais épouser Seymour à présent ? Parce qu'à dix-neuf ans j'ai découvert que ce serait bon pour moi d'avoir un Howard dans mon lit ?

— Doux Jésus ! s'emporta sir Thomas. Tu as couché avec Seymour Howard ?

Evie sursauta. Des gloussements étouffés s'élevèrent dans les rangs de l'escorte. Alexia, quant à elle, n'avait aucune envie de rire.

— Alexia, tu vas me donner des petits-enfants, alors débrouille-toi pour qu'ils soient légitimes, ajouta sir Thomas en baissant le ton.

Ils franchirent les grilles du château et pénétrèrent dans une cour éclairée par des torches. Un jeune homme luxueusement vêtu de hauts-de-chausses vert et blanc et d'un pourpoint matelassé incrusté de pierres précieuses se précipita vers Alexia pour l'aider à descendre de cheval. Il portait une fraise blanche et une petite boucle en or à l'oreille droite.

— Je commençais à me demander si vous alliez venir, dit-il en baisant la main de la jeune fille. Soyez la bienvenue, ajouta-t-il.

Il se tourna vers sir Thomas en souriant.

— Merci de me l'avoir amenée.

— Hum. Attendez un peu avant de me remercier.

Alexia donna une tape sur l'estomac rebondi de son père.

— Donnez-lui à manger, Seymour. Il a faim, et quand mon père a faim, il devient grognon.

Le jeune homme se mit à rire et contempla Alexia avec des yeux brillants.

— J'ai prévu un souper dans mon antichambre et je veillerai à ce que vos hommes ne manquent de rien. Je ne vois pas lady Edwina, remarqua-t-il en jetant un regard circulaire.

— Lady Edwina arrivera demain avec les bagages, expliqua sir Thomas. Sachez, jeune Howard, que six chariots pleins à craquer de ces choses dont les femmes ne peuvent se passer accompagnent ces dames. En attendant, laissez-moi vous présenter ma fille aînée, Evelyn.

Sir Thomas tendit la main à la sœur d'Alexia qui se cachait derrière lui.

— Evie, si je ne me trompe, n'est-ce pas ? répondit Seymour en s'inclinant devant sa main tendue.

Son sourire faiblit quand il vit le masque de gaze qui couvrait son visage, et il jeta à Alexia un regard choqué et interrogateur.

— Votre sœur m'a souvent parlé de vous, crut-il bon de préciser avec maladresse.

Un silence embarrassé suivit sa déclaration, puis la

pluie se mit à tomber. De grosses gouttes s'abattirent en un instant.

Alexia glissa une main sous le bras du jeune homme.

— Emmenez-nous à l'abri, Seymour, sinon mon manteau neuf sera bon à jeter.

Alexia jeta son manteau sur un coffre avant de se laisser tomber sur le lit. Quelques coups de pied lui suffirent pour envoyer voler ses chaussures à travers la pièce.

Evie s'empressa de les ramasser.

— Vraiment ! s'exclama-t-elle. Tu ne peux pas t'empêcher de semer la pagaille partout où tu passes.

Alexia s'adossa aux oreillers, les mains croisées derrière la tête. Elle partagerait cette chambre avec Evie durant une semaine avant de s'installer dans celle de Seymour. Et dans son lit, puisqu'elle allait devenir sa femme.

— Que penses-tu de lui, Evie ?

— Il est très séduisant. Et il a un regard profond, expressif.

Songeuse, Alexia scruta le visage livide de sa sœur, puis se leva et marcha jusqu'à la fenêtre qui donnait sur le golfe de Solway et les terres écossaises des Maxwell. Celles où vivait ce jeune homme blond un peu fou... Aujourd'hui lord Maxwell. Elle se demanda ce qui se passerait si elle sautait sur un cheval et qu'elle traversait la frontière pour aller le voir. Il la prendrait pour une folle, et il aurait raison. Il ne l'avait vue qu'une fois, il y avait de cela plus de cinq ans, et il ne gardait sans doute d'elle que l'image d'une gamine avec des tresses, déguisée en palefrenier, sans grâce et sans charme. Même s'il n'avait pas oublié ce qui s'était passé ce jour-là – et que s'était-il passé, après tout ? –, il ne la retiendrait que dans un seul but : demander à son père une rançon. De toute façon, il n'était qu'un voleur d'Écossais, un pilleur, un violeur de frontières. Un Maxwell.

Pourquoi diable pensait-elle à lui alors qu'elle était amoureuse de Seymour ?

— Au moins, cette fois tu iras à l'autel de ton plein gré, remarqua Evie en suspendant leurs manteaux. Père ne se serait pas risqué deux fois à tenter de t'imposer un mari.

Alexia se tourna vers elle.

— J'ai vraiment si mal réagi ?

— Ce n'est rien de le dire.

Sir Thomas avait toujours cédé à tous les caprices de sa cadette. Or, un beau jour, il avait brusquement décidé qu'elle épouserait Nicholas Forster, dût-il la traîner devant l'autel par les cheveux.

Il n'avait pas compris pourquoi elle s'opposait à son choix avec une telle véhémence car, selon lui, n'ayant jamais rencontré le jeune Forster, elle ne pouvait en aucun cas émettre de jugement sur sa personne. Certes, il n'était plus si jeune puisqu'il avait trente ans, cependant il était loin d'avoir un pied dans la tombe. Plus si jeune et pas si séduisant... mais présentable. Son plus grand atout restait son métier : le commerce international. Il travaillait pour la prestigieuse Muscovy Company. Sa dernière mission avait été couronnée de succès : échanger de la laine anglaise et des métaux contre de la fourrure russe et du suif. En quadruplant ses investissements lors de cette opération, il était devenu l'une des plus grosses fortunes anglaises.

Quand sir Thomas avait tenté d'exposer ces avantages à sa fille, elle s'était bouché les oreilles avant de se jeter à ses pieds, le suppliant de ne pas lui imposer ce mariage. Cherchant éperdument à justifier la violence de son refus, elle avait finalement déclaré :

— J'aime quelqu'un d'autre.

— Mon Dieu, qui ? Rufus ? Je croyais qu'il ne te plaisait pas.

— Je hais Rufus !

— Alors, qui ?

Elle avait secoué la tête, consciente que si elle prononçait le nom de Jamie Maxwell, son père serait capable de la tuer.

— Je ne veux pas le savoir, après tout, avait-il décrété en la relevant de force. Personne ne te conviendrait mieux que Nick Forster.

— Plutôt mourir !

— Tu l'épouseras, morte ou vive, sacrebleu !

La jeune fille était tombée malade de colère et de désespoir, si bien qu'on avait dû repousser la date du mariage. Finalement, juste avant qu'il ne s'embarque pour la Russie, une Alexia pâle et amaigrie lui avait dit oui dans la petite église de Gilsland.

Ils avaient passé leur nuit de noces dans sa propre chambre à Thirlwall. Nue dans sa couche, Alexia avait regardé son mari se dévêtir, découvrant avec une haine grandissante un corps trapu et recouvert d'une abondante toison de poils bruns.

S'allongeant près d'elle, il avait scruté son visage, en appui sur un coude, mais elle avait détourné la tête.

— Vous avez l'air d'un prisonnier qui attend d'être mis à la question.

Il lui avait caressé les cheveux puis, baissant le drap, il avait refermé une main sur un sein avant d'en masser le téton avec son pouce.

— Alexia... je sais que vous ne vouliez pas de ce mariage...

— Non.

Sa caresse n'était pas si désagréable. Comprenant qu'elle avait dû le blesser, elle dit :

— Je ne voulais pas me marier mais cela n'a rien à voir avec vous.

À sa grande déception, il cessa sa caresse pour s'allonger sur le dos.

— Il aurait été plus sage d'attendre que je rentre de Russie.

— Mon père veut un petit-fils, déclara-t-elle après un temps.

Il avait ri avant de l'attirer contre lui.

— Sur ce point, nous pouvons peut-être essayer de le satisfaire...

Conscient que son épouse n'était encore qu'une enfant, vierge de surcroît, il décida de la garder paisiblement dans ses bras un moment, le temps de l'apaiser, de la rassurer. Une si jeune personne devait être ménagée. Mais Nicholas était fatigué. Il travaillait dix-huit heures par jour depuis trois mois pour préparer son nouveau voyage en Russie. De plus, pour arriver à l'heure à son mariage, il avait parcouru les deux cent cinquante miles qui séparaient Thirlwall de Londres en ne s'arrêtant que pour changer de monture. Pour clore le tout, il avait mangé et bu copieusement pendant le repas de noce.

Quand il rouvrit les yeux, un soleil lumineux éclairait le visage de sa femme. Il alla vers elle mais elle se déroba, alors il s'assit au bord du lit.

— Vous n'avez rien à craindre de moi, Alexia. Je n'ai pas l'intention de vous violer de bon matin, et je n'ai pas le temps de vous faire la cour.

Pendant qu'il s'habillait, elle resta étendue, le drap remonté jusqu'au menton. Une fois prêt, il se tourna vers elle.

— Alexia, à propos de la nuit dernière... vous êtes si

jeune, presque une enfant encore et, la première fois, c'est parfois douloureux. Pour la femme. La contraindre ou se presser ne fait qu'aggraver les choses. Je n'ai pas envie que vous ayez peur de moi ou que vous me détestiez. De toute façon, je... je me suis endormi, j'en suis désolé.

Comme elle ne répondait pas, il prit son manteau et son chapeau dans l'armoire.

— Nicholas ?

Il se retourna.

— Vous êtes... un homme bon.

Il hésita un instant puis s'approcha d'elle et l'embrassa sur le front.

— Nous nous rattraperons à mon retour, ma petite femme.

Mais ils ne devaient jamais se revoir. Pendant plus d'un an, Alexia l'attendit. Un bateau fut envoyé à sa recherche. Quand elle apprit ce qu'il était advenu de l'expédition de son mari, Alexia était veuve depuis trois ans.

— Arrête de gigoter, dit Evie qui tentait de nouer des rubans de satin rouge dans les boucles rassemblées sur le haut du crâne de sa sœur.

Alexia soupira.

— Dépêche-toi. Il m'attend.

Le souvenir de Nicholas et de leur nuit de noces était si lointain, songea-t-elle. Aujourd'hui, elle s'apprêtait à épouser un autre homme. Si son père savait comment s'était passée son unique nuit avec son premier mari, Seymour en ignorait tout. Il croyait en toute logique qu'elle était femme. Elle avait bien tenté de lui dire la vérité mais ce n'était pas un sujet facile à aborder, et à présent elle se voyait mal lui annoncer de but en blanc que, contrairement à ce qu'il pensait, elle était toujours vierge...

Son expérience de l'amour, avant sa rencontre avec Seymour, se résumait à un baiser qu'un jeune homme lui avait volé quand elle n'avait que quatorze ans. Un jeune homme qu'elle était censée haïr. L'ennemi ancestral.

Après trois années de mariage avec un fantôme, elle avait fait la connaissance de Seymour. Ses attentions, ses caresses lui avaient donné un avant- goût de ce qui l'attendait et, à présent, elle se disposait à franchir le pas.

Pourtant, si son corps était prêt, son esprit ne l'était pas. Alexia espérait que sa nuit de noces chasserait ses hésitations et ses réserves, comme l'arrivée du jour dissipe les frayeurs nocturnes d'un enfant.

Evie lui tapota l'épaule.

— Voilà. J'ai fini. Essaie de ne pas ruiner mon chef-d'œuvre avant qu'il ait pu l'admirer.

Alexia tournoya dans la pièce, sa robe virevoltant autour de ses jambes gainées de bas rouges assortis à des chaussures en cuir d'Espagne. La surjupe en soie dorée était relevée en deux pans fluides pincés sur les hanches afin de laisser apparaître la jupe de dessous en satin ivoire, le tout bouffant sur un vertugadin. De somptueuses broderies agrémentaient le corsage empesé et les crevés des manches bouffantes révélaient une doublure écarlate. Une fraise amidonnée s'épanouissait autour de son visage.

— Alors ? Qu'en penses-tu, Evie ?

— Je pense qu'à la façon dont il te regarde, tu pourrais porter des haillons qu'il te trouverait belle.

La voix d'Evie se brisa, et elle se détourna.

Alexia cessa de danser. Les mots que sa sœur n'avait pas prononcés semblaient résonner dans le silence :

personne ne dirait jamais à Evelyn Carleton qu'elle était belle, avec son visage ravagé par les cicatrices des brûlures. À nouveau, les affres de la culpabilité taraudèrent Alexia, la déchirèrent, comme chaque fois qu'elle pensait à ce qu'elle avait fait à sa sœur.

— Tu es sûre que tu ne veux pas souper avec nous ? lui demanda-t-elle avec douceur.

Evie secoua la tête.

— Non, c'est trop tôt. Il faut lui laisser le temps de... de s'accoutumer à moi.

— Est-ce que la reine était en colère quand vous lui avez demandé la permission de vous marier ?

Seymour partit d'un grand rire.

— En colère ? C'est un euphémisme. Elle m'a jeté une boîte de fruits confits à la figure.

— Oh, non ! Vous l'avez esquivée ?

— Je n'ai pas osé. J'ai préféré subir et poursuivre la conversation, pour m'épargner la prison, dit-il en lui prenant la main avant d'y poser ses lèvres. Elle comptera parmi les batailles que j'ai menées pour vous, mon amour.

Alexia retira sa main.

— Vous n'en avez pas fini, Seymour. Je vous ai prévenu que je ne serai pas une épouse facile.

— Sans doute, mais il m'est impossible de vous croire.

Ils étaient assis côte à côte sur le rebord de la fenêtre de l'antichambre. Dehors, la pluie fouettait les carreaux mais il faisait bon dans la pièce. Un feu brûlait dans la cheminée et les chandelles au mur répandaient une lumière dorée. Sur une table recouverte d'un tapis étaient disposées des assiettes de viande, de fromage, de fruits et de noisettes. Le vin épicé répandait un arôme puissant.

— Je trouve étrange que la reine n'aime pas que ses favoris se marient, avoua-t-elle.

Elle avait rencontré Seymour Howard lors d'une visite chez la sœur de sa mère qui était dame d'honneur de la reine. Seymour comptait parmi les nombreux courtisans évoluant autour d'Elizabeth Tudor et de sa cour tapageuse et avide de plaisirs. Elle appréciait particulièrement les jeunes hommes séduisants, spirituels et virils.

— C'est comme si elle était en mal d'amour, de jeunesse, et de... mais que regardez-vous ?

— Vos yeux. Les plus beaux, les plus rares que j'aie jamais vus. Ils sont... émaillés d'ambre, un peu comme ceux de certains animaux exotiques.

Alexia se mordit les lèvres pour ne pas sourire.

— Serait-ce que vous souhaiteriez m'exposer dans une ménagerie ?

— Et vos cheveux... sombres comme le velours de la nuit, et si doux, si brillants qu'on les croirait poudrés d'or.

— Je vous en prie, Seymour, si vous vous essayez à la poésie, je vais finir par me moquer de vous.

— Dans ce cas, je me contenterai de vous embrasser, rétorqua-t-il avant d'approcher ses lèvres des siennes, prenant le temps de les effleurer de sa barbiche avant de s'en emparer.

Soudain, du seuil, une petite toux se fit entendre.

— Je me serais décidé à revenir plus tard si je n'avais pas eu aussi soif.

Seymour sauta sur ses pieds en rougissant.

— Entrez, sir Thomas, je vous en prie, dit-il en lui offrant l'unique fauteuil et en s'empressant de lui servir une coupe de vin.

Il en tendit une à Alexia.

— Alors, jeune Howard, enchaîna le vieil homme. Que pensez-vous du métier de gouverneur ? Beaucoup de soucis, n'est-ce pas ?

Sir Thomas avait abandonné la charge qui lui incombait jusque-là car ses crises de goutte avaient fini par lui rendre tout voyage à cheval impossible. Il avait suggéré à la reine de nommer Seymour Howard pour lui succéder. Le jeune homme s'était non seulement vu octroyer le poste de gouverneur des régions frontalières anglaises de l'ouest mais également le château de Carlisle et le domaine de Rose Castle. Aujourd'hui, sir Thomas était satisfait. En épousant Seymour, sa fille voyait son avenir assuré, et elle lui donnerait suffisamment de petits-enfants pour égayer ses vieux jours.

— Je viens d'arrêter l'un de ces voyous d'Écossais dont vous me parliez, lui dit Seymour. Je me demande si je vais le vendre ou le pendre.

Sir Thomas grommela.

— Vendez-le. Cela vous fera toujours un petit profit. De qui s'agit-il ?

— Il faisait partie d'une bande qui venait de mettre à mal le Bewcastle Wastle. L'une de nos patrouilles les poursuivait. Tous ses acolytes se sont enfuis, mais pas lui. Son cheval s'est pris le pied dans un terrier de lapins. Je pourrais obtenir une belle rançon s'il est vraiment celui qu'il prétend être : Malcolm Maxwell, l'un des frères cadets de lord Maxwell.

Alexia sursauta et renversa un peu de son vin sur ses doigts. Elle faillit les essuyer sur sa jupe mais se reprit à temps et les lécha discrètement.

— Un Maxwell ! tonna sir Thomas. Grands dieux !

— J'ai pensé que vous deviez le connaître, poursuivit Seymour. J'espère que vous ne verrez pas d'inconvénient à ce qu'il se joigne à nous pour partager ce repas. Il n'est peut-être pas invité de son plein gré mais il...

Sir Thomas bondit sur ses pieds :

— Comment ? Dois-je comprendre que vous le laissez libre de ses mouvements dans le château ? Il devrait croupir au fond d'une cellule ! Enchaîné !

— Mais il a donné sa parole de ne pas tenter de...

— Sa parole ? La parole d'un *Maxwell* ? Vous feriez mieux de le pendre aux premières heures de l'aube, cela ferait un scélérat de moins !

— Pitié, j'éprouve une aversion particulière pour les pendaisons en général, lança une voix moqueuse.

Un homme pénétra dans la pièce.

— Et pour la mienne en particulier, ajouta-t-il.

L'officier en faction n'avait aucune envie de quitter la chaleur du poste de garde pour aller voir qui frappait au portail à cette heure de la nuit et sous un orage pareil. Et cependant, il s'agissait peut-être d'un messager de Londres. Il y en avait eu beaucoup depuis que le nouveau gouverneur avait pris ses fonctions. Ce n'était pas comme dans le bon vieux temps, où il pouvait dormir tranquillement tout en gardant le château. Grommelant entre ses dents, le capitaine Mapes enfila ses bottes et son manteau.

Quand il ouvrit la fenêtrelle, le vent mêlé de pluie cingla son visage. Aveuglé, il s'essuya les yeux et réprima un cri.

Non, ce n'était pas un spectre qui se tenait là, sous l'orage, mais un jeune homme enveloppé dans une cape de laine grise.

— Qu'est-ce que tu veux ?

— C'est Jim, monsieur.

Le capitaine Mapes leva les yeux au ciel en soupirant.

— Jim. On se connaît ?

— J'apporte la bière.

Le capitaine reporta son attention sur le chariot chargé de tonneaux.

— On est mardi, et le jour de livraison de la bière, c'est le jeudi. Le jeudi dans l'après-midi, et non à minuit.

Le jeune homme ôta son chapeau et gratta sa crinière d'un blond pâle.

— Alors vous voulez que je reparte ?

— Non, non... Une minute.

Le capitaine Mapes ouvrit la grille et le livreur la franchit avec son chargement. Il frissonnait, pieds nus dans la boue et dégoulinant de pluie. Une goutte s'attardait au bout de son nez, et le capitaine éprouva l'envie inconsidérée de la chasser.

— Comment se fait-il que je ne t'aie encore jamais vu ?

Le jeune homme haussa les épaules. La goutte d'eau trembla mais ne tomba pas. Le capitaine soupira.

— D'habitude, c'est mon patron qui livre la bière. Je me suis perdu.

Le capitaine l'imagina, errant à l'aveuglette entre le château et la brasserie de Corby.

— Il est malade, mon patron. Fallait bien le remplacer.

En homme consciencieux, le capitaine Mapes vérifia que le chariot contenait bien des tonneaux de bière, et seulement de bière. Il retourna ensuite au poste de garde.

— Cuthburt, conduis ce garçon au château et emmène-le à l'office. Oh, et prends garde à ce qu'il ne se perde pas ! ajouta-t-il en éclatant de rire.

Au son familier de cette voix ironique, Alexia sursauta, mais le jeune homme qui entra dans la pièce ne ressemblait pas à son frère.

Petit, frêle et très brun, il marchait en traînant la jambe. Elle crut tout d'abord qu'il était blessé mais elle s'aperçut vite qu'il souffrait d'une malformation physique. Il avait une épaule plus haute que l'autre.

Il s'arrêta devant Alexia, et s'inclina avec une mine moqueuse.

— Madame, déclama-t-il avant d'adresser un salut désinvolte à son père. Carleton, ajouta-t-il avec insolence.

Le visage congestionné, ce dernier se dandinait d'un pied sur l'autre comme un ours en cage, au bord de l'apoplexie. Alexia se précipita vers lui.

— Asseyez-vous, père, et calmez-vous. Seymour, ne restez pas planté là la bouche ouverte. Donnez à boire à votre prisonnier.

Seymour lança à la jeune femme un regard à la fois sidéré et froissé, mais il prit néanmoins la carafe de vin et emplit une coupe qu'il tendit à l'Écossais.

— J'espère que vous n'avez pas renoncé à m'échanger contre une rançon, dit Malcolm. Mon frère Jamie est loin d'être aussi radin que mon défunt père.

Sir Thomas s'étrangla.

— Écoutez-moi ce froussard !

Malcolm haussa les sourcils.

— Froussard ? La bravoure n'a rien à voir dans cette affaire. Il faudrait que je sois stupide pour préférer être pendu. Et puis, ce serait fâcheux...

Son sourire réveilla les souvenirs d'Alexia, et elle retint son souffle.

— Mon frère serait très, très en colère, acheva-t-il.

— Seymour, vous devriez peut-être vous méfier de

ce jeune seigneur écossais, commenta Alexia avec un rire un peu forcé.

— Vraiment ? J'ai entendu dire que son frère n'était qu'un freluquet. On l'appelle Joli Jamie.

— Joli, peut-être, intervint sir Thomas. Mais freluquet, le mot me paraît fort. Il n'y a rien de tendre en lui. Le roi d'Écosse a fait assassiner leur père pendant la révolte des barons et ce Jamie a ramené au roi la tête du meurtrier au bout d'une pique. Ne sous-estimez jamais Jamie Maxwell, Seymour. C'est un filou, un criminel sans foi ni loi. Ne l'oubliez pas.

Pendant cette tirade, Alexia observait Malcolm. Il semblait impassible, le nez plongé dans son verre de vin, mais elle distingua la lueur rieuse qui pétillait dans son regard vert. Le regard vert des Maxwell.

Appuyé contre le chambranle de la porte de l'office, le garde observait le jeune homme faire basculer un tonneau de bière sur son épaule avec une aisance déconcertante. Dans ses vêtements trop grands pour lui, il semblait n'avoir que la peau sur les os, mais il était plus fort, bien plus fort qu'il ne le paraissait, songea Cuthburt.

Quand il eut déposé son chargement à l'intérieur, il revint se poster devant le garde, l'air mal à l'aise.

— Je ne t'aiderai pas à décharger, jeta Cuthburt. Ce n'est pas mon travail.

Le visage du jeune s'empourpra, et il marmonna des propos incompréhensibles en regardant ses pieds.

— Ah, je vois ! s'écria Cuthburt. T'as bu la bière de ton patron, et maintenant, t'as besoin d'évacuer. Suis-moi.

Il emmena le garçon au fond de l'office et ouvrit une

petite porte qui donnait sur un étroit passage ménagé entre les murs épais du château.

— Dépêche-toi, ajouta-t-il.

Il vérifia que le livreur trouvait bien les latrines, et referma derrière lui à cause des courants d'air.

Dans le réduit, le jeune homme retenait son souffle tant la puanteur lui soulevait le cœur. Il attendit quelques secondes avant de se glisser dans le couloir obscur, tâtant le mur sur toute sa longueur jusqu'à ce qu'il trouve la targette d'une poterne dont on lui avait indiqué l'existence. Elle coulissa aisément pour avoir été graissée récemment.

Lorsqu'il déboucha à l'extérieur, où le vent violent chargé de pluie n'avait pas faibli, un colosse casqué et vêtu d'une cotte de cuir se dressa devant lui.

— Bon sang, il pleut des hallebardes ! jura Big Jock en s'adossant au mur pour tenter de s'abriter.

Un sourire éclaira son visage mangé par une barbe noire.

— Vous avez l'air de rien dans cet accoutrement.

— J'en ai conscience, répondit lord Jamie Maxwell. Où est mon épée ?

— Ici. Vous avez jeté un œil au donjon ?

— Il n'est pas dans le donjon mais en train de dîner avec ce maudit gouverneur. Et ses invités.

Il fit une pause, pour ménager son effet :

— Les Carleton, acheva-t-il.

Big Jock émit un grognement catarrheux en guise de rire.

— Ah ? On va peut-être s'amuser.

— Ou se faire tuer. Robin et ses hommes sont à leur poste ?

— Cachés entre ici et la grille.

— Dis aux autres de nous suivre à l'intérieur au moment voulu.

Jamie leva son épée dans un salut moqueur, et Big Jock perçut le ton rieur de son seigneur quand il ajouta :

— Allons sauver mon frère des griffes du diable, et par la même occasion... j'en profiterai peut-être pour faire une chose dont je serai vraiment, vraiment désolé, Jock.

— C'est vrai, milord ? Nous le serons tous avec vous, vous savez, commenta ce dernier dans un long soupir.

Sir Thomas frappa du poing sur la table, renversant une coupe de vin dans les assiettes à moitié vides.

— Donnez une épée à ma fille, elle se défendra à armes égales contre n'importe quel homme !

— Père... je vous en prie, protesta Alexia.

Seymour regarda la jeune femme comme s'il la voyait pour la première fois.

— Vous savez vous servir d'une épée, ma chérie ? Je l'ignorais...

— Je ferais un piètre défi à relever, madame, répondit Malcolm avec une pointe d'amertume. Comme disait mon père, on ne gâche pas son argent pour apprendre à un boiteux à manier l'épée.

— L'épée, répétait Seymour en secouant la tête.

— Alors, vous, Howard. Affrontez-la, insista sir Thomas qui n'abandonnait jamais une bonne idée en chemin. Un duel amical. Si vous avez du cran.

— Maintenant ? demanda Seymour.

Alexia croisa le regard moqueur de Maxwell, ce qui éveilla en elle un accès de colère démesuré. Elle serra les poings et se tourna vers son fiancé.

— Alors Seymour, c'est oui ou c'est non ?

Ils poussèrent la table contre le mur tandis qu'un

domestique partait chercher une paire de rapières. Seymour déboutonna sa chemise tandis qu'Alexia se délestait du vertugadin. Ses jupes la désavantageaient, elles entraveraient ses mouvements. Inutile aussi de s'embarrasser d'un cerceau autour des hanches.

Peu après, Seymour s'inclinait devant elle en lui présentant une épée. Il ne prenait pas ce duel au sérieux. Pas plus qu'il ne la prenait au sérieux, elle. De plus, il avait beaucoup bu. Ses réflexes en pâtiraient, ses ripostes seraient moins lestes. Comme elle sortait l'arme de son fourreau, elle s'aperçut qu'elle pensait à Seymour comme à un adversaire, un ennemi à vaincre.

Il s'agissait d'une rapière italienne : quatre pieds de long du pommeau à la pointe. Elle effectua quelques figures pour évaluer son poids et sa souplesse, puis ils croisèrent les lames et le combat commença.

Après quelques échanges pour se tester mutuellement, la cadence s'accéléra. Alexia remarqua tout de suite que la garde de Seymour était trop haute. Elle réussit plusieurs touches. S'il s'était agi d'un vrai duel, il saignerait déjà depuis longtemps.

Seymour en avait conscience lui aussi. Il serra les lèvres et tenta quelques attaques en flèche. Alexia recula vers la porte, dans un endroit plus sombre de la pièce. Elle perçut le bruit des pas d'un serviteur dans l'escalier puis le grincement du loquet de la porte. Elle fit un brusque écart dans l'ombre. Seymour plissa les yeux, comprenant qu'elle se servait de l'obscurité comme d'un bouclier. Il ouvrait la bouche pour émettre un commentaire quand la porte s'ouvrit à la volée et claqua contre le mur. Contrairement à la jeune femme, Seymour ne s'y attendait pas. Profitant de l'effet de surprise Alexia lui infligea un estoc bien placé, et l'épée de son fiancé vola dans la pièce.

L'intrus n'était pas un serviteur. Sir Thomas se figea tandis que le visage de Malcolm s'illuminait.

L'instant d'après, Alexia retournait son épée contre celle de Jamie Maxwell, déjà en position de parade.

3

L'attaque de la jeune femme se heurta à une riposte précise et vigoureuse. Aussitôt après, elle se retrouvait désarmée, la pointe de l'épée de son adversaire pressée contre sa poitrine.

— Pas un geste !

Un éclat de lumière se refléta sur la longue lame. Il scruta l'inoubliable regard d'ambre et tous deux eurent l'impression que la moindre étincelle aurait pu mettre le feu au courant qui passa alors entre eux.

— Et que personne ne bouge, sinon je la tue ! ajouta-t-il durement en appuyant la pointe sur la poitrine de la jeune femme.

Jamie Maxwell était doué d'un talent d'acteur incontestable et il s'en servit en cet instant pour donner plus de conviction à son geste. Seymour Howard avait tenté un pas en avant mais s'était arrêté, glacé d'effroi. Quant à sir Thomas, il serrait les poings en refoulant sa rage impuissante.

Jamie reporta son attention sur le visage arrogant d'Alexia Carleton. Soit elle était moins crédule qu'eux, soit elle était moins peureuse. Elle arborait une expression tellement hautaine qu'il faillit éclater de rire.

— Espèce de sauvage ! Assassin ! rugit sir Thomas. Si jamais vous lui faites la moindre égratignure, je...

— Malcolm, tu prends racine ? Désarme donc ces messieurs et...

Il perçut des pas dans l'escalier derrière lui et vit Alexia écarquiller les yeux.

— Ah, Jock, dit-il sans même se retourner. Les gardes ?

— Ils sont comme ivres morts sous les tonneaux de bière.

Big Jock dut baisser la tête pour passer dans l'encadrement de la porte.

— Hé, vous avez vu la collection d'assiettes en or dans la grande salle ?

— Ce n'est pas le moment, Jock. Le temps presse.

Le géant émit son rire rocailleux et fixa sa hache à sa ceinture. Il tenait dans une main un rouleau de corde qu'il lança à Malcolm.

— L'honneur n'existe donc pas en Écosse ? jeta Seymour Howard tandis que son prisonnier lui attachait les poignets derrière le dos. Vous m'aviez donné votre parole que vous n'essaieriez pas de vous échapper.

— Il ne s'échappe pas, rectifia Jamie. On vient le libérer.

Alexia émit un soupir de mépris. Jamie lui sourit, mais la pointe de son épée ne bougea pas.

— Vous me le paierez cher, Maxwell ! cracha sir Thomas. Je détruirai votre clan. Vous finirez au bout d'une corde, la langue gonflée...

Big Jock fourra une serviette dans la bouche du vieil homme qui se retrouva contraint au silence. Alexia laissa échapper un cri de protestation.

Jamie tourna les yeux vers elle. Il se demandait pourquoi elle se battait à l'épée avec son fiancé. Sans doute avait-elle gardé ce penchant pour les conduites insensées et si peu conventionnelles. Il se souvenait aussi de la grâce, de la beauté particulière et de l'extraordinaire force de caractère de cette jeune fille qu'il avait rencontrée quand il avait dix-sept ans, un jour d'automne particulièrement chaud. Ces qualités s'étaient épanouies chez la femme qui se dressait si vaillamment devant lui aujourd'hui.

Il se perdit un instant dans l'ambre de ses yeux puis contempla sa bouche aux lèvres pleines, la ligne de sa gorge qui se soulevait au rythme de sa respiration. Il avait l'impression de sentir son cœur battre au bout de son épée, et tout à coup, il prit conscience qu'il la désirait. Il la désirait avec une violence qui le surprit lui-même. C'était comme s'il l'avait attendue depuis toujours.

Elle lut alors sur son visage les sentiments qu'elle lui inspirait.

— Vous n'oseriez pas ! siffla-t-elle entre ses dents.

Il sourit et murmura avec une grande douceur :

— Pour vous, Alexia Carleton... j'oserais n'importe quoi.

Le dédain, l'effroi se confondirent dans l'incroyable regard de la jeune femme. Il y décela aussi... une lueur de triomphe. Cette découverte le déconcerta.

Il s'aperçut soudain que Big Jock avait dit quelque chose.

— Comment ?

— La fille, monseigneur ?

— Bâillonne-la et attache-lui les mains. Elle vient avec nous.

— Vous n'avez pas le droit ! s'emporta Seymour.

À son tour, Malcolm le réduisit au silence en lui enfonçant en riant une serviette dans la bouche.

Pendant ce temps, Big Jock ligotait Alexia en souriant de voir l'enthousiasme sauvage qui dansait dans les yeux de son maître.

— C'est pour la petite qu'on va tous être désolés ? demanda le géant.

— Oui, oui, répondit Jamie avant d'éclater de rire.

Il prit alors sa captive par le bras et l'amena devant Seymour et sir Thomas allongés sur le tapis. Il la sentit frissonner mais ce n'était pas de la peur qui se lisait dans ses prunelles, plutôt de la fureur.

— Si vous voulez la récupérer, il vous en coûtera cinq cents livres... et l'épée de mon grand-père.

Sir Thomas s'agita en émettant des plaintes étouffées derrière son bâillon. Seymour Howard ne bougea pas. Il darda sur son ennemi un regard chargé de haine pure, une promesse de vengeance et de mort. Un échange muet entre deux hommes qui voulaient tous deux la même femme mais qui savaient que seul l'un des deux gagnerait.

À l'aube, la pluie avait cédé la place à un brouillard épais. Trempée, Alexia ne s'était jamais sentie aussi misérable. L'un des Écossais l'avait enveloppée dans un manteau mais il ne tarda pas à être mouillé jusqu'à la trame. Elle était juchée sur le cheval de Jamie Maxwell, assise derrière lui, les bras autour de son torse, et elle se consola comme elle put en songeant qu'il n'était ni plus sec ni plus au chaud qu'elle, dans ses haillons d'apprenti.

Il l'avait transportée comme un sac de pommes de terre sur son épaule jusqu'à une poterne située à l'arrière de l'office. Ils n'avaient rencontré aucun garde du château mais deux Écossais casqués et armés de haches avaient surgi de l'ombre et couvert leur fuite. Deux autres les attendaient avec les chevaux au bord de l'Eden qui passait sous le château. Désespérée, Alexia s'était retournée, et son cœur avait bondi d'espoir quand elle avait aperçu des cavaliers. Hélas, il ne s'agissait que d'autres Écossais.

L'opération avait été rondement menée, sans la moindre anicroche, et elle ne put s'empêcher d'admirer l'audace insolente de son instigateur. Ce vulgaire pilleur de bétail s'était introduit dans une forteresse anglaise avec une poignée d'hommes, avait délivré un otage pour en emmener un autre. Quand viendrait le jour où lord Jamie Maxwell serait pendu pour ce crime, elle se ferait un plaisir de lui passer elle-même la corde autour du cou !

Ils galopèrent le long des berges rouges de l'Esk jusqu'en Écosse, mais au lieu de prendre la direction de Nithdale, le bastion des Maxwell, ils continuèrent vers les terres désolées de Tarras Moss, au nord. Leurs chevaux, capables de traverser les régions les plus accidentées, par tous les temps, de nuit comme de jour, les emmenèrent rapidement là où aucune patrouille anglaise ne risquait de s'aventurer.

Le brouillard se dissipait peu à peu, et ils entreprirent l'ascension des monts Cheviot, collines rousses et chauves. Le jour commençait à poindre quand ils parvinrent à des cabanons de bergers, en bois.

Jamie Maxwell descendit de cheval et souleva Alexia avant de la poser près de lui. Il ne lui avait pas adressé la parole pendant le voyage, à part quelques ordres brefs, mais dès qu'ils avaient franchi la frontière et s'étaient retrouvés en Écosse, il s'était arrêté et l'avait débarrassée de ses liens et de son bâillon. Elle aurait même trouvé une certaine douceur à ses gestes si elle n'avait su à qui elle avait affaire. Elle n'avait pas vu son visage à cause de l'obscurité.

Pendant un moment, ils restèrent côte à côte. Les mains de Jamie s'attardèrent sur sa taille. Elle recula vivement.

— Alexia, je... Venez à l'intérieur, il faut vous sécher.

Il régnait une douce chaleur dans la cabane. De la tourbe brûlait dans la cheminée ; du pain noir et de la bière étaient disposés sur une table à tréteaux. Visiblement, ils étaient attendus, même s'il n'y avait pas trace des occupants des lieux.

— Mangez quelque chose. Nous repartons dans une demi-heure, jeta-t-il avant de ressortir.

Alexia étendit son manteau mouillé sur un banc qu'elle plaça devant l'âtre. Elle ôta les épingles et les rubans qui retenaient ses cheveux puis les laissa se déployer jusqu'au creux de ses reins, les arrangea du bout des doigts et les attacha à nouveau pour dégager son visage. On frappa à la porte, et Malcolm Maxwell entra.

Il coupa la miche de pain, lui en tendit un morceau qu'elle refusa.

— Vous l'attendiez hier soir, n'est-ce pas ?

Malcolm se mit à rire.

— On fera de cette aventure des ballades que l'on chantera cet hiver, au coin du feu. Mon frère adore ça... Bien sûr que je l'attendais. J'avais mon informateur à l'intérieur du château. Et pas qu'un seul, d'ailleurs.

— Seymour vous faisait confiance.

Malcolm versa de la bière dans une chope en cuivre.

— Désolé, ma chère, mais votre fiancé est un idiot. Mon frère ne manque jamais une occasion de ridiculiser ce genre de types.

Des bruits de sabots retentirent au-dehors, puis des cris de bienvenue. Malcolm sortit sur le pas de la porte, suivi d'Alexia. Un cavalier sauta de son cheval. Il lança les rênes et son casque à l'homme le plus proche avant de s'approcher de Malcolm avec un grand sourire.

— Robin ! s'écria ce dernier. J'espère que tu as amoché quelques Anglais ?

— Même pas, ces froussards se sauvaient dès qu'ils nous apercevaient.

À sa crinière et à sa petite barbe rousse, à ses yeux d'un vert lumineux, Alexia comprit qu'il s'agissait de l'un des frères Maxwell. Il serra son cadet dans ses bras puis lui donna une tape dans le dos qui faillit l'envoyer par terre.

— Il t'a sorti de là et il t'a ramené ! Je n'arrive pas à le croire !

C'est alors qu'il remarqua Alexia. Son sourire s'évanouit.

— Dieu du ciel ! Qu'a-t-il encore fait ?

— Il a juste enlevé la fille de sir Thomas Carleton.

— La *fille* de Carleton ! Par tous les saints ! Le roi va vouloir sa tête. Pourquoi diable a-t-il...

— Pour cinq cents livres et l'épée de notre grand-père, répondit Jamie Maxwell en sortant de l'une des cabanes voisines.

Il s'était lavé et changé. Une cotte d'armes jetée sur l'épaule, il portait une chemise en batiste, des hauts-de-chausses en laine et des cuissardes. Ses cheveux blonds assombris par la pluie étaient plaqués en arrière.

— Menteur, s'esclaffa Malcolm. Tu l'as enlevée parce qu'elle est belle et que tu la veux. Avoue-le !

Jamie l'ignora.

— Robin, on a été suivis ?

Robin Maxwell observait Alexia avec une telle attention qu'elle rougit.

— Non... non, nous n'avons pas été suivis. Jamie, ramène-la.

— Non.

— Pour l'amour du ciel ! Elle ne vaut pas qu'on meure pour...

Le rire de Jamie l'interrompit.

— Robin, tu manques de galanterie. Toutes les belles

femmes aiment penser qu'un homme pourrait mourir pour elles.

— Tu ne peux pas arriver à Caerlaverock avec elle. Mère ne...

— Je compte l'emmener chez tante Mado à Kilchurn. Quand la rançon nous parviendra, tu me le feras savoir, et je l'escorterai saine et sauve chez son père.

Il la considérait avec la même lueur d'espièglerie incorrigible que le jour de leur première rencontre, quelques années auparavant, au March Meeting. L'espace d'un instant, dans son sourire, elle revit le tout jeune homme de jadis.

Mais aujourd'hui, elle n'était qu'un jouet entre ses mains, un outil dont il se servait pour assouvir sa soif de vengeance contre Seymour, son père et l'Angleterre en général.

Elle le regarda s'éloigner pour distribuer ses ordres à ses hommes. Il avait gardé cette élégance de mouvements qui l'avait subjuguée autrefois, cette noblesse innée. Comment les gardes de Carlisle avaient-ils pu ne pas voir que sous les guenilles du livreur de bière se cachait un lord ?

Soudain consciente que Malcolm et Robin l'observaient, elle détourna les yeux en rougissant. Robin secoua la tête.

— Un de ces jours, il ira trop loin, dit-il en soupirant.

Les hommes enfourchèrent leurs chevaux et s'éloignèrent par petits groupes. Alexia se retrouva seule avec les frères Maxwell. Elle récupéra son manteau dans la cabane et s'assit pour manger un morceau de pain tout en échafaudant un plan de fuite. N'ayant jamais entendu parler du château de Kilchurn, elle en conclut qu'il ne se trouvait pas aux abords de la frontière mais au plus profond des terres écossaises. Elle devait donc s'échapper au plus tôt car elle ne saurait jamais revenir si elle s'enfonçait trop avant dans ce pays inconnu. Inutile de songer à se mesurer directement à son ravisseur. Elle n'était pas de taille à lutter contre lui ni à le prendre de vitesse, que ce soit à cheval ou à pied. Et elle avait déjà cherché en vain dans la cabane de quoi se faire une arme. Il lui faudrait agir par la ruse...

À ce stade de ses réflexions, la silhouette massive de Robin Maxwell apparut dans l'embrasure de la porte. Il se laissa tomber lourdement sur le banc à côté d'elle.

— Servez-moi de la bière, demanda-t-il.

Elle allait lui rétorquer qu'il n'avait qu'à se servir lui-même quand l'expression de son regard l'arrêta. Sans un mot, elle prit une chope, et pendant qu'elle la remplissait elle sentit quelque chose tomber sur ses cuisses.

Robin se leva avec sa chope.

— Merci, dit-il avant de sortir.

Alexia baissa les yeux sur ses jupes et découvrit un couteau de table, long et fin. Elle le cacha aussitôt dans son corset, entre ses seins.

La conduite de Robin l'étonna. Certes, il n'approuvait pas son enlèvement, mais ne craignait-il pas qu'elle se serve de cette arme contre Jamie ? Qu'elle le tue ? Peut-être pensait-il qu'une femme n'aurait pas ce cran, qu'elle se contenterait de le menacer afin de s'échapper. Dans ce cas, Robin connaissait bien mal son frère car il n'était pas du genre à se laisser intimider. Et s'il pensait qu'elle hésiterait à s'en prendre à un voyou d'Écossais, il ne la connaissait pas non plus.

— Arrêtez !

Jamie tira sur les rênes et se retourna.

— Que se passe-t-il ?

— J'ai besoin de me reposer.

— Vous reposer ? Cela fait seulement deux heures que nous sommes à cheval. J'ignorais que les Anglaises étaient si délicates.

Alexia l'ignora et descendit de cheval. D'immenses champs d'herbes hautes et de fougères s'étendaient à perte de vue, ondoyant sous le vent qui plaqua ses jupes contre ses jambes et ses cheveux sur son visage. Dans le ciel, un émerillon tournoyait à la recherche d'une proie.

Jamie sauta à terre tandis qu'Alexia scrutait les alentours. Elle avisa de gros rochers un peu plus loin et se dirigea vers eux.

— Où allez-vous ? cria Jamie.

— À votre avis ?

— Je vous accompagne.

— Seigneur ! Vous avez donc décidé de m'humilier jusqu'au bout ? Ne pouvez-vous m'accorder un minimum d'intimité pour que je puisse satisfaire mes besoins naturels ?

Confus, Jamie s'arrêta net, laissant Alexia poursuivre son chemin.

Dès qu'elle fut à l'abri, elle déchira l'un de ses jupons et laissa un pan de tissu apparaître au pied d'un rocher, comme si ses jupes avaient été déployées. Ensuite, elle s'éloigna, accroupie dans une ravine boueuse. Dès qu'elle s'estima suffisamment loin pour qu'il ne l'entende plus, elle se mit à courir sur le sol rocailleux, sans pitié pour le cuir tendre de ses chaussures.

Les Cheviot étaient des collines désolées, pleines de gorges et de promontoires où il était aisé de se cacher mais Jamie les connaissait sans doute dans le moindre détail, aussi poursuivit-elle sa course sans s'arrêter jusqu'à ce qu'un point de côté la pliât en deux. Elle continua tant bien que mal, consciente que même si elle parvenait à semer son poursuivant, il lui faudrait alors retrouver le chemin de l'Angleterre en traversant un pays ennemi miné de hors-la-loi sanguinaires et cupides qui lui trancheraient la tête rien que pour s'emparer des perles ornant ses oreilles...

Elle finit par se tapir dans un cul-de-sac, haletant autant de fatigue que de panique. Au lieu de revenir en arrière, elle se mit à escalader une paroi escarpée, se blessant les pieds contre les bords tranchants des fentes rocheuses, et elle perdit une chaussure. Elle s'entêta cependant, glissant maintenant à cause de la sueur – ou du sang ? Elle préférait ne pas savoir.

Une fois en haut, elle scruta les immenses étendues déployées devant elle sans reconnaître le moindre chemin, le moindre site. Elle tendit l'oreille mais ne perçut que la plainte lancinante du vent.

Elle se retourna, prête à reprendre sa course coûte que coûte, quand elle se retrouva le nez dans une cotte en cuir renforcée de plaques de métal. Deux bras puissants se refermèrent autour d'elle et la soulevèrent du sol. Alexia cria, se démena tant et si bien qu'elle parvint à se dégager. Il la laissa s'éloigner de quelques mètres avant de la ceinturer par-derrière, au niveau des hanches. Il la tira vers lui puis la renversa sur le sol, l'emprisonnant de tout son poids. Elle se débattit de plus belle, lui envoyant des coups de poing, si bien qu'il dut lui immobiliser les bras en les plaquant au-dessus de sa tête.

Il la contempla alors de ses yeux verts brillant de gaieté.

— Espèce d'idiote, dit-il avant de s'emparer de ses lèvres avec douceur et détermination.

Alexia ne put esquiver ce baiser qui la plongea dans la confusion la plus totale. Elle eut l'impression de se fondre en lui, dans sa chaleur, dans son être tout entier.

L'espace d'un instant, elle oublia qu'il l'avait enlevée, qu'elle le haïssait, et ne se soucia que de l'homme, de sa virilité à couper le souffle et du goût enivrant de ses lèvres.

Elle finit par détourner la tête.

— Allez-vous aussi ajouter le viol à tous vos autres crimes, milord ?

— C'est drôle, mais votre question sonne comme une invite.

— Ooooh ! Vous ne croyez tout de même pas que... que... Je vous hais ! Je préférerais mourir plutôt que...

Un second baiser lui imposa le silence, un baiser plus exigeant cette fois. Il insinua sa langue dans sa bouche, et après quelques secondes de résistance, Alexia céda et lui répondit éperdument.

Lâchant ses poignets, il prit son visage entre ses mains, et ses lèvres descendirent le long de sa gorge, remontèrent vers le point sensible, au creux de l'oreille, arrachant à la jeune femme de petits gémissements.

— Mon Dieu... Alexia...

Il caressait maintenant le renflement de ses seins à travers le tissu, cherchant la peau nue qu'il finit par trouver. Alexia en éprouva des frissons fulgurants dans tout le corps. Exaltée, elle se pressa contre lui pour sentir ses muscles, sa force, son sexe durci contre son ventre.

Elle glissa une main entre eux, la referma autour du manche du couteau.

Il lui murmurait des mots brûlants dans le cou.

— Redites-moi combien vous me haïssez...

Il releva la tête, et plongea ses yeux dans les siens, des yeux assombris par le désir.

Sans doute l'expression de son visage le prévint-elle juste avant qu'elle ne frappe. Il eut à peine le temps de rouler sur le côté. La lame lui entailla le bras.

Il lui arracha son arme avant qu'elle ne l'atteigne à nouveau, la jeta dans les fourrés en se redressant à genoux, une main refermée sur sa blessure. Il saignait abondamment.

— Nom d'un chien, Alexia, c'était une chemise neuve.

— J'espère qu'elle ne suffira pas à éponger tout votre sang.

Il se redressa et la releva sans ménagements.

— Lequel de mes frères vous a donné ce petit jouet ? Pas la peine de répondre, j'ai deviné. Déshabillez-vous.

— Que... pourquoi ? Qu'allez-vous faire ?

— Vous aimez un peu trop les armes blanches, ma douce. Je tiens à m'assurer que vous ne me réservez pas d'autre surprise de ce genre. Alors déshabillez-vous ou c'est moi qui m'en charge.

Les doigts tremblants, Alexia se mit à dénouer son corsage.

— Vous n'allez tout de même pas me regarder ?

— À quoi cela servirait-il si je ne regardais pas ?

Et il ne perdit pas une miette du spectacle, détaillant les manches, la collerette, les dentelles, les jupes qui s'empilèrent aux pieds de la jeune femme. Elle s'interrompit quand elle en arriva au corset.

— Continuez, jeta-t-il froidement.

Elle tremblait tellement qu'il dut l'aider à dénouer les lacets. Le sang s'étalait sur sa manche et gouttait par terre. Alexia l'avait coupé plus profondément qu'elle ne le voulait, et elle regretta d'avoir agi ainsi. Dorénavant, il la haïrait.

— Vous êtes assez mince pour pouvoir vous passer de ce carcan, poursuivit-il en jetant le corset dans les buissons.

Son regard ardent la rendit toute faible. Elle chancela légèrement, et il la retint en lui prenant le coude.

Alexia frissonna. Des sentiments contraires se mélangeaient en elle. Elle avait chaud et froid en même temps, elle avait peur de mettre un nom sur le désir brûlant qui l'étourdissait.

Sans le quitter des yeux, elle voulut détacher les rubans de sa chemise mais il posa sa main sur la sienne.

— Non, pas la peine.

Il se pencha vers elle. Elle crut qu'il allait l'embrasser mais il se contenta de ramasser ses vêtements et de les lui mettre dans les bras.

— Rhabillez-vous. Je vais chercher le cheval, dit-il avant de s'éloigner. Et ne tentez plus de vous enfuir.

Elle secoua la tête, la gorge serrée.

— Jamie... je n'essayais pas de vous tuer.

Un grand sourire fendit son visage.

— J'espère bien !

4

Un bruit métallique réveilla Alexia en sursaut. Elle était appuyée contre le dos de Jamie Maxwell, sa joue contre son épaule et ses bras étroitement noués autour de sa taille. Elle se redressa, et s'écarta de lui. Épuisée de chevaucher depuis des heures, leur monture trébucha, et la jeune femme faillit glisser de la selle. Elle dut se résoudre à s'accrocher de nouveau au cavalier.

Il se retourna et lui sourit.

— Ce n'était que la cloche des Armstrong qui signalait notre arrivée, dit-il en serrant dans la sienne les mains d'Alexia croisées sur son ventre. C'est la famille de Big Jock. Nous allons pouvoir passer la nuit au chaud.

Elle repoussa sa main. Il y avait bien une heure qu'il bruinait de nouveau. L'idée d'un endroit confortable lui redonna du courage. Elle était trempée, affamée, et impatiente de se glisser dans un bon lit.

Un lit... Il n'imaginait tout de même pas que... Il n'oserait pas !

— Qu'avez-vous à grincer des dents tout à coup ?

— Je ne grince pas des dents. Je vous hais, Jamie Maxwell !

Il éclata de rire.

— Non, vous êtes troublée, ma douce. C'est de l'amour que vous ressentez, pas de la haine.

Alexia ferma les yeux et l'imagina en train de monter sur l'échafaud... *Elle seule détenait le pouvoir de demander sa grâce. Il la supplia du regard. Hélas, elle se détourna et s'éloigna, laissant derrière elle l'odeur âpre de la vengeance. Il baissa la tête. Le bourreau ajusta la corde autour de son cou et la foule se tut d'un seul coup, dans l'attente de l'exécution. Elle leva une main et...*

— Alexia, dit Jamie, cessez de gigoter, vous allez tomber.

— Je ne gigote pas ! répliqua-t-elle, agacée.

Ils gravirent un promontoire au haut duquel se dressait une tour de garde veillant sur la petite vallée, en contrebas. Une tour isolée, austère, typique de ces régions frontalières, construite non pour l'agrément mais pour protéger des vies humaines. Un escalier en colimaçon desservait les trois étages de sa structure mais les gardes armés défendaient son accès depuis leur poste, si bien qu'aucun agresseur n'avait la moindre chance de s'y introduire sans perdre la vie dès les premières marches. Au pied de la tour courait une palissade abritant un enclos où le bétail pouvait paître en toute sécurité.

Appâté par l'odeur du foin, le cheval pressa le pas.

Un guetteur les aperçut. Il leur adressa un signe auquel Jamie répondit.

Ils franchirent l'enceinte de murs percés de barbacanes. Une tête brune émergea de l'une des ouvertures.

— Jamie Maxwell ! Fils du diable ! Où vous croyez-vous pour débarquer ainsi sans crier gare ?

— En Écosse, mon ami ! Chez moi, dans mon pays ! rétorqua Jamie, en sautant de cheval.

La tête disparut de la meurtrière, et l'instant d'après, une porte donnant dans la cour s'ouvrit et un homme immense en émergea. Le jumeau de Big Jock.

Jamie se campa sur ses jambes et lui fit face. Une lutte s'engagea alors entre les deux hommes sous le regard éberlué d'Alexia qui tentait de déterminer qui avait le dessus. En vain. Des rires, des cris émanaient de la mêlée. Enfin, Jamie plaqua le géant au sol et lui retourna le bras derrière le dos.

— Répète après moi : ma mère était anglaise.

— Non, pas ça !

Jamie tira sur le bras.

— Aïe ! Bon, très bien, abdiqua Big Wat. Ma mère était anglaise... voilà, ça vous va ?

Jamie se releva, hilare, tandis que son ami l'imitait en se massant l'épaule. Lorsque le calme se fut rétabli, l'homme avisa enfin Alexia.

— Qui est cette fille ?

— Une Anglaise, répondit Jamie en éclatant de rire.

Assise à la table de la grande salle, Alexia feignait l'indifférence tandis qu'une jeune fille à l'air mutin pansait la blessure de Jamie. Elle s'était remise à saigner quand il avait chahuté avec son ami.

— Vous êtes très fort, milord, dit-elle en le contemplant avec adoration. Car il faut être très fort pour vaincre mon père à la bagarre.

— C'est une question d'adresse, répondit Jamie en lui souriant.

Jamais Alexia n'avait vu un sourire aussi doux.

Une fois le bandage achevé, la jeune fille repartit en emportant la cuvette d'eau bouillie maintenant rougie par le sang. Jamie s'assit près d'Alexia, un peu trop près à son goût. Leurs cuisses se touchaient. Elle sentait son odeur mâle, mêlée à celle du cheval et du cuir.

— J'aimerais apprendre à me battre comme vous, dit-elle.

Jamie roula des yeux vers Big Wat.

— Elle apprendra, jeta-t-il en posant une main sur le genou d'Alexia, une main qu'elle repoussa aussitôt.

Un petit sourire joua sur les lèvres de Jamie.

— Je n'arrive pas à croire que vous avez enlevé la fille de Carleton... dit Big Wat en secouant la tête. Le roi va...

— Non. Il ne fera rien.

La fille revint avec un plat de viande et de choux qu'elle posa devant son idole. Il le prit et le passa à Alexia.

— Wat, qu'est-ce que j'étais l'année dernière, à la même époque ?

— Un rebelle, un hors-la-loi à qui l'on avait confisqué ses biens et ses titres, et dont la tête était mise à prix.

— Et où suis-je aujourd'hui ?

— Sur vos terres, monseigneur, et votre domaine s'est drôlement étendu. Vous savez vous y prendre, c'est sûr... mais cette fois...

— Le roi a bien plus besoin des Maxwell que nous n'avons besoin de lui. Mon père l'a prouvé l'an dernier, même s'il y a laissé sa vie.

Alexia comprit que Jamie s'adressait autant à elle

qu'à son ami. Elle n'en continua pas moins à manger avec un air des plus détachés.

— Les Maxwell représentent la force la plus puissante des frontières du Sud-Ouest, continua-t-il. Nous sommes capables de tenir les Anglais à distance, de nous gouverner indépendamment du roi James et de ces petits freluquets de calvinistes qui constituent son Conseil privé. Les Maxwell contrôlent les régions frontalières, et moi, je contrôle les Maxwell.

Big Wat vida une chope de bière et s'essuya la bouche du revers de sa manche.

— Vous avez quatre frères, et le jeune Robin est plein d'ambition. Il se verrait bien à votre place, sur votre trône.

Jamie, d'abord déconcerté, se mit en colère.

— Non. Tu te trompes à propos de Robin.

Alexia prit une chope contenant un liquide brun, au parfum puissant. Elle en avala une gorgée.

— Seigneur ! fit-elle en s'étranglant. Qu'est-ce que c'est ?

— De l'eau-de-vie, répondit Jamie en s'inclinant vers elle de sorte que leurs épaules se touchèrent. Enivrez-vous, ainsi, je ferai de vous ce que je veux.

Avec un sourire de défi, Alexia avala une deuxième gorgée, mais cette fois plus petite. Elle ne lui brûla pas la gorge comme la première mais son goût n'en demeurait pas moins détestable. Délibérément, elle passa son pied le long de la jambe de Jamie. À son vif amusement, elle vit la surprise se peindre sur les traits du jeune homme. Puis la suspicion. Que s'imaginait-il ? Les jeux du flirt n'étaient pas exclusivement réservés aux hommes !

— Vous avez raison de vous inquiéter pour lord Maxwell, dit-elle à Big Wat qui ne cessait de les observer, apparemment intrigué. Mon père n'aura de cesse de lui faire payer ce qu'il a fait.

— Ah oui ? Ils essaient de l'attraper depuis des lustres, et Jamie est toujours là. Vous vous rappelez le March Meeting où vous êtes mort ?

— Mort ? Voulez-vous dire que j'ai été enlevée par un fantôme ?

Elle prit sa serviette en effleurant au passage la cuisse de son voisin.

Se penchant vers elle, il lui murmura au creux de l'oreille :

— Vous jouez avec le feu, ma douce, et je ne suis pas...

Mais elle lui tourna délibérément le dos pour ne s'intéresser qu'à l'histoire de Big Wat.

— Le vieux seigneur, le père de Jamie, s'était engagé à amener Richie Armstrong au March Meeting, comme garantie, contre ce sal... euh, comme garantie en l'échange de sir Thomas Carleton. Bon, mon oncle, ce vieux Richie, était une sacrée fripouille, je le reconnais.

— J'ai dû servir d'otage. J'avais douze ans, peut-être treize.

Jamie glissa un bras autour de la taille d'Alexia. Elle allait le repousser puis décida de n'en rien faire.

— Oui, le jour de la réunion, mon oncle n'a pas donné signe de vie, et notre Jamie se voyait déjà dans le donjon de Carlisle. Nous nous rassemblons au bord de l'Esk et ces bât... euh, les Anglais allaient traverser quand ce gamin-là se tient tout à coup la poitrine à deux mains en braillant comme un cochon qu'on égorge. Une flèche était fichée entre ses côtes et le sang giclait comme un geyser. Puis il est tombé de son cheval comme une masse, mort.

— Bon débarras, ont dû penser certains, dit-elle plaisamment en se laissant aller contre Jamie.

— Votre père ne savait pas ce qui s'était passé, expliqua Jamie. Quand il m'a vu par terre, il a pensé qu'il ne leur restait plus qu'à se sauver en vitesse.

Elle sentait son souffle dans ses cheveux quand il parlait.

Big Wat riait si fort que son gros ventre faisait trembler la table.

— On allait tous se lancer à la poursuite de ces enf... hum, bref, on voulait se venger, quoi, quand notre Jamie s'est relevé tranquillement, un grand sourire aux lèvres.

Alexia se dit avec amusement qu'il ne s'agissait que d'un tour pendable, même si son père en avait fait les frais.

— Le March Meeting n'a jamais eu lieu et vous n'avez pas servi d'otage, conclut-elle en tournant la tête vers Jamie.

— Mais le vieux gouverneur ne s'est jamais remis du choc d'avoir vu son fils revenir du royaume des morts comme Lazare, poursuivit Big Wat. Quelque temps après, il mourait d'une attaque.

Alexia riait, et Jamie resserra son bras autour d'elle.

— Ce n'est pas la partie la plus drôle du récit, remarqua-t-il. Je n'ai pas pu m'asseoir sur un cheval pendant au moins une semaine, après la dérouillée qu'il m'a administrée. Il n'était pas franchement content.

— Pas content ? s'exclama Big Wat. Il était fou furieux, oui ! Je ne sais toujours pas comment vous vous y êtes pris, Jamie.

— Une flèche cassée, je pense, dit Alexia. Une vessie pleine de sang de porc ou de vache, et une poignée d'idiots trop crédules.

— Tu vois, lança Jamie à Big Wat. Si elle avait été là, je croupirais toujours dans un donjon de Carlisle.

— C'est ce qui vous pend au nez... commença Alexia, mais elle s'interrompit.

La fille de Big Wat arrivait vers eux, un luth à la main. Elle posa une main sur l'épaule de Jamie.

— Vous voulez bien jouer pour nous, milord ?

— Eh bien... hésita-t-il.

— Je vous en prie, monseigneur, ne nous refusez pas ce plaisir, insista Alexia avec ironie.

Jamie lui adressa un sourire grinçant. Il se leva, posa un pied sur le banc, et prit l'instrument. Ses longs doigts se posèrent sur les cordes et il entonna une ballade régionale.

La fille de Big Wat se mit à chanter d'une voix d'alto un peu rauque :

Un homme arriva vers les midi
Il jeta un œil et repartit
Revint à minuit avec le roi
J'n'ai plus d'chevalier, j'n'ai plus de toit.

Surprise de lui découvrir des talents de musicien, Alexia l'imagina à la Cour, jouant pour la reine, vêtu de soie et de satin, un collier incrusté de pierres précieuses autour du cou. Essex, Raleigh, Drake, Seymour lui-même feraient pâle figure à côté de lui. Jamie Maxwell dévoilait un aspect de sa personne qu'elle n'imaginait pas jusqu'ici, une nouvelle dimension. Elle ne parvenait pas à croire que cet homme, qui se révélait un artiste si sensible, puisse être le même qui avait rapporté à son souverain la tête d'un homme au bout d'une pique.

À présent, Big Wat chantait lui aussi, avec une voix de ténor surprenante chez un homme de sa corpulence.

Si vous saviez comme mon cœur saignait
Quand ses ch'veux blonds j'ai r'couverts de terre

Si vous saviez comme mon cœur souffrait
Quand j'ai tourné l'dos pour m'en aller.

Aucun autre ne pourra remplacer
Mon chevalier que j'ai tant aimé
Avec une mèche de ses blonds cheveux
J'enchaînerai mon cœur si malheureux.

Jamie avait cessé de jouer. Il regardait Alexia. Des larmes brillaient dans ses yeux, mais elle ne se soucia pas de les chasser.

Un rictus de douleur déformait ses traits et du sang coulait de ses blessures. La porte s'ouvrit derrière elle, et Alexia se détourna du crucifix suspendu au mur, au-dessus du vieux prie-Dieu mangé par les vers.

— Ces gens sont des papistes, dit-elle à Jamie comme il fermait la porte derrière lui.

Il ôta sa cotte avec une grimace.

— Je croyais que l'église catholique était proscrite en Écosse, insista-t-elle.

— Nul ne peut décider que la foi de certaines personnes est hors la loi, rétorqua Jamie.

Alexia se demanda si lui aussi comptait parmi ces catholiques hérétiques, mais il lui suffit de le regarder pour comprendre qu'il valait mieux ne pas l'interroger sur ce point.

Elle parcourut du regard la chambre dans laquelle ils se trouvaient. À son côté fruste et masculin, elle devina qu'il s'agissait de celle de Big Wat. Le lit à baldaquin damassé semblait vieux, démodé mais propre. Jamie s'y assit et entreprit d'ôter ses bottes.

Alexia se posta devant lui, les mains sur les hanches.

— Il est hors de question que je dorme dans ce lit avec vous.

— Très bien, répliqua-t-il sans se démonter. Vous n'avez qu'à dormir par terre. Ou bien avec les hommes dans la grande salle.

Une fois déchaussé, il se releva, dénoua sa ceinture et entreprit de se dévêtir, jetant ses habits sur un tabouret, un peu plus loin. La moitié manquaient leur but et atterrissaient au sol. Avec une pensée pour sa sœur Evie qui aurait été plus qu'étonnée de sa réaction, Alexia ramassa les vêtements qu'elle empila soigneusement sur le tabouret.

Quand elle se redressa, il était nu. Et de toute évidence, elle ne le laissait pas indifférent. Il se mit à rire, et elle s'empourpra violemment.

— Je n'y peux rien, Alexia. Je suis fou de désir pour vous. Et c'est la même chose en ce qui vous concerne...

— Non ! Je vous hais, Jamie Maxwell !

— Oui, vous me l'avez déjà dit. Plusieurs fois.

Il franchit la courte distance qui les séparait, l'attira dans ses bras, et enfouit ses mains dans ses cheveux, l'obligeant à le regarder.

— Vous pourriez m'en convaincre mais...

Elle sentait sa chaleur, son ardeur. Il l'enveloppa dans ses bras, la pressant contre sa poitrine, et elle sentit la réalité de son désir contre son ventre.

Il baissa la tête, effleura ses lèvres de sa bouche chaude.

— Alexia, mon amour...

— Lâchez-moi ! s'écria-t-elle soudain.

Il la lâcha aussitôt.

Elle avisa un coffre et s'y assit, calculant qu'en repliant ses jambes elle pourrait parfaitement dormir dessus.

De son côté, Jamie s'installa tranquillement dans le lit. Elle l'entendit rire, et la moutarde lui monta au nez mais elle refusa de le regarder.

— Alexia, êtes-vous sûre que...

— Oui !

Il souffla les bougies, et la pièce fut plongée dans l'obscurité. Seules les braises rougeoyant dans la cheminée diffusaient une faible lumière. Alexia s'installa tant bien que mal sur le coffre dont le couvercle sculpté n'était pas des plus confortables. Elle soupira.

Tout à coup, Jamie poussa un juron. Quelques secondes plus tard, il allumait une chandelle et commençait à se rhabiller.

Elle l'observa sans mot dire, songeant qu'il avait vraiment un corps magnifique, d'une beauté à couper le souffle. Elle aimait la façon dont il bougeait, avec une grâce féline.

Et, de toute évidence, il la désirait toujours.

— Où allez-vous ? demanda-t-elle une fois qu'il fut complètement rhabillé.

— Je... je vais rejoindre les hommes dans la grande salle. Au moins, avec eux, je serai tranquille !

La porte claqua derrière lui. Alexia attendit un long moment avant de se glisser dans le lit. Il lui parut merveilleusement moelleux, après son séjour sur le coffre. Et, en tendant un bras, elle sentit la chaleur du corps de Jamie sur les draps.

Les sommets de Ben Cruachen montaient fièrement à l'assaut du ciel azuré. Sur une île, tout au bout du loch Awe dont les eaux miroitaient au soleil, se dressait le château de Kilchurn.

— Oh, Jamie, c'est magnifique ! s'exclama Alexia.

— Oui, c'est vrai. Cela nous prendra encore deux heures pour arriver là-bas. Il nous faut contourner le lac.

Jamie ne regardait pas le paysage. Il contemplait le

profil de la jeune femme. Elle le désirait, cela ne faisait aucun doute. Il le savait à certains regards qu'il avait surpris à son insu. À la façon dont elle frémissait dès qu'il l'effleurait, au fait qu'elle ne puisse s'empêcher de le toucher à la moindre occasion. Mais elle était tellement espiègle, presque enfantine. Si elle n'avait pas déjà été mariée, il l'aurait crue pucelle.

Il supposait qu'elle voulait rester fidèle à son fiancé, et il admirait sa loyauté, mais dans la mesure où il la désirait comme un damné, cela ne facilitait pas leurs rapports. Une tension sexuelle presque insupportable s'était installée entre eux. De deux choses l'une : soit elle succombait, soit il perdait la tête et lui sautait dessus. Toutefois, il avait conscience qu'avec Alexia Carleton, il perdrait toutes ses chances si jamais il cédait à de telles pulsions.

Il la laissa au bord du lac et alla prendre une feuille de papier dessin et un fusain dans la sacoche de selle de son cheval attaché un peu plus loin. Il s'assit ensuite sur un rocher et commença à dessiner la jeune femme, avec le loch, le château et les montagnes en toile de fond.

— Que faites-vous ? demanda-t-elle.

— Je dessine.

— Moi ? C'est moi que vous dessinez ? s'enquit-elle en se tournant vers lui.

— Oui. Vous voulez bien reprendre la pause que vous aviez au début ?

Elle lui obéit, non sans essayer d'apercevoir son esquisse sans tourner la tête. Seulement les yeux. À tel point que Jamie se mit à rire.

Il y avait une éternité qu'il n'avait pas pris son fusain. Son père estimait que ce n'était pas un passe-temps digne d'un homme, pas plus que le luth ou la lecture, d'ailleurs. Jamie en était venu à s'adonner à ces plaisirs en secret, faisant croire à John Maxwell qu'il partait chasser, ou se battre contre leurs ennemis de tout temps. L'ironie voulut qu'il se mette à aimer ces derniers divertissements autant que les premiers. Peut-être parce qu'il y excellait ?

— Jamie ?

— Hmm ?

— Pourquoi m'avez-vous enlevée ?

— Je vous l'ai dit. Pour cinq cents livres et l'épée de mon grand-père. Pensez-vous que j'avais d'autres intentions ? Ou bien l'espérez-vous ? Et je vous en prie, ne vous mettez pas en colère.

— Vous ne renoncez jamais, n'est-ce pas ?

— Non. Et vous ne le voulez pas non plus.

Elle soupira.

— Non. Vous avez fini ?

— Venez voir.

Elle accourut et se pencha derrière lui, s'appuyant sur ses larges épaules pour regarder par-dessus. Il l'avait représentée les traits pétillants d'humour et d'intelligence, réussissant à rendre son éclat, la sensualité de sa bouche.

— Oh, elle est superbe, dit Alexia en s'empourprant aussitôt.

Jamie éclata de rire. Il posa son fusain, se tourna vers elle et la fit basculer sur ses genoux.

— Quelle modestie ! la taquina-t-il.

— Ce n'est pas ce que je voulais dire, et vous...

Il l'interrompit en s'emparant de ses lèvres. Avec vigueur. Tout d'abord, elle se raidit, mais elle céda très vite au feu qui la consumait. Ses bras se nouèrent d'eux-mêmes autour du cou du jeune homme.

Il l'enlaça, défit les rubans de son corsage et enfouit son visage entre les seins dénudés pour respirer avec ivresse son odeur de femme infiniment sensuelle, un subtil parfum où se mêlaient la cannelle, l'orange et la rose. Doucement, il caressa ses seins, s'émerveillant de leur beauté. Il les trouvait parfaits. Petits mais ronds et fermes. Ils tenaient juste dans sa main. Il sentit les petites pointes durcir sous ses doigts, et elle gémit en renversant la tête en arrière. Ses longs cheveux sombres cascadèrent jusqu'à terre. Quand il promena sa langue le long de sa gorge, que sa bouche haletante s'arrêta sur sa poitrine, il sentit les ongles d'Alexia s'enfoncer dans ses épaules...

Tout à coup, un rugissement rauque s'éleva derrière eux, dans la forêt.

Jamie sursauta en sautant sur ses pieds, précipitant Alexia au sol. Déjà, il avait saisi son poignard. C'était un ours, l'animal le plus dangereux pour l'homme.

Il bavait en les observant fixement de ses petits yeux rouges, montrant ses crocs énormes. Alexia avait déjà vu un ours déchiqueter un homme d'un seul coup de patte. Ce n'était pas une bête facile à tuer, en tout cas pas avec un couteau. Il lui aurait fallu une arme plus longue, une lance par exemple. Il était énorme, et sa charge, puissante et mortelle.

L'animal baissa la tête en grondant, grattant le sol de ses griffes acérées. La paume de Jamie était moite sur le manche du poignard qu'il tenait fermement. Derrière lui, Alexia respirait précipitamment.

Brusquement, l'ours fit volte-face et repartit dans la forêt comme il était venu.

Jamie attendit encore une bonne minute avant de baisser sa garde et de se tourner vers Alexia. Elle rattachait calmement son corsage et, à sa mine fermée, il comprit qu'ils ne poursuivraient pas ce qu'ils avaient commencé.

Il alla chercher sa monture en maudissant les dieux et cet ours de malheur, mais c'était surtout contre lui-même qu'il était furieux. Il fallait être idiot pour tomber amoureux d'une Anglaise. Quant à s'éprendre d'une Carleton, ce n'était pas seulement de l'idiotie, c'était de la folie pure.

5

Alexia se plongea dans l'eau chaude du grand baquet en bois avec un soupir de plaisir.

La tante de Jamie, tante Mado, n'était autre que lady Madeleine Campbell, comtesse douairière d'Argyll, la plus extravagante comtesse qu'Alexia eût jamais rencontrée. Elle prit la jupe et le corsage de la jeune femme et les examina à la lumière de la fenêtre.

— Irrécupérables, ma chère. Quel démon a possédé ce garçon pour vous enlever de cette manière et vous emmener de force jusqu'ici, je l'ignore. Mais ce dont je suis sûre, c'est qu'il mérite le fouet.

Alexia sourit. Elle doutait que tante Mado permette à quiconque de toucher à un cheveu de son neveu adoré. C'était une femme corpulente, et elle le défendrait sans aucun doute comme un ours ses petits, si l'on s'avisait de lui faire le moindre mal.

— Vous ne pouvez rester en haillons, ajouta-t-elle. Je vais devoir vous prêter quelque chose.

— Oh, milady, je ne pourrais pas, protesta Alexia en réprimant sans succès un accès de fou rire qu'elle tenta de masquer par une petite toux.

— Ah, ça vous amuse ! s'écria tante Mado, hilare. Vous savez, je me suis peut-être empâtée avec le temps, mais à votre âge j'étais plus que mince. Archie, mon mari, me traitait de grande asperge et il ajoutait : « Ça tombe bien, j'adore les asperges ! », conclut-elle avec un grand éclat de rire.

— Votre taille ne gênait donc pas votre époux ? s'étonna Alexia.

— Le gêner ? Diable, non ! Lui, c'était un petit gabarit au contraire. Mais qu'importe la taille, une fois au lit, en position horizontale ? Enfin, tout dépend de quoi on parle... ajouta-t-elle avec malice.

Alexia rougit jusqu'aux oreilles, mais elle ne put s'empêcher d'éclater de rire à son tour.

— Bien ! jeta la comtesse en se tapant les cuisses. Je vais voir ce que je peux vous trouver au grenier. Ce sera sans doute un peu démodé. Ce mois-ci, cela fera cinquante ans que je me suis mariée. J'ai commencé à manger dès le lendemain et je ne me suis plus arrêtée depuis !

Elle quitta la pièce en riant à gorge déployée.

Alexia usa et abusa du savon délicatement parfumé avec lequel elle lava même ses cheveux. Puis, elle sortit du bain, et elle commençait à se sécher avec une serviette tenue au chaud près du feu quand on frappa à la porte.

Alexia voulut s'envelopper dans la serviette, mais elle était trop courte. Elle attrapa la courtepointe, la drapa autour d'elle pour cacher sa nudité et, d'une voix mal assurée, cria :

— Entrez !

Ce n'était qu'une servante qui lui apportait ses vêtements.

Ils lui allaient à peu près bien, même s'ils dataient de l'époque du roi Henry. Une forte odeur de bois de cèdre les imprégnait. La robe était ravissante, avec ses manches richement doublées de brocart et sa jupe luxueusement brodée.

Une fois habillée, Alexia prit la mesure de son environnement : une chambre spacieuse et claire, pourvue de deux fenêtres, un grand lit confortable protégé par des rideaux de soie.

On l'avait conduite dans cette pièce dès son arrivée avec Jamie que la comtesse avait prestement renvoyé à ses appartements pour s'occuper de la jeune femme, l'entourant aussitôt d'attentions empressées. Et tout en la dorlotant, elle avait bavardé.

Elle lui avait montré une miniature représentant un homme au visage sévère, dans un cadre précieux.

— Le sixième comte d'Argyll, mon seul enfant. Une vraie grenouille de bénitier ! On le croirait habité par le Seigneur... Tout le contraire de notre Jamie. Enfin, ajouta-t-elle en soupirant. C'est mon fils, et je dois l'accepter tel qu'il est.

Elle lui parla de son enfance. Fille de meunier, son mariage avec un comte l'avait propulsée dans les hautes sphères de la société.

— Eh oui, mon Archie n'a pas épousé une femme de son rang. Beaucoup me l'ont fait sentir en m'accablant de leur mépris, mais pas Archie. Jamais. J'ai éprouvé beaucoup de bonheur à être comtesse et, surtout, à être la femme de Archie Campbell. Si vous saviez à quel point je l'aimais ! Il y a maintenant quinze ans qu'il m'a quittée, mais il continue de me manquer chaque minute que Dieu fait.

« Annor, la mère de Jamie, est la sœur cadette de mon mari. Elle ne ressemble pas à son frère, sur aucun plan, et pour tout vous dire, nous ne nous sommes jamais entendues. Elle s'est acharnée à inculquer le sens du devoir à ses fils, les pauvres garçons ! Elle n'a que ce mot à la bouche. Le devoir !

Elle haussa les épaules et son visage s'éclaira.

— Grâce à Dieu, Jamie semble avoir échappé à son influence en faisant fi de ses leçons puisque vous êtes là ! Jamie avait un frère aîné, poursuivit-elle. Il s'appelait John, comme le vieux châtelain. Mais il mourut très jeune. Noyé. J'ai toujours pensé que Jamie aurait été plus heureux en restant le cadet. Aujourd'hui, j'en suis moins sûre. Il se montre à la hauteur de son rang, et ce davantage que son père, lord Maxwell, entre nous soit dit. Plus le temps passe, plus mon impression se confirme.

Elle observa Alexia avec une curiosité non déguisée avant de conclure :

— Il ne lui reste plus maintenant qu'à trouver la femme qu'il lui faut.

Accoudée à la fenêtre, Alexia se remémorait cette conversation en admirant les reflets d'or du soleil couchant sur le lac. Tante Mado se trompait. Jamie ne l'avait enlevée que pour assouvir sa soif de vengeance. Il la rendrait aux siens, certes, mais si, au passage, il pouvait coucher avec elle, son triomphe serait total.

Pourtant, cette perspective ne l'inquiétait plus car elle était amoureuse de lui. Oui, elle l'aimait, et peu lui importait qu'il le sache.

Un léger bruit derrière elle attira son attention. Appuyé au chambranle de la porte, il l'observait. À la lumière des chandeliers du couloir, ses cheveux blonds formaient un halo d'or autour de son visage. Un sourire malicieux flottait sur ses lèvres, mais il s'évanouit dès qu'Alexia fit un pas vers lui et que Jamie vit son regard.

En un éclair, il franchit l'espace qui les séparait et la prit dans ses bras. Il la serra à l'étouffer, l'embrassa à perdre haleine, comme un homme assoiffé savoure enfin le verre d'eau tant attendu.

Il la souleva ensuite dans ses bras et l'emporta vers le lit où il la déposa avant de s'allonger contre elle pour un nouveau baiser enflammé. Ses lèvres abandonnèrent celles de la jeune femme pour s'égarer le long de sa gorge en une longue traînée de feu. Alexia émit un gémissement rauque.

La cloche annonçant le dîner retentit alors. Jamie releva la tête.

— Nom d'un chien ! pesta-t-il avant d'enfouir son visage dans ses cheveux, la serrant plus étroitement contre lui. Vous sentez bon. Si nous ne descendions pas ?

Elle le repoussa.

— Non. Je meurs de faim.

Avec un soupir résigné, il roula sur le côté mais lui saisit les poignets comme elle tentait de s'asseoir.

— Si vous me refusez votre lit cette nuit, mon amour, je ne réponds plus de...

Elle posa un doigt sur les lèvres magnifiques du jeune homme.

— Moi aussi je vous désire, Jamie Maxwell. À en perdre la raison !

Malgré le feu qui les dévorait, Alexia et Jamie étaient trop bien élevés pour se précipiter dans leur chambre dès la fin du repas. Ils s'attardèrent à jouer au backgammon pendant que tante Mado brodait près de l'âtre.

Alexia le battit deux fois de suite. Certes, Jamie manquait de concentration. Il ne cessait de faire le pitre, de bâiller, de s'étirer, de lancer des œillades éperdues vers l'horloge.

La jeune femme finit par se lever. Évitant soigneusement de le regarder, elle s'excusa auprès de tante Mado, prétextant qu'elle était fatiguée et montait se coucher. Jamie l'escorta jusqu'à la porte.

— Dans combien de temps ? murmura-t-il contre son oreille.

— Un quart d'heure, répliqua-t-elle tout bas.

— Seigneur ! grimaça-t-il comme s'il s'agissait d'une éternité.

Elle rit doucement et lui effleura la joue d'un baiser prometteur avant de s'éclipser.

La comtesse leva les yeux de sa tapisserie.

— J'ai quelque chose à te dire, Jamie Maxwell.

Il lui adressa un sourire enjôleur mais elle ne se laissa pas démonter.

— Tu sais que je n'ai pas pour habitude de me mêler de la vie des autres, mais, cette fois... mon pauvre chéri, tu es fou d'elle, n'est-ce pas ? Oui, j'ai vu juste. Mais tu ne pourras jamais l'épouser, Jamie.

— Je sais, tante Mado.

Dans les régions frontalières, la loi réprouvait les mariages entre Anglais et Écossais. Ils entraînaient la disgrâce pour la femme et pire encore pour l'homme.

— Pourtant, je te croyais raisonnable. Cette jeune femme n'est pas une prostituée, et cependant tu as décidé de faire l'amour avec elle sans te marier. Que se passera-t-il, une fois la rançon payée ?

Jamie envoya un coup de pied dans une bûche.

— Eh bien, je la renverrai chez elle. Tante Mado, elle n'est pas seulement anglaise. C'est une Carleton !

— Oui... répondit la vieille dame en examinant son ouvrage d'un air soucieux.

Cette histoire pouvait se terminer en bain de sang entre les deux clans rivaux.

— Et qu'adviendra-t-il d'elle alors ? Y as-tu songé ?

Jamie s'appuya au manteau de la cheminée en fixant les flammes.

— Elle fera ce qu'elle aurait fait si je n'étais pas intervenu. Elle épousera cet Anglais, Seymour Howard.

— Parce que tu crois qu'il voudra toujours d'elle ?

— Il n'a nul besoin de le savoir...

— Dieu du ciel ! Mais pour qui la prends-tu ? Elle

est follement amoureuse de toi, cela crève les yeux. Comment pourrait-elle feindre d'aimer cet Anglais, étant donné ce qu'elle éprouve pour toi ? Et qu'adviendra-t-il si tu la mets enceinte ?

Brusquement, elle se leva et lui fit face avec une telle colère que Jamie en fut momentanément déconcerté.

— La plupart des hommes sont des égoïstes qui ne voient pas plus loin que le bout de leur nez ! Et tu ne fais pas exception à la règle, bougre d'innocent !

Sur ce, elle se dirigea vers la porte d'un pas décidé. Jamie s'alarma. S'il connaissait un tout petit peu les femmes (ce dont il commençait à douter), elle montait droit chez Alexia. Une fois qu'elles l'auraient déchiré à belles dents, il n'aurait plus la moindre chance de franchir la porte de la chambre de la jeune femme ce soir, à moins de l'enfoncer !

Il se servit un verre de vin épicé en jurant comme un beau diable mais, à la première gorgée, il le reposa, décidant qu'il ne s'agissait pas d'une boisson d'homme. Il ouvrit un placard en quête de quelque chose de plus corsé. Ayant trouvé un vin vieux, il s'assit près du feu avec la bouteille, l'humeur sombre.

Il désirait Alexia Carleton à en mourir mais il ne voulait pas qu'elle souffre par sa faute. Tante Mado avait raison. En l'enlevant, il s'était conduit comme un idiot, sans réfléchir aux conséquences. Il avait voulu la séduire sans penser une seconde à ce qu'il adviendrait, quand il aurait gagné son cœur. De son côté, elle l'avait conquis depuis longtemps, il en était conscient, mais il s'était convaincu que cet amour ne durerait pas, que quelques jours, quelques nuits suffiraient à l'apaiser. Parce qu'il ne pouvait en être autrement...

— Jamie ?

Il se retourna en sursautant. Elle se tenait sur le pas de la porte, vêtue d'une chemise de nuit si fine, si diaphane qu'elle semblait nimbée d'un souffle de brume à travers lequel se dessinaient les ombres de son corps nu.

Il prit une longue inspiration.

— J'attends depuis longtemps, milord, dit-elle avec un sourire nerveux.

Il voulut lui dire que tout cela n'était qu'un jeu, et que maintenant qu'il avait gagné, cela ne l'intéressait plus. Elle ne l'intéressait plus. Mais il n'eut pas le courage de mentir à ce point, aussi lança-t-il :

— Allez vous coucher, Alexia.

Un silence suivit. Le visage de la jeune femme se décomposa. On eût dit un miroir éclatant qui se brisait subitement, de l'intérieur. Elle essuya une larme du revers de la main, tourna les talons et disparut.

Alexia suivait des yeux le faucon qui volait à tire-d'aile vers la cime des arbres, tout au bout du loch, là où les hérons venaient se nourrir.

C'était celui de Jamie mais lui ne le regardait pas. Il contemplait Alexia.

Elle portait un manteau à capuche couleur sable et ses cheveux ruisselaient dans son dos jusqu'au creux de ses reins. Ses yeux ambrés brillaient au soleil comme des topazes. Il émanait d'elle une sorte d'excitation, de passion de vivre qui attisa au centuple le désir de Jamie. Mais son désir n'était pas seulement charnel, il allait bien au-delà.

De plus, elle semblait profondément sereine en cet instant. En paix avec elle-même et avec le monde.

Ce matin, après le petit déjeuner, il lui avait expliqué pourquoi il ne l'avait pas rejointe dans son lit, la veille au soir. Elle l'avait écouté sans mot dire, mais au fur et à mesure qu'il parlait, son visage s'était détendu, comme adouci.

Plus tard, quand il lui avait proposé de l'accompagner à la chasse au faucon, elle l'avait étonné en acceptant immédiatement. C'est à ce moment-là qu'il s'était rendu compte du calme étrange qui l'habitait. Sans doute, en avait-il déduit, était-elle tombée d'accord avec la sagesse des arguments qu'il avait avancés, au sujet de leur éventuelle relation physique. Pourtant, la facilité avec laquelle elle avait semblé mettre de côté ses sentiments pour lui l'avait heurté.

Le faucon était prêt à tuer, à présent. Il s'immobilisa en plein vol, et fondit soudain sur sa proie, l'emprisonnant brutalement dans ses serres et la foudroyant sous l'impact. Laissant alors sa victime aux chiens qui la rapporteraient, l'oiseau vint se poser sur le poignet ganté que Jamie lui tendait. Il félicita le rapace, et se tourna vers Alexia qui lui sourit pour la première fois de la journée. Le jeune homme se sentit aussitôt plus léger.

— Il est très beau. L'avez-vous dressé vous-même ?

— Oui. Aimeriez-vous voir le nid où il est né ? s'enquit-il dans l'espoir d'obtenir un nouveau sourire.

Il atteignit son but. Cette fois, le visage d'Alexia s'illumina franchement.

— Oh, oui, Jamie ! J'aimerais beaucoup.

Je vous apporterais la lune au creux de mes mains pour que vous me regardiez toujours ainsi... songea-t-il.

Ils étaient étendus côte à côte, à plat ventre. Alexia passa un bras autour de la taille de Jamie et se pressa contre lui.

— Alexia, pour l'amour de Dieu...

— S'il vous plaît... j'ai le vertige, mentit-elle.

Ils se trouvaient sur une arête escarpée tout en haut de Ben Cruachen, dominant une gorge profonde. À environ dix pieds au-dessous d'eux courait une saillie rocheuse encore plus étroite où se trouvait le nid du faucon abritant cinq petits qui réclamaient la becquée avec ardeur.

— Oh, Jamie, ils sont adorables ! s'exclama Alexia en profitant de leur proximité pour lui souffler ces paroles au creux de l'oreille.

À sa grande satisfaction, elle vit les muscles de sa mâchoire tressaillir.

Si Alexia n'avait pas eu une voix aussi épouvantable, elle se serait mise à chanter ce matin, quand Jamie lui avait exposé toutes ces raisons ridicules pour lesquelles il avait décidé qu'ils ne feraient pas l'amour. Persuadée qu'il ne la désirait plus, elle avait passé une nuit atroce mais quand elle avait compris que seule sa conscience lui avait dicté l'abstinence, elle avait eu grand-peine à contenir sa joie. Car non seulement il la désirait, mais il l'aimait ! Pour quelle autre raison aurait-il tenu à faire passer son bonheur futur avant ses exigences purement masculines ? Certes, ces prévenances étaient tout à son honneur, mais, selon elle, totalement superflues.

— Ils ont l'âge idéal pour commencer à être dressés, dit-il d'une voix tendue.

— Oh, laissez-les où ils sont, Jamie ! s'écria-t-elle en appuyant une jambe contre sa cuisse.

Il poussa un grognement, et prit sa tête dans ses mains.

— Alexia, si c'est ainsi que vous avez décidé de vous venger, sachez que c'est la façon la plus diabolique, la plus cruelle...

— Aidez-moi à me relever, Jamie. Je crois que j'ai une crampe.

Un peu plus haut se trouvait un petit tertre recouvert

de mousse spongieuse. Ils s'y réfugièrent, et Jamie s'écarta aussitôt de la jeune femme qui feignit de trébucher pour se retrouver contre lui. Il referma alors ses bras autour d'elle, et un gémissement de désespoir et de capitulation mêlés lui échappa.

Elle sentit sa main remonter le long de son dos, ses doigts dans ses cheveux qu'il tira légèrement en arrière pour la regarder droit dans les yeux. Elle ne cilla pas et elle eut l'impression de lire au plus profond de lui. Alors il lui saisit le cou et posa sa bouche sur la sienne, renonçant à lutter.

Alexia perdit le souffle sous l'intensité de son baiser. Son cœur se mit à battre la chamade. Cette fois, quand elle s'accrocha à lui, ce n'était plus par jeu. Elle serait vraiment tombée s'il ne l'avait retenue.

D'une main caressante, il dégagea les cheveux qui retombaient sur son visage.

— Alexia...

— Non, dit-elle en posant un doigt sur ses lèvres. Je ne veux pas penser à demain. Je m'en moque. Fais-moi l'amour. Maintenant.

Le regard de Jamie s'assombrit, adoptant les nuances d'une forêt au crépuscule. Ses mains descendirent le long de la gorge d'Alexia, jusqu'au renflement de ses seins.

Il l'embrassa alors avec une ardeur proche de la violence puis le baiser se fit peu à peu plus doux, si doux qu'elle en aurait pleuré.

— Nous allons nous allonger sur ta cape, d'accord ? dit-il d'une voix rauque.

Il alla la détacher de la selle du cheval de la jeune femme tandis qu'elle le contemplait avec amour. La brise soulevait ses cheveux blonds, gonflait les manches de sa chemise. Et ce même souffle de vent caressait les joues de la jeune femme. Au sommet de cette colline, tous deux se trouvaient entre ciel et terre. La nature exhalait un parfum puissant, boisé et pur. Il n'était plus question de clan ou de pays rivaux. Plus rien ne pouvait les séparer.

Il étendit la pèlerine sur la mousse épaisse, prit Alexia par la main et la tira à lui.

Il entreprit de la déshabiller avec lenteur. Chaque fois qu'il enlevait un vêtement, il s'interrompait pour caresser la peau nue découverte, l'embrasser, l'admirer. On eût dit qu'il dégustait un festin dont il ne se rassasierait jamais.

Il s'attarda particulièrement sur ses seins, s'émerveillant de leur beauté, les palpant, les dévorant. Alexia finit par enfouir ses mains dans ses cheveux pour le presser contre sa poitrine avec une tendresse infinie. Sans limites. Elle avait l'impression qu'il faisait partie d'elle, déjà. Quand il referma ses lèvres autour d'un mamelon pour en aspirer la saveur, le taquiner de sa langue, elle eut la sensation qu'une flamme l'embrasait tout entière, si brutale qu'elle en eut le vertige.

Il s'écarta d'elle pour se déshabiller à son tour. Elle l'aida tout en admirant son corps magnifique, sa peau ferme. Elle le croyait plus mince. Sa poitrine dénudée n'était que puissance et muscles d'acier. Elle les caressa, songeant que jamais elle ne se lasserait de les sentir frémir sous ses doigts. Ses mains glissèrent ensuite vers ses reins, revinrent sur son ventre, descendirent jusqu'à son sexe dressé autour duquel elles se refermèrent. Jamie haletait. Il gémit.

— Jamie ? Je t'ai fait mal ? s'inquiéta-t-elle en s'écartant.

— Oh, mon Dieu... non, murmura-t-il en reprenant sa main pour la remettre là où elle était.

Il couvrit ses épaules de baisers et pendant qu'elle le

caressait, il la mordilla, faisant naître chez sa compagne des frissons irrépressibles.

En même temps, il glissa une main entre ses jambes, dans la douce toison où ses doigts cherchèrent, tâtèrent, trouvèrent. Alexia retint son souffle, subjuguée par les sensations inouïes qui montaient en elle. D'abord, il la caressa doucement. Effleurements légers, patients. Puis il imprima des pressions plus précises, plus appuyées. Parfois, il glissait même un doigt en elle puis revenait, recommençait... Alexia exprimait son plaisir en gémissant, se cambrant vers sa main, ondulant sous ses doigts, l'appelant à elle. Mouillée de désir. Peu à peu, elle perdit pied, et elle eut l'impression de s'envoler comme le faucon, de planer au-dessus de la terre, de plus en plus haut, avant de se laisser tomber dans un coussin d'air où tout se mit à tourner pour finir dans un bien-être absolu. Divin.

Elle ouvrit les yeux. Jamie la contemplait avec un sourire ravi.

— Jamie ? Qu'as-tu... Qu'est-ce que...

— Alexia, mon amour, mon cœur... je commence à peine.

Ses mains revinrent entre ses cuisses, les écartant doucement, puis se plaquèrent sur ses hanches. Il la positionna face à lui, et la pénétra. Transportée par l'ivresse de le sentir en elle, elle ne vit pas l'expression de stupeur qui se peignait sur son visage. Il hésita, s'immobilisa un instant au-dessus d'elle avant d'entreprendre un lent mouvement de va-et-vient, avec beaucoup de douceur tout d'abord puis, progressivement, de plus en plus vite, de plus en plus loin. S'attardant un instant là, tout au fond, et reprenant. Le souffle court, il lui murmurait des mots doux qu'elle ne comprenait pas, lui embrassait les lèvres, le cou, les seins, sans jamais cesser de la chevaucher et de la caresser.

Quand il accélérait, elle partait avec lui vers des cimes inconnues, haletante, éperdue, éblouie. Puis il s'apaisait, et ils redescendaient ensemble, contenant leur ardeur, avant de repartir de plus belle. Ils en perdirent la voix, le souffle, la notion de tout ce qui les entourait. Et puis alors, à un moment où il la conduisait de nouveau vers les hauteurs du plaisir, elle sut que cette fois c'était trop fort, trop plein, et l'extase explosa en une apothéose éblouissante. Peu après, elle sentit qu'il en allait de même pour Jamie à la tension extrême de son corps, soudain parcouru de longs tremblements qui lui arrachèrent des grognements sourds.

Essoufflés, trempés de sueur malgré la fraîcheur de l'air, ils restèrent un moment l'un contre l'autre, l'un dans l'autre. Puis Jamie se retira et l'étreignit étroitement, la serrant tendrement contre lui.

— Mon Dieu, Alexia. C'est terrible, je t'aime. Je t'aime comme un fou.

Au bout d'un moment, ils s'enveloppèrent dans la cape sans se lâcher, leurs corps nus enchevêtrés. Alexia se sentait délicieusement bien, paisible et heureuse.

— Alexia ? murmura-t-il en lui caressant les hanches. Je croyais que tu avais été mariée.

— En effet. Mais notre union n'a jamais été consommée.

— Oui, c'est ce que j'ai cru remarquer...

Elle lui raconta sa nuit de noces avec tellement d'humour qu'ils rirent comme deux enfants.

— Mais pourquoi m'a-t-il dit que j'aurais mal ? demanda-t-elle. Tu ne m'as pas fait mal du tout.

— Tant mieux. Ce n'est pas forcément douloureux la première fois, dit-il en l'embrassant sur la joue. Mais je ne suis pas seul responsable du plaisir que nous avons éprouvé. Tu es une femme très passionnée, Alexia. Heureusement que ton marchand n'est pas resté assez longtemps pour s'en rendre compte par lui-même, sinon il ne serait jamais parti pour la Russie. Aujourd'hui, tu serais une grosse mégère effrontée avec au moins quatre marmots.

Alexia voulut le frapper mais il saisit sa main au vol et la porta à ses lèvres.

— Insolente, peut-être, Jamie Maxwell, mais grosse, jamais !

Il éclata de rire et roula sur le dos. Se penchant sur lui, elle enserra son visage dans ses paumes et le regarda au fond des yeux.

— Je suppose que tu as fait l'amour à des centaines de femmes.

— Des milliers, corrigea-t-il en s'efforçant de rester sérieux.

— Parle-moi de la première.

— Pourquoi ?

— Parce que je veux tout savoir de toi.

Il enroula une longue mèche de ses cheveux autour de sa main.

— Il n'y a pas grand-chose à en dire, Alexia. J'avais treize ans quand mon père, décidant qu'il était temps de me déniaiser, m'emmena voir sa prostituée préférée à Dumfries.

— À quoi ressemblait-elle ? Elle était belle ?

— Elle s'appelait Annie et elle avait vingt ans. Je suppose qu'elle était jolie, oui. J'ai composé des sonnets pour elle, que je chantais en m'accompagnant au luth. Des sonnets épouvantables où je parlais de ses lèvres rubis et de sa peau blanche comme neige. J'étais fou amoureux d'elle !

Alexia l'embrassa dans le cou.

— Mon pauvre chéri. Elle t'a laissé pour quelqu'un d'autre ?

— Alexia, c'était une prostituée. Il y avait des dizaines d'autres hommes dans sa vie, bien sûr. Ensuite, la nièce de notre cuisinier est arrivée au château. Elle était belle, je m'en souviens. Belle à croquer...

— Ooooh ! s'exclama-t-elle en lui assenant un coup de poing. Vous êtes tous les mêmes, inconstants et volages.

— Ne me frappe pas ! Nous sommes tous volages à cet âge-là.

Alexia ne dit rien, mais elle souriait en secret. Son premier amour à elle n'était autre qu'un Écossais un peu fou, aux cheveux blonds comme les blés. Elle ne l'avait jamais oublié, ni même cessé de l'aimer.

Elle insinua une main entre ses cuisses et le caressa.

— Jamie... c'est magique... tu peux recommencer ?

Il partit d'un grand rire auquel elle fit écho. Puis il la saisit à la taille et la plaqua contre lui de sorte qu'elle sente combien il était prêt à lui refaire l'amour.

— Qu'en penses-tu ? demanda-t-il d'une voix altérée.

— Je pense que je t'aime, Jamie Maxwell.

6

À presque trois cents mètres, la cible n'était pas plus grosse qu'un mouchoir de poche.

— Nous sommes donc bien d'accord, dit Jamie. Si une seule de tes flèches manque sa cible, tu t'engages à satisfaire le moindre de mes souhaits pendant une heure entière.

Alexia achevait de bander son arc. Fait de bois souple, il était aussi grand qu'elle.

Elle toisa Jamie, le regard brillant d'une invite sans équivoque.

— Mais si je réussis, c'est à moi qu'il appartiendra de disposer de toi durant cette heure-là.

— Bien sûr.

L'assurance inébranlable du jeune homme la fit sourire. Il semblait sûr de son fait.

Elle se mit en position, visa. La flèche partit avec un long sifflement. L'homme posté près de la cible leva les bras, signifiant qu'elle avait tapé dans le mille.

Jamie et Alexia échangèrent un sourire, et elle reprit une flèche dans le carquois.

Depuis six semaines qu'ils se mesuraient à ce sport des heures durant, au château de Kilchurn, Alexia s'était toujours révélée la plus forte. Elle lui savait gré de ne pas lui tenir rigueur de sa supériorité. Au contraire, il se montrait fier d'elle et appréciait de partager avec elle l'amour de ce sport.

En dehors du tir à l'arc, elle aimait l'escrime autant que lui, mais dans cet art, il la dominait nettement. Cela ne l'avait pas empêché de lui enseigner certaines de ses passes les plus fines avec beaucoup de patience et sans la moindre condescendance.

Certains jours, ils partaient chasser au faucon, chevauchant longuement le long des lochs, dans les montagnes. Ils emmenaient en général de quoi se restaurer au cours de ces longues escapades, et parfois, ils apaisaient une tout autre faim avec la nature pour seul témoin. Ils parlaient aussi, longuement, pendant que Jamie dessinait, mais jamais ils n'évoquaient l'avenir.

Un jour, ils allèrent canoter sur un lac et firent l'amour dans la barque, au soleil. Au début de leurs ébats, la tendresse les submergea. Ils s'aimèrent longuement, avec lenteur. Mais au fur et à mesure, la passion prit le dessus, les emportant pour finir dans un rythme effréné qui fit dangereusement tanguer la barque. Leurs étreintes se terminèrent dans un fou rire partagé.

Quand il pleuvait, ils restaient au château où ils jouaient au backgammon ou aux échecs. Ils discutaient longuement de livres qu'ils avaient lus tous les deux. Ils se querellèrent pour la première fois au sujet de la récente théorie de Copernic qui prétendait que la terre tournait sur elle-même en même temps qu'autour du soleil. Jamie lui trouvait un bien-fondé tandis qu'Alexia affirmait que si Copernic avait raison, ils auraient dû sentir le mouvement de la terre. À la fin de leur dispute, elle obligea Jamie à sortir sur le balcon pour constater que c'était le soleil qui se déplaçait, et non la terre. Elle se mit franchement en colère devant son obstination à douter de ses démonstrations, mais il l'apaisa en l'embrassant, la sachant incapable de résister à ses baisers.

La musique était la seule passion qu'Alexia ne pouvait partager avec Jamie. Elle l'appréciait tièdement et n'avait aucun don en la matière. Jamie, lui, savait non seulement se servir du luth mais aussi du virginal et de l'épinette, et il constatait avec stupéfaction l'incapacité d'Alexia dans ce domaine à une époque où même le paysan le plus pauvre jouait ne serait-ce que du pipeau. Qui plus est, comme elle chantait faux, avec une voix de crécelle, leur unique tentative de duo ne s'était pas reproduite. Comme il avait grimacé en entendant ses fausses notes, elle avait feint de se sentir outragée et lui avait lancé un coussin à la figure. Ce jour-là, ils avaient fait l'amour sur le parquet de la salle de musique.

L'amour... En d'autres circonstances, Alexia aurait estimé que ces quelques semaines passées auprès de Jamie lui avaient apporté un bonheur sans faille. Il lui suffisait de sentir ses mains sur sa taille quand il l'aidait à descendre de cheval, ou qu'il l'effleure à peine, en s'effaçant pour la laisser passer devant lui, ou même d'entendre son rire, pour que l'aiguillon du désir la mette en feu.

Le simple fait de le voir, de le sentir, de l'écouter présageait de ce qui leur arrivait quand ils se retrouvaient dans le grand lit aux aigles sculptés. Parfois, la nuit, quand elle reposait dans les bras de Jamie endormi, elle essayait de se représenter sa vie sans lui. Elle ne pouvait plus l'envisager. Elle avait entendu parler de quelqu'un devenu dépendant d'une drogue mystérieuse venue d'Orient et elle songea qu'elle-même était sans aucun doute dépendante de Jamie Maxwell. Elle n'avait pas seulement besoin de lui pour être heureuse, mais pour vivre, pour respirer, pour exister.

Elle redoutait avec une angoisse sans nom le jour où l'un de ses frères arriverait pour leur annoncer que la rançon avait été payée. Jamie la ramènerait alors à son père et à Seymour. Et elle devrait se marier avec un homme dont elle ne se rappelait même pas le visage. Qu'elle n'avait jamais réellement aimé. Certes, il lui avait plu, et si les choses s'étaient déroulées comme prévu, ils auraient certainement eu une existence agréable. Mais lui demander aujourd'hui d'aimer Seymour équivalait à exiger qu'une princesse ayant toujours vécu dans un palais passe le reste de sa vie dans un taudis.

Elle se demandait parfois si Jamie partageait ses sentiments mais il se contentait de lui dire qu'il l'aimait. Pas une fois il ne lui avait laissé entendre qu'il ne la quitterait jamais ou qu'il ne l'obligerait pas à repartir.

Ce fut tante Mado qui lui donna la réponse.

La comtesse avait envoyé son neveu au village le plus proche pour qu'il lui rapporte du fil pour sa tapisserie. Ce n'était qu'un prétexte pour se retrouver seule avec

Alexia et lui parler. Elle entra dans le vif du sujet sans préambule.

— J'ai quelque chose à vous dire au sujet de Jamie, commença-t-elle. Je suis désolée, Alexia, mais il faut que vous le sachiez.

La comtesse la considérait avec des yeux pleins de bonté et de pitié.

— Je... je crois savoir ce que vous allez me dire, milady, balbutia Alexia, la gorge serrée.

— Oui, peut-être... Voilà : ce qui compte le plus pour un Maxwell, c'est son clan. Il passe avant son pays, avant Dieu, et certainement avant l'amour. Jamie n'échappe pas à cette règle. Il a le sens du devoir et n'y dérogera pas. Un autre à sa place aurait abandonné ses titres et sa famille pour s'enfuir sur le continent et vivre avec la femme qu'il aime. Jamie Maxwell n'en fera jamais rien. Ne lui demandez pas de vous prouver son amour de cette façon, vous en auriez le cœur brisé.

Alexia déglutit avec peine.

— Je ne le lui demanderai pas.

Tante Mado prit la main de la jeune femme dans la sienne.

— Si cela peut vous réconforter, ma chère enfant, il vous aime. Cela ne fait aucun doute.

Les six flèches étaient regroupées dans un espace de la grosseur d'un poing, au centre de la cible.

Debout derrière Alexia, Jamie posa ses mains sous ses seins.

— L'heure t'appartient, mon amour, souffla-t-il dans ses cheveux. Quel est ton premier commandement ?

Alexia renversa la tête contre son épaule.

— J'aimerais que tu m'apprennes comment tu as vaincu Big Wat, tu te souviens ?

Il la fit pivoter face à lui.

— Espèce de... tu m'as laissé croire à tout autre chose et... je me suis bien fait avoir !

Alexia ouvrit de grands yeux innocents.

— Oh, Jamie ! Comment peux-tu me prêter de telles intentions ?

De bonne grâce, il la laissa le précéder jusqu'aux écuries où il étala de la paille sur le sol pour amortir leurs chutes.

— Avant toute chose, tu dois apprendre à tomber, commença-t-il.

Alexia prit un air méfiant.

— Je te vois venir, Jamie Maxwell. Tu vas me renverser dans la paille uniquement pour regarder sous mes jupes !

— Cela fait partie de mon plan pour t'entraîner dans mon lit. Je séduis toutes les femmes de cette manière.

Il lui montra néanmoins comment tomber sans se faire mal, puis comment se servir du poids et de la force de son adversaire pour le vaincre. Il lui proposa ensuite de mettre la théorie en pratique.

Avec une expression sauvage, il se jeta sur elle. Alexia lui bloqua l'épaule, passa un pied derrière son genou et le fit culbuter dans la paille face contre terre.

— Ça marche ! s'écria-t-elle, ravie. On recommence !

Jamie ne bougea pas.

— Jamie ?

Il gémit.

Elle se pencha sur lui.

— Tu es blessé ?

Elle poussa un cri quand il lui saisit brusquement les jambes, lui faisant perdre l'équilibre. Elle tomba sur lui et il roula avec elle de façon à la bloquer sous le poids de son corps. Il riait, et s'apprêtait à l'embrasser quand...

— Jamie !

Il releva la tête, scruta les alentours, et se leva d'un bond. Alexia discerna deux silhouettes qui se détachaient sur le seuil en contre-jour mais, gênée par le soleil, elle ne put voir leurs traits.

— Madame Carleton... vous allez bien ? fit une voix familière.

L'homme s'avança, et Alexia reconnut Robin Maxwell.

— Il vous a fait du mal ?

— Ne sois pas stupide, Robin, intervint Jamie en tendant une main à la jeune femme pour l'aider à se relever.

S'apercevant que ses jupes étaient remontées autour de ses hanches, Alexia s'empressa de les remettre en place.

— Mais, je t'ai vu... Tu... enfin, je l'ai entendue crier, insista Robin.

Alexia s'empourpra.

— Je vais très bien, dit-elle. Ce n'était qu'un... jeu.

La personne qui accompagnait Robin s'approcha. C'était une fille. Elle n'avait pas plus de seize ans. Petite et délicate, elle évoquait une porcelaine précieuse avec ses cheveux blonds et bouclés, sa peau d'une blancheur légèrement rosée. Elle représentait l'idéal féminin et Alexia prit soudain conscience de son teint mat, doré par le soleil, de ses cheveux ébouriffés, de sa mise débraillée. De plus elle était grande et mince à l'extrême.

Elle repoussa les mèches de son front et toisa la jeune fille. Elle la haït sur-le-champ, comprenant instinctivement qu'elle avait une rivale. Une terrible rivale.

— Elspeth, dit Jamie. Que fais-tu ici ?

Il ne semblait pas en colère, seulement surpris.

— Elle est notre chaperon, expliqua Robin.

Jamie éclata de rire.

— Le chaperon de qui, grands dieux ?

— Nous devons... Elspeth et moi devons escorter Mme Carleton jusqu'à Stirling où son père nous attend...

— Mon père ! s'exclama Alexia. À Stirling ?

— Oui, dit Robin avant de se tourner vers Jamie. Je t'avais prévenu ! Tu es sommé de comparaître devant le roi pour répondre des crimes d'enlèvement et de... trahison.

Trahison. Alexia crut que son cœur s'arrêtait de battre. Mais elle regarda Jamie et lui offrit un sourire encourageant.

Elspeth posa une main sur le bras de Jamie.

— Tout cela n'était qu'une erreur, Jamie, une regrettable erreur. Tu n'auras qu'à l'expliquer au roi.

Elle tourna ses yeux d'un bleu lumineux vers Alexia et lui tendit la main. Une main minuscule.

— Bonjour, madame Carleton. Jamie vous a sûrement parlé de moi, n'est-ce pas ?

Robin regarda Jamie. Devant son air éberlué, il s'éclaircit la voix et prit la parole.

— Euh... madame Carleton, je vous présente lady Elspeth Campbell.

La jeune fille gloussa.

— Je sais que je n'ai rien d'un chaperon, mais... je vous assure que ce serait beaucoup plus convenable, parce que...

Elle se tourna vers Jamie, et quand elle lui sourit, deux petites fossettes creusèrent ses joues nacrées.

— Parce que je suis la future femme de Jamie.

Sa... *sa femme* ! De part et d'autre du grand lit de paille qui soudain lui semblait hostile, Alexia faisait face à Jamie.

— Tu as une femme !

— Dieu du ciel, combien de fois vais-je devoir te le répéter ? Elspeth n'est pas ma femme !

— Mais elle va l'être. Où est la différence ?

— Nous ne sommes même pas fiancés ! Nous n'avons pas signé de contrat ni même publié les bans. Il s'agit uniquement d'un accord...

— Un accord ? Vous vous êtes mis d'accord pour qu'elle devienne ta femme ?

Jamie serra les dents.

— Bon, c'est vrai. Je l'admets ! Mais de quel droit me fais-tu ces reproches ? Tu oublies Seymour Howard.

— Tu étais au courant, alors que moi, j'ignorais tout de l'existence de cette fille.

— Seigneur ! Que pensais-tu que je ferais après ton retour en Angleterre ? Que j'entrerais dans un monastère ?

— Et tu l'aimes, en plus ?

— Non ! s'écria-t-il, s'évertuant à ne pas perdre son calme. C'est une cousine de ma mère, restée orpheline très jeune. Mon père est devenu son tuteur et nous avons grandi ensemble. Elle est comme une sœur pour moi. Une sœur riche et politiquement puissante.

— Ah, je comprends. Tu l'épouses dans l'intérêt de ton clan, n'est-ce pas ? Ton cher clan !

Avec un sourire désabusé, elle ajouta :

— Il suffit de la voir pour comprendre que tu consens à un grand sacrifice !

— Je ne suis pas amoureux d'Elspeth mais de toi. Alexia... tu savais pertinemment que notre amour n'avait pas d'avenir. Je ne t'ai pas parlé d'elle plus tôt parce qu'elle appartient au futur. Je ne voulais pas te faire de mal...

— Non, tu voulais seulement coucher avec moi ! Et tu ne t'es pas gêné pour le faire, mon Dieu...

Alexia pleurait à chaudes larmes. Elle se détourna et cacha son visage dans ses mains.

— Seigneur... gémit-il, brûlant de la prendre dans ses bras, de la consoler.

Toutefois il réprima l'élan qui la poussait vers elle. Il n'en avait plus le droit.

— Je vais prévenir tante Mado. Nous partons pour Stirling après déjeuner.

Robin l'attendait sur le palier, appuyé au mur. Il avait tout entendu.

— Tu ne t'es pas contenté de l'enlever, n'est-ce pas ? lui reprocha-t-il en le suivant dans l'escalier. Tu l'as séduite.

Jamie se retourna si vivement que son frère faillit le heurter de plein fouet.

— Je ne l'ai pas séduite. Je l'ai violée !

Interloqué, Robin se figea un instant avant de se reprendre.

— Non... je ne te crois pas. Je comprends, tu veux la protéger n'est-ce pas ? Jamie, te rends-tu compte que si tu prétends l'avoir violée, tu risques la corde ?

— C'est mon problème.

Dans le bureau du Conseil privé du souverain, Colin Campbell, sixième comte d'Argyll, regardait par la fenêtre les vertes prairies de Bannockburn. Ici même, quelque deux cent soixante-dix années plus tôt, Robert Bruce avait vaincu les Anglais, assurant l'indépendance de l'Écosse.

Une indépendance qui n'avait pas été facile à conserver et que le comte d'Argyll trouvait aujourd'hui bien dérisoire.

À cinquante et un ans, la reine d'Angleterre n'avait plus aucune chance de donner naissance à un héritier. Seul son cousin, James Stuart, l'actuel roi d'Écosse, pouvait prétendre lui succéder, et le comte d'Argyll n'attendait que cela. Les deux pays se trouveraient alors réunis sous la même couronne, et par la même religion, la seule digne de foi aux yeux du comte, le protestantisme.

Quand ce jour béni arriverait, il quitterait enfin ce pays de barbares et se lancerait dans l'arène politique où il déploierait ses talents de fin stratège, ainsi que Dieu l'avait voulu.

Des coups frappés à la porte le sortirent de ses rêves de grandeur.

— Qu'est-ce que c'est ? aboya-t-il.

Un officier de la garde royale entra et salua.

— Le prisonnier est enfermé dans le donjon, milord.

— Parfait, répondit le comte en se frottant les mains.

Il avait toujours détesté les Maxwell, ses cousins rebelles, sans foi ni loi, mais il haïssait Jamie plus que tous les autres. Un insolent qui ne perdait jamais une occasion de se moquer de lui et de ses ambitions. À côté de Jamie, il se sentait petit, ridicule et ennuyeux, toutes choses qu'il ne lui pardonnait pas.

— Il ne doit bénéficier d'aucun traitement de faveur, même si sa famille est prête à payer. D'ailleurs... faites donc savoir au guichetier que toute brimade infligée au prisonnier sera récompensée, ajouta-t-il avec un petit sourire pervers.

L'officier fit claquer ses talons l'un contre l'autre.

— Bien, milord.

Il n'était pas plutôt sorti que l'on frappait de nouveau.

— Quoi encore ? vociféra le comte.

Cette fois, ce fut un page qui se présenta.

— Milord, l'ambassadeur de la cour de Sa Majesté James VI, roi d'Écosse, envoyé de Sa Majesté Elizabeth Ire reine d'Angleterre.

Le page s'effaça pour laisser passer un petit homme chauve, d'un âge indéterminé, qui referma soigneusement la porte derrière lui et s'y adossa, plongeant ses yeux dans le regard glacé du comte.

— Ce hors-la-loi, lord Maxwell, a-t-il été appréhendé ?

Un lent sourire se dessina sur le visage émacié du comte.

— Mais bien sûr.

— Et la fille ?

— Saine et sauve. Dans une auberge, non loin d'ici. Je viens de lui envoyer son père. Des retrouvailles touchantes, vous l'imaginez bien.

— A-t-elle été violée ?

— Mon cher ambassadeur, en toute honnêteté, je l'ignore. Mais si cela doit servir vos intérêts, il suffira d'annoncer que oui, elle a été violée. De toute façon, aucun médecin ne pourra le vérifier puisqu'elle est veuve.

L'ambassadeur s'assit dans un fauteuil près de l'imposant bureau d'Argyll puis se frotta les dents avec son poing sous l'œil amusé du comte.

— Sale affaire, Argyll, maugréa-t-il au bout d'un moment. Très sale affaire.

— Alors, dites-moi, je vous prie, mon cher ambassadeur, ce que notre reine attend de nous.

L'auberge se trouvait dans une étroite ruelle du vieux quartier de Stirling. De sa fenêtre située à l'étage, Alexia apercevait les deux tours du château et son immense herse. Elle se demandait à quoi ressemblaient les donjons de cette construction en roche volcanique édifiée sur les rives du Forth.

Dès qu'ils avaient franchi les grilles de la ville, un

escadron de la garde royale les avait encerclés et avait arrêté lord Jamie Maxwell par ordre du roi James VI d'Écosse. Ce fut seulement en le voyant avec les menottes, enchaîné comme un malfaiteur, qu'Alexia prit vraiment conscience de ce qui se passait. Elle avait crié sa colère en s'élançant vers eux mais Robin Maxwell avait saisi les rênes de son cheval pour la retenir.

— Non ! Vous ne pouvez plus rien pour lui.

— Jamie ! hurla-t-elle.

Jamie s'était retourné pour la regarder avec, sur les lèvres et dans les yeux, son petit sourire espiègle. Il semblait si désinvolte que, l'espace d'un instant, elle s'était dit qu'il ne risquait rien.

— Robin ? avait dit Elspeth. Il s'agit d'une erreur, n'est-ce pas ? D'une regrettable erreur ?

Une rire nerveux avait secoué Alexia.

Une erreur, songeait-elle à présent, le front appuyé contre la vitre glacée de la fenêtre de l'auberge. Rien qu'une regrettable erreur. Ou bien un mauvais rêve. Elle n'allait pas tarder à se réveiller dans le grand lit de Kilchurn, dans les bras de Jamie. Il la contemplerait de ses yeux verts rieurs...

On frappa doucement à sa porte puis elle s'ouvrit en grinçant. Alexia se retourna.

— Père !

Elle se précipita dans les bras de sir Thomas qui l'étreignit tendrement avant de la repousser avec douceur.

— Laisse-moi te regarder, Alexia... Tu as chevauché sans chapeau, on dirait.

Elle posa ses mains sur ses joues.

— Oh, père ! Je dois être affreuse !

— Non, non, la rassura-t-il en la serrant de nouveau contre lui. Seigneur ! Si tu savais les tourments que j'ai endurés durant ces dernières semaines ! Je...

— Ne vous inquiétez pas. Comme vous pouvez le constater, je vais bien. Rien de... fâcheux ne m'est arrivé.

Son père lui parut vieilli, les traits creusés, les yeux cernés. La culpabilité l'envahit en comprenant que pendant qu'elle vivait les plus beaux jours de sa vie, dans la plus grande insouciance, son père était rongé par l'angoisse.

— Vous m'avez manqué, père.

Il lui sourit.

— Toi aussi, tu m'as manqué, ma chérie. Ainsi qu'à Seymour. J'ai bien cru qu'il allait devenir fou. Tu dois être impatiente de le revoir mais il va falloir attendre encore un peu que le jugement soit rendu.

— Le jugement ? Père... ils ont arrêté lord Maxwell pour trahison.

— Oui. Ce voyou, ce bandit n'aura que ce qu'il mérite. Il mourra comme un traître !

Alexia blêmit sous la violence de ces paroles et chancela. Elle n'avait jamais assisté à l'exécution d'un traître mais elle en avait entendu parler. On enchaînait le condamné, on le torturait de la plus atroce manière, en lui ouvrant le ventre pour mettre à nu ses viscères. On lui tranchait les parties génitales auxquelles on mettait le feu sous ses yeux. Car on prenait grand soin qu'il ne meure pas trop vite. Qu'il souffre le plus longtemps possible. Et plus le bourreau était habile, plus durait la boucherie. Avec une lenteur calculée, il lui coupait les membres un par un avant de laisser sa victime agoniser. Et la délivrance de la mort pouvait se faire attendre des heures quand la victime était jeune et vigoureuse..

— Oh, mon Dieu... s'exclama-t-elle sans se soucier de cacher son désarroi. Tout cela est ridicule. Pourquoi mon enlèvement est-il considéré comme un crime de trahison ?

— Parce que tu es anglaise, ma chérie, et que lord Maxwell a mis son pays en danger. Des représailles armées auraient pu s'ensuivre.

— Mais vous ne comprenez pas. Personne n'a rien compris. C'était plus un jeu qu'autre chose. Il voulait simplement récupérer l'épée de son grand-père et s'amuser un peu aux dépens des Carleton. Il ne m'a fait aucun mal, il...

Sir Thomas prit sa fille aux épaules.

— Alexia, as-tu couché avec lui ?

Elle se laissa tomber sur un tabouret.

— Oui.

— Volontairement ?

— Oui ! cria-t-elle en relevant la tête.

— Doux Jésus !

Sir Thomas se détourna et s'approcha de la fenêtre.

— Es-tu enceinte ?

— Je... je ne crois pas, balbutia-t-elle en faisant de rapides calculs.

Elle n'avait pas eu de cycle depuis son arrivée à Kilchurn... Serait-il possible que... ? Cette éventualité aurait dû l'affoler. Au contraire, elle l'emplit d'un bonheur sans mélange. Comment pourrait-elle regretter de porter l'enfant de Jamie ? S'ils devaient se séparer, elle garderait ainsi une part de lui...

— Je ne crois pas que le jeune Howard veuille de toi maintenant.

— Cela tombe bien, je ne veux plus épouser Seymour.

Son père lui fit face et l'observa attentivement.

— Je ne crois pas que tu aies changé au point de devenir une moins que rien. J'en conclus donc que tu es tombée amoureuse de ce maudit voyou d'Écossais. Mais tu n'épouseras pas un Maxwell. Je te l'interdis !

— Jamie – lord Maxwell – ne m'a pas demandée en mariage.

— Voilà qui n'est pas pour m'étonner !

Sir Thomas se mit à arpenter la pièce d'un pas nerveux. Soudain, il s'approcha de sa fille, la prit par les épaules et se mit à la secouer.

— Et ce n'est pas maintenant qu'il le fera, même si par miracle il devenait quelqu'un de respectable ! Il est emprisonné à Stirling d'où il ne sortira que pour mourir. Tu m'entends, Alexia ? Pour mourir !

7

Le roi d'Écosse baissa les yeux sur la tête blonde de l'homme agenouillé à ses pieds.

— Lord Maxwell, nous pensions que vous aviez renoncé à la rébellion.

Jamie releva la tête. Le jeune roi l'observait avec une expression teintée de perplexité plus que de colère. Derrière lui, le comte d'Argyll semblait se repaître du spectacle.

Le jeune homme sourit à son souverain.

— Majesté, depuis quand se payer la tête de quelques Anglais constitue-t-il un acte de rébellion contre le roi d'Écosse ?

À ces mots, le comte d'Argyll manqua s'étouffer.

— Parce que vous estimez que violer la frontière anglaise, anéantir une garnison anglaise, enlever un sujet anglais...

— Lord Argyll ! l'interrompit sèchement le roi de sa voix fluette. Nous ne vous avons pas invité à donner votre avis.

Argyll s'empourpra sous l'affront.

— Mille pardons, Votre Grâce. Je voulais seulement...

— Vous pouvez nous laisser.

— Mais, Votre Grâce...

— Laissez-nous !

Après une ultime hésitation, le comte s'inclina et quitta la pièce. Jamie baissa le nez en riant sous cape.

Après le meurtre de son père et l'abdication de sa mère, Jacques Stuart était devenu le jouet des nobles écossais qui s'étaient disputé les faveurs du jeune souverain pour gouverner en son nom. Aujourd'hui seulement Jacques VI, qui aurait bientôt vingt ans, commençait à se rendre compte que les rênes du pouvoir, c'était lui qui les tenait, et personne d'autre.

— Nous ne voulons pas votre mort, lord Maxwell.

— Vous m'en voyez soulagé, sire.

— Relevez-vous.

Jamie se redressa avec facilité malgré la longue station à genoux qu'il venait de supporter. Il n'avait que trois ans de plus que le jeune roi. En dehors de leur jeunesse, les deux hommes étaient à l'opposé l'un de l'autre. James était aussi frêle et pâle que son prisonnier était grand, musclé et doté d'une aisance naturelle. Un étranger qui serait entré dans la pièce se serait instinctivement prosterné devant ce dernier.

Néanmoins, Jacques Stuart ne doutait pas un instant de son pouvoir.

— Vous êtes-vous réellement introduit dans le château de Carlisle ?

— Non, Votre Grâce. Je n'ai fait qu'entrer et sortir.

— Vous n'auriez pas dû.

— Non, Votre Grâce.

Le roi eut un petit sourire en coin.

— Une chose est sûre, lord Maxwell... Avec dix mille

hommes comme vous, je pourrais renverser n'importe quel trône d'Europe.

Il soupira, comme s'il regrettait que ce projet reste à l'état de chimère.

Il effleura d'un doigt léger, presque caressant, une coupure sur la joue de Jamie qui réprima un mouvement de recul.

— On vous a battu ? Si vous le désirez, le coupable sera fouetté.

— Non, ce n'était qu'un tabouret.

— Manié par quelle main ? s'enquit le roi.

— Celle de mon cousin. Le comte d'Argyll.

— Ah... hélas, je ne peux faire fouetter le comte d'Argyll.

Les deux hommes échangèrent un sourire.

— Hélas, répéta Jamie.

Le roi reporta son attention sur des documents éparpillés sur une simple table en bois, près de la cheminée. La pièce était sommairement meublée. Le roi d'Écosse était plus pauvre que bon nombre de ses sujets.

— Vous épouserez la fille, décréta-t-il d'une voix brève.

Le sourire de Jamie mourut sur ses lèvres.

— Je vous demande pardon, Votre Grâce ?

— Vous allez épouser cette Anglaise que vous avez enlevée à Carlisle. Car vous l'avez enlevée et déshonorée, n'est-ce pas ? Il s'agit maintenant d'en faire votre femme, comme le désire ma très chère sœur Élisabeth.

— Ah... je vois.

Le plus cher désir James Stuart était de devenir roi d'Angleterre pour échapper à la pauvreté et à l'humiliation qu'il endurait en Écosse. Or, sa « très chère sœur » avait le pouvoir de satisfaire ce désir-là. Il était prêt à faire n'importe quoi pour lui être agréable.

— Pourquoi tient-elle à ce mariage ? répondit Jamie.

Il est voué à l'échec. Non seulement nous venons de deux pays différents mais de clans rivaux...

— Justement. Cette union permettrait un rapprochement entre vos deux clans. De même qu'un jour, nos deux peuples seront peut-être réunis sous une même couronne. C'est en tout cas ce que souhaiterait ma très chère sœur. Votre mariage servirait de coup d'essai, en quelque sorte.

— Mais ainsi vous punissez Alexia de mes méfaits...

— La punir ? interrompit le roi en riant. Devenir votre femme est son plus cher désir, au contraire. Elle l'a fait savoir haut et fort.

— Vous lui avez parlé ?

— Pas moi, bien sûr, avoua le roi à contrecœur. Argyll s'en est chargé. Nous ne voulons pas votre mort, lord Maxwell, je vous le répète. Mais si vous vous obstinez à nous défier dans cette affaire, vous ne nous laissez pas le choix.

Il s'anima soudain et devint véhément, comme si l'homme prenait le pas sur le souverain.

— Dieu du ciel, Maxwell ! Oubliez un peu votre orgueil. Vous croyez que je n'imagine pas ce que vous ressentez ? Vous comme moi devons nous marier un jour ou l'autre, pour avoir des héritiers. Tel est notre lot. Si cette fille vous rebute au point de...

— Non ! C'est une question de principe, Votre Grâce. L'année dernière, quand je vous ai envoyé la tête de mon père assassiné, nous nous sommes rencontrés pour la première fois, vous et moi, vous vous rappelez ? Et nous avons parlé de la souveraineté de droit divin et de la possibilité de gouverner comme étant un privilège, et non un droit...

— Depuis j'ai décidé que vous aviez tort, coupa le roi. Je suis votre souverain, de droit divin. Vous épouserez cette fille ou bien vous subirez les conséquences de votre refus.

Jamie soutint le regard de James Stuart avec une telle rage que le jeune roi fut le premier à détourner les yeux.

— Vous avez le pouvoir d'obliger vos sujets à vous obéir, Votre Grâce, mais le respect ne s'obtient pas par la force.

— Qu'ai-je à faire du respect dès l'instant où j'ai l'obéissance ?

— Dans ce cas, vous perdez un sujet au profit d'un esclave.

Le jeune roi resta silencieux un instant, puis il le renvoya d'un geste.

— Allez rejoindre votre fiancée, lord Maxwell. Elle vous attend dans le jardin.

Indifférent à la beauté des parterres d'œillets, de gueules-de-loup et de passeroses aux couleurs contrastées qui bordaient le chemin, Jamie marchait d'un pas rageur. Non loin, cachée derrière une rangée d'ifs, Alexia l'observait. Sa vue amena un sourire rêveur sur ses lèvres.

Puis elle se souvint. S'il était là, c'est qu'il avait été libéré de prison : il avait donc accédé à la demande du roi. Brusquement, elle se sentit nerveuse à l'idée de l'affronter. Sa fierté d'Écossais acceptait mal que son destin lui soit dicté par un autre, cet autre fût-il le roi.

Elle attendit qu'il soit parvenu à sa hauteur pour sortir de sa cachette. Affreusement tendue, elle tenta de sourire.

— Alors, il semble que nous devions nous marier, dit-il.

— Oh, Jamie ! Ton visage ! s'écria-t-elle en s'élançant vers lui.

Ils avaient donc dû le *battre* pour qu'il accepte de l'épouser ?

Jamie arrêta Alexia dans son élan d'un geste de la main.

— Je t'ai sous-estimée, Alexia. J'ignorais que tu avais une telle influence. Il te suffit donc d'émettre un souhait pour que les princes du royaume s'empressent de l'exaucer ?

Cet accueil la mit hors d'elle.

— Comment ? Tu crois que c'est moi qui ai voulu ce mariage ? rétorqua-t-elle.

— Tu as dit au roi que c'était ton plus cher désir.

— J'essayais simplement de sauver ta misérable tête ! Tu t'imagines que je voudrais épouser un homme qui ne veut pas de moi ? Vivre dans un pays que j'exècre, au sein d'une famille que je méprise...

— Seigneur ! Si c'est vraiment ce que tu penses, j'aurais mieux fait de choisir la pendaison. Me marier avec toi dans ces conditions serait l'équivalent d'une mort lente, bien plus cruelle que la corde !

Alexia refoula ses larmes. Dans le silence qui s'installa, leurs paroles saturées de hargne restèrent comme suspendues, accrochées à un nuage plein de remous. Elle ébaucha un mouvement vers lui mais se ravisa.

— Oh, Jamie... je croyais que nous nous aimions.

Il se radoucit imperceptiblement.

— Moi aussi, je le croyais. Mais peut-être nous aimons-nous encore ? dit-il en la contemplant avec un mélange d'émotions indéfinissables. Elspeth et mon frère sont à Stirling. Ma mère ne tardera pas à les rejoindre. Tu t'installeras avec eux jusqu'au jour de nos noces.

— Je préfère rester où je suis, merci.

— Cela commence bien ! Est-ce donc ainsi que tu entends remplir tes devoirs d'obéissance ?

— D'obéissance ! s'écria-t-elle, les poings sur les hanches. Tu peux toujours courir !

Il éclata de rire et effleura ses lèvres d'un baiser sans lui laisser le temps de réagir.

— Oui, d'obéissance. Je vais t'envoyer quelqu'un d'ici une heure. Tâche de ne pas être en retard. J'aime la ponctualité chez une femme.

— Que... tu... Ooooh ! Va au diable, Jamie Maxwell ! Si tu crois que...

Il éclata de rire, tourna les talons et la planta là sans un regard. Figée sur place, Alexia toucha ses lèvres du bout des doigts. Elle y retrouva l'empreinte du baiser comme scellée au fer rouge.

— C'est impossible ! Je ne peux pas faire ça ! fulminait sir Thomas.

Le comte d'Argyll se laisser aller contre le dossier du fauteuil.

— Est-ce ainsi que vous répondez à un ordre de votre souveraine ? remarqua-t-il.

— Je vous assure, sir Thomas, qu'il ne s'agit en rien d'une vaine requête, intervint l'ambassadeur anglais.

— En rien, approuva le comte.

Sir Thomas considéra les deux hommes qui lui faisaient face, de l'autre côté du grand bureau vide d'Argyll. Il avait l'impression de rêver, plus exactement de faire un cauchemar. Il était venu dans ce pays perdu pour chercher Alexia et pour que justice soit rendue à l'encontre de ce vaurien d'Écossais qui l'avait enlevée. Au lieu de cela, on l'informait que sa fille, sa précieuse fille, serait donnée en pâture à ce bandit de Maxwell. Selon l'ambassadeur, la reine entendait faire de leur union un symbole de l'unité retrouvée entre les deux pays. Mais il n'était pas dupe ! La vérité, c'est que le jeune Howard avait été un des favoris de la reine Élisabeth qui n'avait jamais supporté de perdre l'un d'eux au profit d'une autre femme. En écartant ainsi sa rivale, la reine récupérerait Seymour Howard. Quant à Alexia...

Elle n'avait pas élevé la moindre protestation contre ce mariage. Elle *aimait* cet homme, ce pillard de Maxwell. Il en aurait pleuré de rage et de déception, mais il n'avait pas bronché parce qu'il n'avait jamais su refuser quoi que ce soit à sa fille.

Mais cette autre exigence... Non, c'était trop lui demander.

— Je ne le ferai pas, répéta sir Thomas avec détermination. Vous rendez-vous compte ? D'abord, vous m'apprenez que ma fille épousera ce voyou, ce qui m'est déjà difficilement supportable, et ensuite vous m'expliquez qu'elle devra l'espionner !

Le comte voulut protester mais l'ambassadeur le devança.

— L'espionner... voilà un terme bien excessif. Nous lui demanderons simplement de nous informer de l'état des frontières écossaises. De vous transmettre des papiers que lui remettront nos agents. De votre côté, vous les enverrez à Walsingham à Londres. Il n'y aura donc aucun risque pour votre fille...

— Aucun risque ! Il y a plus d'un homme, de part et d'autre de la frontière, qui la tuerait pour moins que ça.

— Allons, n'exagérons pas, dit l'ambassadeur d'une voix douce et apaisante. Le risque, si toutefois il existe, est minime, comparé à l'enjeu, et à l'honneur de servir sa reine et son pays.

— Je n'aime pas ça, s'obstina sir Thomas.

Mais les deux hommes avaient compris qu'il faiblissait.

— Il s'agit simplement d'une question de devoir, appuya le comte.

— Celui d'une femme envers son mari, bien sûr, s'empressa de glisser l'ambassadeur. Mais il est des desseins plus élevés, plus ambitieux.

Le comte d'Argyll se leva et marcha jusqu'à la fenêtre, laissant l'ambassadeur poursuivre son travail de sape. Il excellait dans l'art de la manipulation. Face à lui, ce vieux benêt de sir Thomas n'avait aucune chance.

En bas, dans le jardin, il aperçut Jamie Maxwell qui descendait le chemin d'un pas vif. Au dire du roi, il n'avait pas été particulièrement content d'apprendre que le prix de sa liberté était son union avec l'Anglaise. Mais le roi ne le connaissait pas aussi bien que lui. Il ne savait pas à quel acteur talentueux il avait affaire. Le comte serra les dents. Il détestait l'idée que Jamie les avait abusés en obtenant exactement ce qu'il voulait.

L'Anglaise émergea de derrière la haie d'ifs et lui fit face. Malgré la distance, le comte devinait qu'ils discutaient. Il ne comprenait pas ce qui avait poussé Jamie à enlever cette fille. Lui-même ne l'avait rencontrée qu'une seule fois et il était incapable de s'imaginer partageant sa couche. Elle était trop... trop tout. Il préférait les femmes douces, effacées et silencieuses. Alexia Carleton avait la langue bien pendue et une forte personnalité. Pire : elle raisonnait comme un homme. Ce devait être l'enfer de vivre auprès d'une telle femme. Exactement ce que méritait Jamie Maxwell, songea-t-il avec un petit sourire mauvais.

Sur le carrelage noir et blanc de la galerie, les chaussures neuves d'Alexia, en cuir doux, rendaient un léger son feutré. Le soleil de mai entrait par les nombreuses fenêtres, illuminant les lieux tout en les réchauffant agréablement.

La galerie courait sur toute une aile de la demeure et donnait sur la cour intérieure. Dans la moitié supérieure de chaque fenêtre, des vitraux représentaient le faucon gris, emblème des Maxwell.

Un escalier en bois s'élevait au bout de la galerie. Alexia monta jusqu'au premier étage en laissant courir sa main sur la rampe cirée puis s'arrêta comme à son habitude devant le portrait de lady Annor Maxwell. Personne n'avait pris la peine de lui dire qui elle était, mais la ressemblance avec son fils Jamie était frappante.

Lord Jamie Maxwell... l'homme qu'elle allait bientôt épouser.

Les semaines qui venaient de s'écouler avaient été consacrées aux formalités et à la préparation du mariage. Alexia Carleton allait devenir lady Maxwell, la femme de lord Maxwell, châtelaine de Caerlaverock, Lochmaben, Threave, et des domaines attenants. Elle soupira en songeant qu'elle n'avait pas revu Jamie depuis le jour où ils s'étaient retrouvés, dans les jardins du roi. Il s'était installé dans une auberge et elle dans la maison de ville des Maxwell. On leur avait interdit de se rencontrer avant le jour des noces et, contrairement à ses habitudes, Jamie obéissait scrupuleusement aux règles qui lui avaient été fixées.

Toutefois, son côté autoritaire était resté intact. Il avait ordonné à Alexia de s'acheter une robe de mariée et un trousseau complet sur sa propre cassette. Selon son frère Robin, qui jouait les intermédiaires, il avait décrété que sa femme devait ressembler à une lady. En réponse, Alexia lui avait fait dire que n'étant pas une indigente, elle subviendrait elle-même à ce genre de dépenses et qu'elle entendait s'habiller comme bon lui semblait.

Elspeth Campbell l'avait aidée à choisir sa robe de mariée. Alexia avait tout d'abord vu sa présence d'un mauvais œil mais force lui fut d'admettre qu'Elspeth ne semblait pas déterminée à lui rendre la vie difficile. Au contraire, elle s'était montrée très animée, évoquant la mode française, s'efforçant de convaincre Alexia d'acquérir un postiche.

— Les cheveux d'une femme ne sont jamais trop épais, affirmait-elle.

Elspeth consacrait des heures à soigner son apparence. Elle décolorait ses cheveux pour leur donner plus d'éclat, les frisait au fer, utilisait de la céruse pour paraître plus pâle, épilait et fonçait ses sourcils, soulignait ses yeux de khôl et colorait ses lèvres avec du fucus. Pour souligner sa féminité, elle serrait son corset au maximum, et avait recours au vertugadin pour faire bouffer ses jupes. Elle allait jusqu'à accentuer le bleu des veines qui marbraient sa poitrine et à utiliser de la belladone pour dilater ses pupilles. Tous ses efforts visaient à donner l'illusion d'une grande fragilité. À la cour, les jeunes femmes délicates et éthérées étaient très prisées.

Alexia s'étonnait que Jamie ait pu songer à épouser cette poupée de porcelaine. Ce qui ne l'empêcha pas d'essayer ses cosmétiques pour s'apercevoir aussitôt que ce qui convenait à Elspeth produisait sur elle un effet désastreux. Jamie devrait la prendre telle qu'elle était.

Au début, elle fut surprise de la voir accepter aussi facilement que son promis se tourne vers une autre femme et elle mit cette insouciance sur le compte de la frivolité. Mais un soir, alors qu'elle passait devant la chambre d'Elspeth, elle l'entendit pleurer à chaudes larmes, et comprit qu'elle n'y avait consenti que parce qu'elle n'avait pas le choix.

Durant les semaines précédant le mariage, Jamie manqua particulièrement à Alexia. L'intimité qu'ils avaient partagée à Kilchurn appartenait désormais au passé. Dans ses moments de désespoir, elle se demandait s'ils la retrouveraient jamais. Sir Thomas était retourné en Angleterre pour tenter de convaincre lady Edwina et Evie d'assister à la cérémonie mais Alexia doutait que sa mère daigne poser un pied en Écosse, ce pays qu'elle abominait. Quant à sa sœur, elle n'oserait jamais affronter tant d'étrangers à la fois, même cachée derrière son masque.

La mère de Jamie, lady Maxwell, n'était pas non plus venue de Nithdale pour les féliciter car, d'après Robin, elle ne se résignait pas à ce mariage.

Alexia en conclut qu'elle la haïssait. Parmi tous les obstacles qui menaçaient son union, lady Annor Maxwell était sans doute le pire.

Elle observait à présent le visage hautain représenté sur la toile.

— Je ne vous laisserai pas le monter contre moi ! dit-elle tout haut.

— Adressez-vous donc directement à la personne concernée. Au moins pourra-t-elle vous répondre.

Alexia fit volte-face et s'empourpra violemment. La femme du portrait se tenait en chair et en os au bas des escaliers. Elle portait une perruque blond vénitien et de fines rides parcheminaient son visage mais le même dédain souverain émanait d'elle. Deux énormes mastiffs assis à ses pieds retroussèrent les babines d'un air menaçant quand ils virent Alexia.

— Pardon, milady, dit-elle en s'inclinant maladroitement. Permettez-moi de me présenter. Je suis...

— Je sais très bien qui vous êtes.

Annor Maxwell gravit les marches suivie de ses chiens de garde. Elle s'arrêta face à Alexia qui dut faire un effort pour soutenir le regard implacable de la vieille dame.

— Vous êtes cette fille qui a décidé de détruire mon fils.

— Ce n'est pas vrai ! Je sais que vous n'êtes pas favorable à ce mariage mais...

— Pas *favorable* ? Mon fils s'est conduit comme un imbécile et il devra le payer toute sa vie. Notre clan tout entier en subit les conséquences.

— Alors prenez-vous-en à lui, pas à moi ! J'aime Jamie, lady Maxwell, et je serai une épouse exemplaire. Mais je ne l'ai pas suivi volontairement ! C'est lui qui est venu me chercher à Carlisle et m'a emmenée de force, vous semblez l'oublier.

— Je suis sûre que vous l'y avez incité. Jamie est un être faible, facilement influençable. C'est lui qui a peint ce portrait, ajouta-t-elle en montrant la toile.

Ce subit changement de sujet déconcerta Alexia.

— Jamie est un artiste, il a beaucoup de talent, dit-elle en s'efforçant de sourire.

— Vraiment ? répliqua Annor en poursuivant son ascension.

Elle s'immobilisa un peu plus haut et se tourna vers la jeune femme.

— Il a enfin renoncé à ces passe-temps ridicules. J'espère que vous ne l'encouragerez pas à y revenir.

Sur ce, elle traversa le palier et disparut derrière une double porte en chêne massif, les deux molosses sur ses talons.

Alexia dut s'asseoir sur une marche tellement elle tremblait de colère. Comment lady Annor pouvait-elle accuser son fils d'être un faible, quand il était tout le contraire ? Son cœur se serra de pitié pour lui. Elle savait trop bien ce que c'était que d'avoir une mère aux yeux de laquelle on ne trouvait jamais grâce. La sienne, lady Edwina, n'avait jamais éprouvé que du mépris pour sa fille. En retour, Alexia avait pris l'habitude de faire exactement l'inverse de ce que sa mère attendait d'elle. Les choix de Jamie n'étaient-ils dictés que par ce même désir de rébellion ?

Alexia regarda de nouveau le portrait de lady Maxwell, ses petits yeux gris, froids, impitoyables, et elle leva un poing rageur.

Un éclat de rire la fit sursauter. Au pied de l'escalier se tenait Malcolm Maxwell. Un vif amusement se peignait sur ses traits.

— Ne soyez pas gênée, dit-il. Moi-même, j'ai fait ce geste je ne sais combien de fois. C'est plus facile de se défouler face au portrait que face au modèle. J'imagine que vous venez de la rencontrer ?

— Oh, oui ! avoua-t-elle en souriant.

Elle rejoignit le frère de Jamie dans la galerie et ils la longèrent lentement. Son boitillement s'était accentué. Peut-être à cause de sa longue chevauchée depuis Nithdale ? Elle l'observa discrètement. De tous les Maxwell, il était le plus complexe. Son humour se teintait souvent d'ironie. Il semblait dissimuler une profonde amertume, un côté sombre...

— Ne vous inquiétez pas à cause de mon frère. Mère est furieuse contre lui, bien sûr, mais s'il veut vous épouser, il le fera.

— Je n'en doute pas, c'est un ordre du roi.

— Ne croyez pas cela. S'il ne voulait pas de ce mariage, il n'aurait pas lieu, que le roi le veuille ou non. La question qui importe est de savoir si vous, vous voulez l'épouser.

— Je l'aime, répondit-elle en toute simplicité.

Il s'immobilisa et, prenant Alexia par les épaules, la fit pivoter face à lui.

— Si vous étiez un tant soit peu raisonnable, vous le

défieriez, vous les défieriez tous, et vous vous hâteriez de regagner l'Angleterre.

— Pourquoi ? Parce que votre mère me hait ?

— Oui, en partie. Elle vous hait parce que vous êtes anglaise, parce que vous êtes une Carleton, et qu'elle ne pourra pas vous dominer comme elle aurait dominé Elspeth. Robin vous hait parce que lorsque vous donnerez un fils à Jamie, son ascension vers la baronnie s'en trouvera retardée. Elspeth vous hait parce qu'elle a été élevée dans un seul dessein et que maintenant, à cause de vous, elle n'y parviendra jamais. Quant à mes deux jeunes frères, Dick et Andy, ils ne vous ont jamais vue mais vous haïssent tout simplement parce que mère leur a dit qu'ils devaient vous haïr.

— Et vous ? Vous me haïssez aussi ?

— Moi ? Eh bien... je vous hais parce que vous êtes capable de me vaincre à l'épée. Je ne vois pas d'autre raison, dit-il avec un petit sourire en coin.

Puis il retrouva son sérieux.

— Repartez en Angleterre, Alexia Carleton. Retournez dans votre pays.

Alexia portait une robe de mariée vert amande, agrémentée d'un bustier brodé de fils d'or et de perles. Elle tenait une coupe en argent emplie de romarin dont les fleurs bleues dégageaient un parfum puissant. De longs rubans verts s'en échappaient en ondulant sous la brise.

Deux petits garçons vêtus de soie qu'elle n'avait jamais vus marchaient devant elle. Des couronnes de fleurs entouraient leurs poignets. Derrière elle, se trouvaient les musiciens, les domestiques et de nombreux inconnus aux bras chargés de gerbes de blé liées de fils d'or.

Jamie l'attendait devant la porte de l'église.

Il lui fit l'effet d'un étranger. Un grand et bel homme aux cheveux blonds, habillé d'un pourpoint et de hauts-de-chausses incrustés de pierres précieuses. Un être froid et distant. Un étranger.

Mais quand il lui prit le bras et plongea ses yeux dans les siens, elle reconnut la petite lueur malicieuse et familière dans son regard. Elle lui sourit timidement.

La cérémonie se déroula dans un rêve brumeux. Ils prononcèrent leurs vœux puis Jamie lui donna le baiser rituel. Un baiser bref, sans chaleur.

Ils burent à leur avenir dans la coupe en argent, avant que le reste de l'assistance y trempe ses lèvres à son tour en formulant des souhaits de bonheur. Tous, sauf Annor Maxwell.

Les frères de Jamie insistèrent pour embrasser la mariée, puis sir Thomas serra sa fille contre lui, des larmes plein les yeux.

— Lady Maxwell, appela l'évêque depuis la sacristie. J'ai besoin de votre signature.

Annor Maxwell eut un mouvement de surprise.

— Ma signature ? Pour quoi faire ?

Un long silence embarrassé suivit. Annor Maxwell pâlit. L'évêque ne s'adressait pas à elle mais à l'Anglaise, la nouvelle lady Maxwell.

Outrée, Annor se retourna avec brusquerie et quitta l'église.

Malcolm se mit à rire.

— Nous voilà envahis de lady Maxwell ! Nous devrions peut-être leur attribuer un numéro ?

— Tais-toi ! intervint Robin, l'air menaçant. Ou je te mets mon poing dans la figure.

Puis ayant jeté un regard mauvais à la jeune mariée, il sortit de l'église à son tour.

Jamie enlaça la jeune femme.

— Ce n'est rien, lui dit-il. Tout ira bien.

Mais elle en doutait.

Autour de la table de la grande salle, les danseurs agitaient un immense serpentin en forme de dragon qui ondulait au son de la cornemuse. En regardant le fou qui se démenait comme un beau diable, Alexia lui trouva une étrange ressemblance avec le roi Jacques.

Il s'arrêta devant Jamie et se mit à gesticuler de plus belle en faisant tinter ses clochettes. Un énorme artichaut tomba alors de sous sa tunique. Il le tendit au marié avec un grand moulinet du bras, et un éclat de rire général salua cette nouvelle pitrerie. Au vif amusement d'Alexia, Jamie rougit. Les artichauts étaient censés posséder des vertus aphrodisiaques.

Des plats de gibier, de l'ours, du paon, de la grue, accompagnés de patates douces, passaient devant elle mais elle n'avait pas faim. Elle se sentait nerveuse malgré l'empressement de son mari qui lui servait du vin, lui coupait de la viande, l'incluait dans la conversation.

Aux premiers accords d'une pavane, il se leva et l'invita à danser.

— Viens, c'est à nous d'ouvrir le bal.

Jamie était un bon danseur. Il se mouvait avec une aisance naturelle. Troublée par le contact de sa paume sur sa taille, Alexia chercha désespérément quelque chose à dire mais l'émotion lui nouait la gorge. Tout cela lui paraissait tellement irréel.

Il tournoyait en se dirigeant vers l'entrée et, soudain, ils franchirent la porte.

— Jamie, que...

— Chut ! l'interrompit-il en plaquant une main sur sa bouche.

Il l'entraîna dehors par une porte latérale. L'air frais de la nuit contrastait avec la chaleur qui régnait à l'intérieur.

Alexia tenta de se dégager. Il la lâcha alors et poussa un sifflement perçant. L'instant d'après, des sabots claquèrent sur les pavés du chemin. Le cheval de Jamie sortit de l'ombre et s'arrêta près d'eux.

D'un bond, Jamie fut sur son dos et tendit une main à Alexia. Elle hésita. Dans la nuit, à la lumière de la lune, il était impressionnant, presque effrayant. Elle crut voir dans ses yeux une lueur macabre.

Elle l'aimait de tout son être et cependant elle ne lui faisait pas totalement confiance. Et il le savait.

— Où m'emmènes-tu ?

Il ne répondit pas. Il lui lançait en quelque sorte un défi, un test qui serait sans doute le premier d'une longue liste. Si elle échouait à cette première épreuve, elle le perdrait à jamais.

— Alors... ? insista-t-il.

Alexia prit la main qu'il lui tendait.

8

La forêt baignait dans un brouillard dense qui donnait aux arbres et aux ombres des formes fantomatiques, comme si des êtres maléfiques y rôdaient. Un hibou ulula.

Une porte grinça sur ses gonds. Alexia se détourna de la fenêtre devant laquelle elle se tenait et fit face à son époux.

— Quel est cet endroit ?

Jamie se passa les doigts dans sa chevelure mouillée par la brume sans répondre. Au fond de la pièce trônait un lit imposant, pourvu d'un immense baldaquin aux rideaux de velours. Les armes royales étaient gravées sur la tête de lit.

Toujours sans un mot, Jamie alluma des bougies parfumées placées dans des bougeoirs en argent, puis il s'arrêta devant elle.

— C'est le pavillon de chasse du roi. Il nous le prête pour cette nuit. Son cadeau de mariage, je suppose.

Il lui effleura l'épaule de l'index puis le décolleté.

— Tu es une superbe mariée, Alexia.

Elle avait oublié ce pouvoir qu'il avait d'allumer le feu en elle dès qu'il la touchait. Un tremblement la saisit, sur lequel il se méprit.

— Seigneur Dieu, tu as peur de moi maintenant ?

Alexia s'écarta et s'approcha de la cheminée où l'on retrouvait l'emblème royal sur la plaque de fonte ainsi que sur les chenets. Les scènes majeures de la Genèse étaient sculptées sur le manteau où Eve figurait dans une pose lascive.

— Si tu avais eu le choix, tu ne m'aurais pas épousée, dit-elle.

— Cela n'a jamais été une question de choix. Et si j'avais été un simple paysan ? Un maréchal-ferrant de Carlisle ? T'aurais-je épousée ? Aurais-je *pu* t'épouser ?

Il la tourna face à lui. Ses mains redescendirent lentement le long de ses bras.

— Je n'espérais pas concilier l'amour et le mariage mais grâce à toi, c'est chose faite. Que puis-je te dire de plus ? Je t'aime, Alexia.

Elle secoua la tête.

— Non. Il s'agit seulement d'une attirance physique. Tu veux seulement coucher avec moi.

— Mais pour qui me prends-tu ? T'est-il jamais venu à l'esprit que je pouvais aussi aimer parler avec toi ? Faire du sport avec toi ? Être avec toi, tout simplement ? Si tu savais... Parfois, il me suffit simplement de te regarder.

Et il la regardait en ce moment même, avec une telle intensité qu'elle eut l'impression de fondre.

— T'ai-je déjà dit à quel point j'aime ta façon de froncer les sourcils quand tu es en colère ? continua-t-il en les embrassant l'un après l'autre. Ou de plisser le nez quand tu ris ? poursuivit-il en y posant les lèvres. Et d'entrouvrir la bouche dans un souffle quand je te pénètre ?

Il referma ses bras autour d'elle et voulut l'embrasser mais elle se dégagea.

— Tu vois ! Tu n'as qu'une seule idée en tête : me séduire !

Jamie poussa un soupir agacé.

— Alexia, c'est notre nuit de noces. Allons-nous la passer à nous disputer ou à faire l'amour ?

— Tu t'imagines que tous nos problèmes vont se résoudre au lit.

— Ce serait déjà un début, murmura-t-il en posant un doigt sous son menton.

Elle voulut protester mais il referma sa bouche sur la sienne.

Ce n'était pas le premier baiser qu'ils échangeaient, mais chaque fois, elle fondait, prise de vertige sous la force des sensations qu'il éveillait en elle. Et elle se retrouvait dépendante, incapable de résister.

— Alors, ma chère épouse, chuchota-t-il en commençant à dénouer son bustier. En avez-vous terminé avec vos craintes et vos protestations ?

— Eh bien, mon cher époux... pour l'instant, oui.

Elle s'écarta de lui à nouveau mais cette fois pour se dévêtir. Il suivit ses gestes d'un regard assombri par la passion. Quand elle n'eut plus sur elle que sa chemise et ses bas, il l'attira contre lui et enfouit son visage au creux de son cou. Alexia gémit et se plaqua contre lui avant de le déshabiller à son tour.

Prise d'une hâte soudaine, elle se débattit avec les lacets qui fermaient son pourpoint. Elle brûlait de sentir sa peau sous ses doigts, la chaleur de son torse, de ses muscles si durs, d'y presser ses seins nus. À tel point qu'elle finit par casser un lacet. Jamie se mit à rire dans ses cheveux.

— À ce train-là, je vais finir en haillons !

Alexia souriait. Elle posa sa joue sur son épaule, respira son odeur musquée à s'en griser, palpa la poitrine puissante et large, à la peau si douce.

Avec une lenteur insoutenable, Jamie fit glisser la chemise d'Alexia, suivant de ses lèvres brûlantes le tracé de ses doigts. Il referma une main autour d'un sein et sa bouche autour de l'aréole tendue alors qu'elle effleurait son bas-ventre, découvrant la force de son désir. Avec un grognement sauvage, il la souleva dans ses bras et l'emporta vers la couche royale.

Il s'y assit, et la tint debout devant lui pour achever de la débarrasser de sa chemise qui alla s'échouer sur le sol. Alexia se tenait maintenant nue devant lui, à l'exception de ses bas. Jamie laissa errer son regard sur ce corps offert, avec une sorte d'insolence possessive. Ses yeux semblaient dire : « Tu es à moi , tu m'appartiens, tu es ma femme. »

Ce regard dominateur décupla le désir d'Alexia qui en frémit d'émoi. Il caressa le satin bleu pâle des jarretières, glissa un doigt entre l'étoffe et la peau. Approcha son visage. Elle sentit son souffle entre ses jambes. Puis ses lèvres qui l'embrassaient. Haletante, elle renversa la tête en arrière, offerte. Il promenait sa langue dans la moiteur de son sexe, titillant le point sensible et tendu par la fulgurance du désir. La pièce se mit à tourner autour de la jeune femme et elle perdit la notion de tout sauf de ce baiser diabolique, ce baiser qui l'emmenait inexorablement au septième ciel.

Quand elle revint à elle, elle était étendue sur le lit avec Jamie la surplombant, en appui sur un coude. La lumière dorée des bougies parait leurs corps d'un halo mouvant. Elle le guida en elle.

Il entama un lent va-et-vient, lui infligeant des à-coups qui lui arrachaient de petites plaintes, s'arrêtant de temps en temps pour contempler le visage d'Alexia déformé par la passion. Elle ondulait sous lui, venant à sa rencontre, cambrée à l'extrême, criant son nom, éperdue, éblouie.

Soudain, le corps du jeune homme s'arqua, et il poussa un sourd grognement. Alexia ouvrit les yeux au moment où l'extase transfigurait son visage, et elle eut envie de l'embrasser tendrement, de lui dire son amour. Et de savoir qu'elle détenait le pouvoir de procurer une telle félicité à un homme aussi fier et fort que Jamie Maxwell l'emplit de fierté et de bonheur.

Alexia fut réveillée par l'éclat du soleil. Elle étira son corps endolori par ses ébats nocturnes et sentit des lèvres familières se poser sur les siennes.

— Bonjour, ma femme.

Jamie se leva et gagna le cabinet de toilette où il se lava les dents en les frottant avec du gros lin de Hollande. Il était nu. Splendide. Alexia admira son corps d'athlète en songeant que, désormais, elle partagerait chaque jour cette douce intimité avec lui.

— Pourquoi ne portes-tu pas la barbe comme la plupart des hommes ? lui demanda-t-elle.

— Parce que... répondit-il en se rinçant le visage. Ma barbe est trop blonde, trop claire et pas assez fournie. J'aurais l'air d'un poulet déplumé.

— Tiens, tiens... Ainsi tu es soucieux de ton apparence. Je m'en doutais un peu. Tu aimes être à ton avantage.

Il s'essuya et lui sourit avec une espièglerie d'enfant.

— J'avoue que cela ne me déplaît pas.

Alexia succomba à une envie soudaine de l'embrasser.

— Viens ici.

— Non, je n'ose pas, répliqua-t-il en riant.

Il enfila sa chemise.

— Tu as eu raison de mes forces et, de plus, nous sommes attendus par ma famille à Caerlaverock, chez nous.

Elle se rembrunit.

— Chez toi, plus exactement.

Il s'assit près d'elle sur le lit et la prit rudement aux épaules. Jamais elle n'avait remarqué qu'il pouvait avoir l'air si dur. Son regard était aussi sombre et peu engageant que la forêt au-dehors.

— Tu es ma femme, Alexia. Tu ne partages pas seulement mes terres, mes châteaux, mais aussi mon nom et mon pays. Tu es une Maxwell désormais. Une Maxwell et une Écossaise.

— Non ! s'écria-t-elle en se dégageant. Je suis moi-même. Alexia *Carleton*. Mon pays, c'est l'Angleterre et mon peuple, les Anglais. Tu ne pourras jamais rien contre ça, Jamie Maxwell. Jamais !

Il se leva.

— Très bien. Si c'est ainsi que tu vois les choses... il n'en reste pas moins que nous sommes mariés et qu'un divorce est inenvisageable. La seule chose que je te demanderai, Alexia, c'est un héritier. Deux fils me semblent indispensables pour assurer la pérennité de mon titre. Une fois que tu me les auras donnés, tu pourras retourner dans ton pays de malheur, rejoindre ton satané peuple, et avec ma bénédiction encore !

Les larmes brouillaient sa vision mais elle soutint vaillamment le regard de Jamie.

— Marché conclu. Deux fils, et je serai libre de rentrer chez moi.

— Je tiendrai mes engagements. Tu as ma parole, jeta-t-il avant de finir de s'habiller et de quitter la pièce.

Alexia enfouit son visage dans l'oreiller et pleura à chaudes larmes.

En un instant, elle avait anéanti l'amour, la tendresse, la passion qu'ils avaient partagés pendant la nuit. Pourquoi avait-il fallu qu'elle prenne la mouche et prononce ces paroles regrettables ? Qu'importait après tout qu'il la veuille uniquement pour le sexe ? Le plaisir qu'ils en retiraient tous deux aurait pu constituer l'assise d'un mariage réussi, mais elle avait tout gâché. Et elle était trop fière pour lui expliquer qu'elle s'était laissé emporter.

Deux fils... Combien de temps cela lui prendrait-il de lui donner deux fils ? Elle posa une main sur son ventre. Il n'était plus aussi plat qu'un mois auparavant. Elle comptait lui parler de son état ce matin mais, après tout, il ne tarderait pas à s'en apercevoir tout seul.

Elle se mit à prier pour que ce soit une fille.

Sir Thomas Carleton observait sa fille avec un air soucieux.

— Alexia... si j'avais pu me douter, ne serait-ce qu'un instant, que tu ne voulais pas de ce mariage...

— Je le voulais, père, dit-elle. Et je le veux toujours.

C'est Jamie qui n'en voulait pas, songea-t-elle.

— Ce n'est qu'un moment de fatigue, le contrecoup sans doute, ajouta-t-elle en s'efforçant de paraître gaie.

— Oui, je vois. Moi aussi, au lendemain de ma nuit de noces avec ta mère, je... bref, peu importe.

Derrière elle, rassemblés près des chevaux, les Maxwell attendaient impatiemment qu'Alexia ait fini ses adieux afin de prendre la route au plus vite.

Sir Thomas, baissant soudain la voix, se mit à parler très vite :

— Écoute attentivement ce que je vais te dire, et surtout fais comme s'il s'agissait de propos bénins et ne va pas t'emporter.

Il lui exposa brièvement le plan de l'ambassadeur pour faire passer des informations en Angleterre.

— Une fois par mois, un messager t'apportera une lettre de moi, de ton père à qui tu manques déjà, et cela, c'est vrai, mon Dieu... Tu devras me transmettre certains documents avec ta réponse. Personne ne devra jamais rien soupçonner, bien sûr.

— Comment ? Tu me demandes d'espionner mon mari ? articula Alexia, s'efforçant tant bien que mal de rester impassible.

— Je te demande de ne pas oublier le pays où tu as vu le jour.

La jeune femme se mordit les lèvres. N'avait-elle pas tenu des propos quasiment identiques à son mari, quelques instants plus tôt ?

Derrière elle, des pas approchaient. Le visage congestionné, sir Thomas refrénait à grand-peine l'expression coupable qui risquait de le trahir.

Un bras possessif entoura la taille d'Alexia.

— Ne vous inquiétez pas, sir Thomas, je veillerai sur elle.

— Oui... vous avez intérêt, espèce de voyou, sinon vous aurez affaire à moi.

Jamie se mit à rire.

— Autre chose, poursuivit le vieil homme. Alexia a fait une promesse à sa sœur Evie il y a des années. Voyez-vous, la pauvre fille ne se mariera jamais, et Alexia s'est engagée à lui garder toujours sa porte ouverte, même une fois établie. Bien sûr, les circonstances sont un peu différentes de ce que nous avions prévu, cependant...

— As-tu toujours l'intention d'honorer ta promesse ? demanda Jamie à sa jeune épouse.

— Y verrais-tu une objection ? rétorqua-t-elle en relevant la tête avec défi.

— Non. Mais il nous arrive à tous de promettre des choses sans réfléchir, dans le feu de l'action, et de nous en repentir plus tard.

Il l'observait d'un air étrange, un peu comme s'il la mettait à l'épreuve. Puis une lueur rieuse s'alluma dans ses yeux et il lui sourit avec chaleur.

— Faites escorter votre fille à Caerlaverock, si elle le désire. Notre maison sera la sienne aussi longtemps qu'elle le voudra. À présent, Alexia, je suis désolé mais nous devons partir.

Le père et la fille s'étreignirent une dernière fois, puis elle s'écarta et lui dit en le regardant droit dans les yeux :

— Vous m'écrirez, n'est-ce pas ? Une fois par mois.

Les traits de sir Thomas se détendirent.

— Je n'y manquerai pas, ma chérie.

Les eaux claires de la Nirth cascadaient le long des pentes verdoyantes. Les champs de coton sauvage et de coquelicots se paraient d'or à l'approche du soir. Alexia s'émerveillait de la beauté du paysage dans la lumière douce du soleil couchant, tandis que Jamie et ses frères, l'œil aux aguets, chevauchaient une main sur les rênes et l'autre sur le pommeau de l'épée, sans cesser de scruter les chemins. Née elle-même dans ces régions frontalières, Alexia savait combien il fallait se méfier des marées brutales dans le golfe de Solway. D'autre part, si l'Angleterre et l'Écosse étaient en paix aujourd'hui, chacun savait combien ces trêves étaient fragiles. D'un côté comme de l'autre, on dormait avec une dague sous l'oreiller et un cheval sellé quelle que soit l'heure. Après trois cents ans de guerre, les peuples rivaux restaient sur le qui-vive.

— *Hot trod !* cria Robin Maxwell. Ils sont des nôtres ? demanda-t-il à ses frères.

Alexia suivit la direction de son bras tendu et aperçut un groupe de cavaliers sur leur droite, qui atteignait le sommet d'une colline. Ils brandissaient des lances coiffées de morceaux de tourbe enflammée dont la fumée laissait derrière eux de longues traînées nébuleuses.

Les *hot trod* étaient une tradition régionale. Les victimes d'un pillage avaient le droit de franchir la frontière pour récupérer leurs biens par la force. Il fallait toutefois respecter deux conditions : le raid ne devait avoir lieu plus de six jours après l'attaque initiale et les poursuivants étaient tenus de signaler leur présence à l'aide de torches.

Trois cavaliers se détachèrent du groupe et se dirigèrent vers eux.

— C'est Big Jock ! s'écria Jamie en lançant son cheval à leur rencontre, aussitôt suivi par ses frères.

Deux jeunes gens accompagnaient Big Jock. Alexia devina qu'il s'agissait des deux frères Maxwell qu'elle ne connaissait pas encore, mais qui, selon la volonté de leur mère, la haïssaient par principe.

L'un des deux, cheveux blonds frisés, yeux verts, ne devait pas avoir plus de six ans. Il montait un cheval pie au poitrail vigoureux et tenait une épée impressionnante.

Il s'arrêta devant Alexia.

— C'est vous, la lady anglaise ? demanda-t-il.

Big Jock haussa ses larges épaules.

— Je lui avais dit de ne pas venir mais il n'en fait qu'à sa tête. Nous avons été attaqués.

— Bon sang ! s'exclama Jamie. Quand ?

— Les Johnstone, ces moins que rien, ont attaqué nos troupeaux à l'aube. Ils nous ont volé au moins trois douzaines de têtes. Je crois que les Graham les ont aidés.

— Les Graham sont des maudits Anglais ! jeta l'autre garçon, un adolescent aux cheveux roux qui ressemblait davantage à Robin.

Il défiait Alexia du regard mais elle ne baissa pas les yeux.

— À ta place, je me méfierais, Dick, lança Jamie en riant. Elle est capable de graver l'alphabet sur ta poitrine de la pointe de son épée avant que tu aies eu le temps de dégainer la tienne.

Alexia perçut dans sa voix une excitation joyeuse qu'elle n'avait pas notée depuis des semaines.

— Qu'attendons-nous pour riposter ? enchaîna-t-il. Ces vandales de Johnstone ne perdent rien pour attendre. Andy, tu escorteras la dame jusqu'à la maison.

Le petit garçon, d'abord déçu, s'illumina soudain et battit l'air de son épée.

— D'accord ! Et si des damnés Anglais s'en prenaient à nous, j'en ferais de la chair à pâté.

Alexia s'irrita de voir son mari si enthousiaste et pressé de se battre. Toutefois, il s'arrêta à quelques pas et fit demi-tour pour revenir vers elle. Il se pencha et lui donna un bref baiser.

— Bienvenue à Caerlaverock, femme.

Big Jock et Jamie Maxwell chevauchaient côte à côte dans une brume de plus en plus dense. Un vent violent avait amené des nuages qui cachaient la lune. Au loin, la porte d'une cabane de berger s'ouvrit et se referma, laissant échapper la brève lueur des bougies qui éclairaient l'intérieur.

— Alors comme ça, le roi vous a obligé à l'épouser, dit Big Jock.

Dans l'obscurité, ses dents blanches étincelaient au milieu de sa barbe noire.

— Oui, répondit Jamie, impassible.

— Une punition plutôt chouette, non ?

— Bon, d'accord, je le reconnais, admit Jamie en riant. Je la voulais depuis le première seconde où j'ai posé les yeux sur elle. Oh, j'ai bien essayé de me persuader que ce n'était que physique. Que je voulais seulement la mettre dans mon lit. Mais c'est un peu comme s'enliser dans les marais du Solway. Plus on essaie de résister et plus on s'enfonce. Je crois que je ne pourrais plus vivre sans elle maintenant, Jock, mais elle...

Jamie s'interrompit. Il ne tenait pas à parler de ce marché grotesque qu'il avait conclu avec elle. Si elle lui donnait deux fils, elle serait libre de partir... Pourquoi ne lui avait-il pas dit qu'elle était sa femme pour toujours, que cela lui plaise ou non ? Il avait fallu qu'il se laisse mener par son orgueil de malheur ! Du moins, cela lui laissait-il le temps de la convaincre qu'elle lui appartenait, ainsi qu'à son pays et à son peuple.

— En tout cas, vous avez pris un sacré risque en l'enlevant, disait Jock. Vous risquiez la corde.

— J'ai beaucoup plus à craindre d'Alexia que du roi James, répliqua Jamie avec un petit sourire.

— Hmm... Cela n'a pas dû être une mince affaire de la mater.

— Eh bien... moins que tu ne le penses.

— Sacrebleu ! Si on m'avait dit un jour que Jamie Maxwell tomberait fou amoureux !

9

Quand Alexia vit Caerlaverock pour la première fois, elle découvrit un imposant château triangulaire en pierre rouge sang, doté de tours à chaque angle, qui se dressait vers un ciel nimbé de nuages roses.

— Les Maxwell ont construit Caerlaverock il y a plus de trois cents ans, lui dit Annor en guidant son cheval près de la jument d'Alexia qui se mit à botter, car elle n'appréciait pas la proximité du hongre qui l'agaçait des naseaux. Les Anglais s'en sont emparés à deux reprises mais, chaque fois, nous l'avons récupéré.

Alexia flatta l'encolure de sa monture pour la calmer. Elle contempla la masse imposante de la forteresse. Au-delà, les eaux du golfe de Solway miroitaient au milieu d'une végétation buissonnante aux tons argentés. Le cri aigu d'une mouette déchira le silence.

— C'est magnifique, milady, dit Alexia.

— Vous trouvez ? Jamie a rénové toute la décoration intérieure. Il a fait venir un architecte italien un peu trop maniéré à mon goût mais j'ai réussi à le convaincre de ne pas toucher à l'extérieur. Les remparts sont conçus pour nous protéger des invasions, voyez-vous.

Annor la devança.

— Venez, ajouta-t-elle. Il va bientôt faire nuit.

De l'extérieur, Caerlaverock avait tout de la forteresse austère et massive, mais une fois à l'intérieur de l'enceinte, Alexia retint son souffle, émerveillée. L'aile réservée aux domestiques était percée de nombreuses fenêtres pourvues de vitres où se reflétait le soleil couchant, donnant l'impression que les murs rouges avaient pris feu. Entre chaque croisée, des frontons supportaient des sculptures de faucons aux ailes déployées.

Alexia s'attarda devant ce somptueux spectacle, si

bien que quand elle pénétra dans le château, elle était seule.

D'innombrables candélabres éclairaient la grande salle au bout de laquelle le siège du seigneur trônait devant la cheminée, sur une estrade, près d'un fauteuil plus petit réservé à son épouse.

Alexia effleura le faucon gravé sur le dossier du trône tout en s'imaginant assise près de Jamie, lors des réceptions qu'elle présiderait à ses côtés. Mais leurs invités viendraient-ils à Caerlaverock ? Les Écossais accepteraient-ils de dîner à la même table qu'une Anglaise, une Carleton ?

Elle se promit alors de faire ce qu'il fallait pour qu'ils l'adoptent. Jamais Jamie n'aurait honte d'avoir été obligé de l'épouser.

Une salière en forme de voilier se trouvait posée sur la table, devant la chaise du maître. Un coquillage représentait la coque posée sur le dos d'une sirène. Alexia se pencha vers le magnifique objet pour l'examiner de plus près.

— Ne touchez pas à ça !

Andy Maxwell s'approcha d'elle d'un pas bien vigoureux pour ses six ans. Il ne portait pas son épée mais ses doigts étaient refermés sur le petit couteau fiché dans sa ceinture.

Alexia s'accroupit de sorte que leurs yeux se trouvent à la même hauteur.

— Je n'allais pas la voler.

— Sûrement que si. Tous les Carleton sont des voleurs.

La jeune femme se mordit la joue pour s'empêcher de rire. Elle-même avait été bercée avec des histoires du même genre dans lesquelles les Maxwell étaient les méchants.

— Si nous déclarions une trêve, comme lors des March Meeting ?

Andy releva le menton.

— C'est mon frère Jamie le gardien des trêves.

— Je sais. Mais si celle-ci restait entre nous ? Entre toi et moi ? Une trêve secrète, si tu préfères.

Andy réfléchit.

— Nous pourrions faire un serment. Par le sang.

Aussitôt, il prit son couteau et glissa son pouce sur la lame. Du sang jaillit. Il tendit le couteau à Alexia.

Elle se coupa à son tour et pressa son pouce contre celui du petit garçon.

— À partir de maintenant, tes ennemis sont mes ennemis et tes amis sont mes amis.

Il répéta ses paroles sur un ton solennel.

— Nous voilà frère et sœur, Andy, dit-elle en souriant.

Un léger bruit, un soupir, le fit se retourner. Annor Maxwell se tenait à l'autre bout de l'estrade, blanche de rage.

— Comment osez-vous manipuler mon fils de la sorte ?

— Je ne...

— Laisse-nous, ordonna-t-elle à l'enfant en lui désignant la porte.

Il hésita un instant, puis passa devant sa mère en gardant ses distances. Alexia s'aperçut alors qu'elle était à son désavantage, ainsi agenouillée. Elle se leva en toute hâte. Résistant au désir de sucer le sang qui coulait de son pouce, elle cacha ses mains derrière son dos tandis qu'Annor Maxwell approchait.

Elle s'arrêta de l'autre côté du trône, examina un instant Alexia puis souleva le somptueux tapis d'Orient qui recouvrait la table.

— Regardez.

Alexia s'approcha. Sur la surface en bois burinée par les ans, elle lut, profondément gravés, un nom et une date.

Carleton, 1513.

— Comme vous pouvez le constater, nous avons été envahis par les Carleton, mais cela n'a guère duré.

Alexia soutint le regard dur de la vieille dame.

— Et alors ? rétorqua-t-elle. Vous avez perdu un château pendant quelque temps. Mon grand-père avait deux frères. Morts tous les deux au cours d'une attaque contre les Maxwell.

Annor remit le tapis en place d'un geste sec.

— J'ignore ce que vous mijotez en vous établissant ici, mais sachez que vous ne réussirez pas.

— Je souhaite seulement vivre en paix sous le toit de mon mari...

— Caerlaverock n'appartient pas à Jamie. C'est lui qui dirige le château, certes, mais seulement au nom du clan. Vous ne serez jamais acceptée ici, jamais. Ne l'oubliez pas.

— Vraiment ? Dans ce cas, écoutez-moi bien, lady Maxwell. Un jour, ce sera mon fils qui siégera sur ce trône. Mon fils succédera à son père et sera le seigneur Maxwell, conclut Alexia d'un ton glacial avant de tourner les talons et de quitter la pièce sous le regard haineux de sa belle-mère.

Elspeth se tenait au bas de l'escalier, juste à l'entrée de la grande salle. Elle avait probablement tout entendu mais son visage était de marbre.

— J'ai pensé que vous auriez besoin d'un guide pour trouver les appartements du maître.

La grande salle se trouvait au deuxième étage. Alexia suivit Elspeth au troisième. Jamie occupait un espace constitué d'un grand salon avec une chambre attenante, jouxtée d'une garde-robe.

Des lampes à huile disposées aux quatre coins, ainsi qu'un lustre, éclairaient l'ensemble. Le salon était propre et bien tenu mais un certain désordre, dû aux instruments de musique et aux nombreux livres, régnait. Les meubles aux lignes modernes contrastaient avec le reste du château. Un superbe tapis d'Orient recouvrait le sol. Deux fauteuils garnis de coussins invitaient au repos. Il y avait aussi une commode. Alexia n'en avait encore jamais vu, et elle ne résista pas à l'envie de l'examiner de plus près.

Elspeth s'éclaircit la gorge.

— Milady...

— Appelez-moi Alicia, je vous appellerai Elspeth, la coupa-t-elle en ouvrant les tiroirs un à un.

— Milady, répéta Elspeth en s'accrochant à sa manche.

Alexia se retourna.

— Oui ?

— J'aimerais que vous demandiez à lord Maxwell ce que je vais devenir.

— Pourquoi ne le lui demandez-vous pas vous-même ?

Elspeth se mordit la lèvre et secoua la tête.

— Non, je ne pourrais pas. Mais si je dois toujours être mariée prochainement, j'aimerais le savoir. C'est normal, non ?

— Oui, bien sûr, admit Alexia, compatissante. J'interrogerai Jamie, c'est d'accord.

Elspeth se détendit comme par magie et se mit à glousser.

— Vous allez peut-être être mon chaperon à présent ?

Alexia lui sourit mais elle crut déceler dans le regard

de la jeune fille, sous l'innocence apparente, des sentiments d'un tout autre ordre.

Une expression sournoise, calculatrice. Et dure. Aussi dure que la glace en hiver.

Jamie s'absenta pendant une nuit et un jour. Il était tard quand il regagna Caerlaverock.

Il entra dans la chambre sur la pointe des pieds, pour ne pas réveiller Alexia qu'il croyait endormie mais une lampe à huile était allumée dans sa chambre et il distingua la silhouette de sa femme qui se déplaçait dans la pièce. Elle fredonnait sur un air totalement faux une chanson qu'il connaissait, mais dans une version paillarde.

Il s'approcha en silence, un sourire au coin des lèvres, avec l'impression d'être un petit garçon sur le point de faire une farce.

Alexia s'apprêtait à glisser une bassinoire entre les draps.

— Alexia

La jeune femme sursauta et lâcha la bassinoire pour se jeter dans ses bras. Il laissa échapper un gémissement de douleur mais la garda néanmoins serrée contre lui.

— Jamie, tu es blessé !

— Non, ce n'est rien. Seulement la pointe d'une lance qui m'a chatouillé les côtes. Alexia, le tapis est en train de prendre feu.

Elle se dégagea et s'agenouilla mais, ne pouvant toucher aux braises sans se brûler, elle le laissa les repousser dans la bassinoire du bout de ses bottes. Elles avaient laissé des marques noires sur le tapis.

Jamie contempla la jeune femme à ses pieds, auréolée de ses longs cheveux sombres, ses yeux ambrés brillant comme les braises, et il se dit qu'il n'était plus du tout fatigué.

Elle se releva.

— Tu as récupéré ton troupeau ?

— Oui. Dans les Dryfe Sands.

Il voulut l'attirer contre lui mais elle s'esquiva vers la table de toilette pour remplir un bol d'eau.

— Qu'est-il advenu des voleurs ?

Il ôta avec précaution sa cotte maculée de sang. L'entaille était plus profonde qu'il ne le pensait.

— Nous nous sommes brièvement battus mais ils se sont sauvés dès qu'ils ont compris que nous étions supérieurs en nombre. Personne n'a été tué. Nous en avons seulement blessé deux.

La loi l'autorisait à les pendre ou à leur couper la main droite, mais en voyant le regard d'Alexia, il se félicita de l'avoir ignorée.

Il s'installa devant la cheminée pendant qu'elle lavait sa blessure. En se penchant sur lui, elle pressa ses seins sur son bras et il sentit les pointes durcir contre sa peau. Elle rougit délicatement et détourna les yeux.

— La perte du troupeau ne les a pas affectés. Ils sont cher payés pour ces vols. Par Seymour Howard.

Elle s'interrompit brièvement alors qu'elle enroulait un bandage autour de sa poitrine et rougit de plus belle. Jamie ne s'était jamais demandé si elle éprouvait toujours quelque chose pour son ex-fiancé. Il se posa la question pour la première fois et son poing se serra instinctivement.

— Comment le sais-tu ?

— Mon père avait son réseau d'espions le long de la frontière et je l'ai renforcé.

— C'est le genre de manœuvres sournoises et sinueuses dans lesquelles les Maxwell excellent.

À l'intonation de sa voix, il comprit qu'elle plaisantait. Elle se cachait derrière son épaisse chevelure mais il distingua son sourire. Il la prit dans ses bras en riant et s'empara de ses lèvres avec fougue. Il la désirait avec ardeur. Il brûlait de la faire sienne.

— Alexia... murmura-t-il contre son oreille. Si tu savais combien tu m'as manqué.

Elle plissa le nez.

— Tu sens la sueur et l'écurie.

— Tu veux que je prenne un bain ?

— Non, j'aime ton odeur. Fais-moi l'amour, Jamie.

— Tu as taché les draps de sang. Sans doute la passion t'a-t-elle emporté, remarqua Alexia en défaisant le lit.

Le soleil entrait à flots dans la chambre. Jamie déroulait son bandage qui collait à la plaie.

— Je ne t'ai pas entendue t'en plaindre, répondit-il.

— Laisse-moi faire.

Elle lui écarta les mains et changea elle-même le pansement. La coupure était profonde. Il resterait une cicatrice. Le corps de son père en était couvert, tout comme le serait celui de Jamie, quand il aurait son âge. Cinquante ans. Si toutefois il arrivait jusque-là, s'il n'était pas tué au cours d'une rixe entre clans. Elle pensa à son enfant. Elle ne voulait pas qu'il vive dans la violence, avec la mort aux aguets.

Elle recula et regarda Jamie qui mettait sa chemise.

— Jamie, nous allons avoir un bébé.

Il s'immobilisa.

— C'est vrai ? Tu es sûre ?

— Évidemment !

— Un bébé... répéta-t-il avec une expression où se

mêlaient une joie et une douceur infinie. Mais... pourquoi es-tu en colère ?

Quelqu'un frappa à la porte, et Jamie jura.

— Qu'est-ce que c'est ?

Un jeune homme grossièrement vêtu entra dans la chambre à coucher.

— Milord, vous m'avez demandé de vous l'apporter dès votre retour, dit-il.

Dans une main, il tenait un jeune faucon pris dans un sac d'où émergeaient la queue et les pattes ; dans l'autre, un perchoir avec une filière.

— Il vient du nid de Cruachen, expliqua Jamie à Alexia. J'ai pensé que tu aimerais garder un souvenir.

— Milady, enchaîna le fauconnier en lui tendant le perchoir. Il est à peine dressé mais il est vif et affectueux.

Sur ce, il se retira en s'inclinant. Alexia caressa l'oiseau effarouché qui tremblait et lui parla doucement.

— Je ne sais pas quoi dire, avoua-t-elle à son mari, émue.

— Tu pourrais... Non, ne dis rien. C'est mon cadeau de mariage.

— Ce faucon est magnifique.

Jamie acheva de lacer sa chemise.

— Alexia, je suis heureux, pour le bébé.

— Moi aussi, Jamie.

Il la regarda comme s'il allait ajouter quelque chose mais, se ravisant, prit sa cotte et sortit. Alexia écouta ses pas décroître dans le couloir en se demandant s'il était vraiment heureux, au sujet du bébé. Peut-être était-il seulement soulagé de savoir qu'il pourrait éventuellement se débarrasser d'elle plus tôt que prévu ?

Elle attacha le faucon au plumage rougeoyant à son perchoir.

— Je t'appellerai Aphrodite, décida-t-elle. La déesse de l'amour.

Elle se souvint du jour où leurs corps s'étaient unis pour la première fois, à Ben Cruachen. Il l'aimait toujours, elle n'en doutait pas. À elle de lui en faire prendre conscience.

Une autre pensée lui vint, moins agréable. Aujourd'hui, elle avait décidé d'affronter lady Annor.

Peu après, elle sortait de ses appartements quand elle tomba sur Elspeth Campbell qui venait à sa rencontre, au bas de l'escalier.

— Oh, désolée, Elspeth ! J'ai oublié de parler de vous à Jamie... nous avons été occupés par... autre chose, la nuit dernière et je...

— C'est désormais inutile, milady, répondit sèchement Elspeth. J'ai eu un entretien avec lady Annor. J'épouserai mon cousin, le comte d'Argyll.

— Vraiment ? Mais... vous désirez ce mariage ?

Alexia imaginait assez mal la frivole jeune fille avec le comte si sévère.

— Je suis sûre que Jamie ne vous l'imposerait pas, si vous lui expliquiez...

— J'ignore si je désire ou non épouser lord Argyll, l'interrompit Elspeth en haussant les épaules. Je ne me suis pas posé la question. Je n'ai pas mon mot à dire quant au choix de mon conjoint, pas plus que vous, d'ailleurs.

— Mais...

Elspeth coupa court à la conversation en poursuivant son chemin d'un pas alerte. Alexia la regarda s'éloigner d'un air pensif. Peut-être, comme beaucoup de jeunes filles dans son cas, se moquait-elle vraiment d'épouser un homme assez âgé pour être son père. Pourtant, Alexia se souvint des yeux cruels que le comte avait un jour posés sur elle. Des yeux pervers, sadiques...

En vérité, elle se sentait coupable envers Elspeth et elle aurait aimé qu'elle fasse un bon mariage.

Avec un soupir, Alexia se résigna à aller affronter la mère de Jamie.

Avant d'ouvrir la porte de la chambre de lady Annor, elle se promit de ne pas se laisser intimider par la vieille dame.

Quand elle eut franchi le seuil de la pièce, elle resta muette de surprise. Jamais elle n'avait vu autant d'objets rassemblés dans un si petit espace. Les murs disparaissaient sous les tapisseries. Des étoffes, des napperons brodés recouvraient tout ce qui pouvait l'être. La moindre surface plane était surchargée de coffrets, d'écrins, de pendulettes, de miniatures, de brûle-parfums contenant des essences variées qui formaient une sorte de pot-pourri aux senteurs de rose, de jacinthe, de thym et de romarin.

Alexia pressa un doigt à la base de son nez pour réprimer un éternuement.

Assise devant une coiffeuse encombrée de pots de crème, ses deux mastiffs à ses pieds, Annor Maxwell appliquait sur ses lèvres de l'extrait de fucus en se regardant dans un miroir en argent poli.

La jeune femme s'approcha d'elle en contournant des coussins brodés de perles répandus sur le sol.

— Je ne voudrais pas vous déranger, milady...

— Vous me dérangez, mais tant pis.

Annor reposa son miroir et prit une coupelle.

— Sève de bouleau, expliqua-t-elle. Appliquée en mars ou en avril, elle fait disparaître les taches de rousseur, mais même au mois de mai, elle garde ses pouvoirs. Je n'en ai pas besoin mais vous si. Prenez-la.

Alexia l'ignora.

— Milady, je viens chercher les clés du château.

Annor reposa la coupelle avec bruit. L'un des chiens se réveilla en sursaut et grogna.

— J'en parlerai à Jamie.

— Comme vous voudrez. Je reviendrai les chercher demain.

Cette fois, Annor bondit sur ses pieds et se dirigea vers un petit coffret en ivoire posé près du lit. Ses initiales en pierres rouges étaient incrustées sur le couvercle. Alexia se demanda s'il s'agissait de rubis.

Annor prit un anneau auquel de nombreuses clés étaient accrochées, le considéra un instant, puis le tendit à la jeune femme. La garde des clés du château était un privilège qui revenait à la maîtresse des lieux. Un privilège exclusif. Hors, en tant qu'épouse de Jamie, la nouvelle châtelaine était Alexia.

— Jadis, un Maxwell fut assez stupide pour épouser une Johnstone, jeta Annor avec une rage contenue. Il ne tarda pas à se lasser d'elle – vous connaissez les hommes –, et il l'enferma dans une chambre de la tour nord. Elle y vécut trente années et devint folle au bout de dix. Mon fils se lassera de vous lui aussi, et très vite.

Alexia, qui s'apprêtait à quitter la chambre, s'immobilisa et se retourna, un sourire aux lèvres.

— J'ai eu un arrière-grand-père qui se comporta de la même façon, mais lui... ce fut avec une belle-mère indésirable.

La fureur déforma le visage d'Annor.

— Sortez !

Alexia referma calmement la porte derrière elle et s'y appuya. Elle regrettait ce qu'elle venait de dire. Jamais elle ne ferait la paix avec Annor si elle s'y prenait ainsi. Après tout, cette femme était la mère de Jamie, et elle lui devait le respect. Elles allaient vivre sous le même toit pendant de nombreuses années, si tant est que son mari ne la renvoie pas en Angleterre. Elle se demanda si Annor était au courant du marché qu'ils avaient conclu. Non, étant donné les relations qu'entretenaient la mère et le fils, elle voyait mal Jamie se confiant à elle. Heureusement, car si Annor savait...

Andy mit un terme à ses pensées en se précipitant dans l'escalier à sa rencontre.

— Alexia, Alexia ! criait-il de sa petite voix haut perchée. Il y a une dame... une dame avec... un masque !

— Oh, Andy ! s'écria Alexia en soulevant le petit garçon dans ses bras pour tournoyer avec lui.

Elle le reposa au sol, et dévala les marches avec un Andy tout excité sur ses talons.

Evie se trouvait dans la cour. À ses côtés, Rufus Hall tenait les chevaux par les rênes.

Alexia se jeta dans les bras de sa sœur.

— Evie ! Tu es donc venue, finalement !

— Oui. Cela ne t'ennuie pas ?

— Tu plaisantes ! Si tu savais combien tu m'as manqué ! Et père ? Comment va-t-il ?

— Sir Thomas va bien, intervint Rufus. Il vous a écrit une lettre. Il souhaite une réponse.

Alexia lâcha Evie et examina Rufus, sa petite bouche pincée, son regard froid, ses cheveux raides, en épis.

Elle lui adressa un sourire auquel il ne daigna pas répondre.

— Bonjour, Rufus.

Il parcourut des yeux le bâtiment percé de ses nombreuses fenêtres, les frontons avec leurs faucons de pierre, les cheminées, les sculptures.

— On dirait que tout va bien pour vous, Alexia, bien que vous ayez épousé un Écossais. Je suppose que l'on vous donne du *milady* à tort et à travers, à présent.

Alexia éclata de rire.

— Oh, Rufus, vous n'avez pas changé. Toujours aussi avenant, à ce que je vois !

Jamie sortit alors de l'écurie.

— Jamie ! s'écria Alexia. Regarde ! Ma sœur Evie est ici.

Il s'inclina sur la main de la jeune fille pour la baiser sans paraître le moins du monde déconcerté par son masque.

— Lord Maxwell, dit Evie.

Sa voix paraissait étrange.

— Je me souviens de vous, lança Rufus d'un ton peu amène. Vous avez volé une jument à mon frère Fergie pas plus tard que l'année dernière, aux courses de Langholm.

— C'est faux, l'ami, rétorqua Jamie. Je l'ai gagnée aux dés. Une jument de premier ordre que j'ai obtenue grâce à une succession de doubles six. Le nom lui est resté, d'ailleurs. Je l'ai appelée Double-Six.

Un petit rire s'éleva de sous le masque d'Evie. Alexia s'en étonna. Evie riait rarement. Elle reporta son attention sur Rufus tandis qu'un garçon d'écurie venait chercher leurs chevaux.

— Vous pourriez peut-être la regagner ce soir. Vous passez la nuit au château, n'est-ce pas ?

Le visage de Rufus s'adoucit imperceptiblement.

— Eh bien... oui, c'est d'accord.

— Tu vas l'enlever quand, ton masque ? demanda Andy qui ne cessait d'observer Evie avec une vive curiosité.

Jamie ébouriffa les cheveux de son petit frère.

— Ne sois pas casse-pieds, tu veux ? Conduis nos invités dans la grande salle... et cesse de poser des questions !

Mais déjà, Andy avait pris la main d'Evie et l'entraînait vers l'entrée en lui demandant si elle savait se servir d'une épée aussi bien qu'Alexia, et si elle était capable comme elle d'envoyer une flèche dans l'œil d'un taureau à trois cents mètres de distance...

— Je vois, tu es le héros d'Andy maintenant, dit Jamie à sa femme. Avant, c'était moi. Je me sens abandonné.

Il la prit par la taille et l'attira contre lui.

— Et je constate aussi que tu as récupéré les clés du château, ajouta-t-il en remarquant le trousseau dans la main de sa femme. J'imagine que tu as dû te battre avec elle pour les obtenir ?

Alexia l'embrassa sur la joue en riant. Il s'arrêta aussitôt pour la prendre dans ses bras afin de lui donner un vrai baiser. Quand il la relâcha, Alexia s'aperçut que Rufus et Evie les attendaient sur le seuil. Lui arborait son air hautain et réprobateur. Quant à sa sœur, ses pensées demeuraient à l'abri de son masque.

Evie n'aimait pas prendre ses repas en société. La gaze ne dissimulait pas les fines cicatrices autour de sa bouche, de ses yeux et de ses narines et elle préférait se montrer le moins possible. Mais elle semblait aujourd'hui avoir adopté la devise chère à lady Edwina : « Il y a un commencement à tout. » De plus, elle surprit Alexia en reprenant du civet de lièvre, et en riant aux plaisanteries de Jamie, allant jusqu'à glisser elle-même plusieurs traits d'humour, à tel point que sa sœur se sentit un peu jalouse de la voir monopoliser ainsi l'attention de son mari. Mais elle se raisonna très vite, légèrement honteuse de sa réaction.

Une fois le dîner terminé, elle attendit de la raccompagner dans sa chambre pour lui poser la question qui lui tenait à cœur.

— Alors, Evie, que penses-tu de mon lord écossais ?

Evie s'assit sur un coffre près du lit et enleva son masque. Comme toujours, elle prenait soin de tenir le côté de son visage défiguré dans l'ombre. Mais en voyant le côté intact aux traits délicats, Alexia se fit la réflexion qu'on aurait pu croire que le terrible accident n'avait jamais eu lieu.

— Il ne ressemble à aucun des hommes que j'ai rencontrés jusqu'ici.

— Que veux-tu dire ?

— Eh bien... Père affirme que tu l'aimes réellement.

Alexia s'assit sur un tabouret et se passa les bras autour des genoux.

— Tu te souviens de l'époque où je suivais père aux March Meetings ? J'ai rencontré Jamie lors de l'un d'entre eux et je l'aime depuis ce premier jour. Evie, nous allons avoir un enfant.

Evie se tourna brusquement vers elle. Comme chaque fois, Alexia se crispa à la vue de la face affreusement ravagée. Elle dut faire un effort pour ne pas détourner les yeux.

— Oh, c'est formidable ! Je vais être tante. Il ne faudra jamais que j'enlève mon masque, le pauvre enfant en aurait des cauchemars.

— Evie...

Sans regarder sa sœur, la jeune fille remit son masque en place.

— Désolée, je n'aurais pas dû...Je m'apitoie un peu trop sur mon sort. Or, il y a quelqu'un qui est beaucoup plus à plaindre que moi, dans cette histoire.

— Je sais, admit Alexia. Pauvre Seymour. Je crois que je ne l'aurais jamais épousé. Je ne l'ai jamais vraiment aimé.

— Lui, il t'aimait, dit Evie.

Seymour Howard serrait le dossier du fauteuil avec une telle force que ses jointures blanchirent.

— Est-ce qu'il l'a touchée ?

Sir Thomas soupira. Il regrettait à présent de ne pas lui avoir annoncé la nouvelle par lettre.

— Seymour, ils sont mariés.

— Il l'a violée, j'en étais sûr, jeta Seymour en arpentant la chambre. Mais elle, je ne peux pas lui pardonner. Est-ce qu'elle est enceinte ?

— Je ne sais pas. Je ne crois pas, mais ils sont mariés, mon ami.

Le jeune homme tourna vers sir Thomas un regard plein de détresse.

— Elle était à moi.

— La reine...

D'un coup de pied, Seymour envoya un tabouret voler à travers la pièce.

— Qu'elle aille au diable ! Alexia était à moi. À moi ! Et il me l'a prise. Je le tuerai.

— Vous feriez mieux d'oublier. C'est la seule chose qu'il vous reste à faire.

— Oh, non ! Pas question d'oublier.

10

Le jour de la Saint-Jean, fête de l'été, on fixait une torche incandescente sur une roue que l'on envoyait rouler au bas d'une colline. Elle symbolisait le soleil qui commençait à décliner après avoir atteint son zénith.

Cette année-là, ce fut à Alexia que revint le privilège d'arrimer la torche et à Jamie de pousser la roue d'un coup de pied. D'ordinaire, la jeune femme appréciait ces événements qui marquaient le cycle intemporel des saisons, mais aujourd'hui elle aurait volontiers arrêté la roue, le temps de consolider son mariage avant que deux fils lui soient donnés.

Ses jupes cachaient encore son état, mais pas pour longtemps. À la Chandeleur, le bébé serait né. Elle regarda Jamie. Il lui sourit, et passa un bras autour de ses épaules.

— Un jour, nos enfants allumeront eux-mêmes la roue, dit-il comme s'il lisait dans ses pensées.

— Jamie...

— Oui, mon amour.

— Dick participe à la joute. Ne devrions-nous pas aller le voir ?

Rien qu'à son regard, elle devina que Jamie savait que ce n'était pas ce qu'elle s'apprêtait à dire, mais il se contenta de lui prendre la main et de l'emmener vers le vaste champ où se déroulait l'affrontement.

Pour y accéder, il fallait traverser la foire installée aux abords de Dumfries. La ville était située à huit miles du château de Caerlaverock, près de l'embouchure de la Nith. Après avoir plusieurs fois été détruite au cours des siècles par les Anglais, et à chaque fois reconstruite, Dumfries était parvenue à développer une industrie textile prospère.

Aujourd'hui, les métiers à tisser étaient au repos. Tout le village était rassemblé à la foire et sur le terrain du tournoi. Les jeunes comme les vieux pouvaient s'y mesurer. Il n'y avait pas de limite d'âge.

Dès que Dick les aperçut, il arriva vers eux au galop.

— Vous avez vu ? dit-il tout excité. Mat Johnstone est là.

— Ignore-le et ne pense qu'à toi. N'oublie pas de ne pas négliger ton assise.

Déjà, Dick s'apprêtait à les laisser.

— Attendez ! intervint Alexia en ôtant son poignet de

dentelle. Tenez, vous avez besoin de la faveur d'une dame, chevalier.

Après une brève hésitation, Dick passa la dentelle dans sa lance et fonça rejoindre les autres.

La joute s'inspirait des tournois du Moyen Âge. Les concurrents s'élançaient tour à tour sur une sorte de mannequin en bois aux immenses bras en croix. De la pointe de leur lance, ils devaient toucher la cible constituée par une cavité ménagée à hauteur de poitrine. S'ils manquaient leur but ne serait-ce que de quelques centimètres, le mannequin pivotait comme une toupie sur son socle, déséquilibrant de ses bras le cavalier ou l'envoyant à terre. Le vainqueur était le dernier à rester en selle.

Une bonne moitié des concurrents fut éliminée à l'issue de la première partie. Gagnée par la fièvre générale, Alexia encourageait à grands cris Dick dès qu'il apparaissait.

À la fin, seuls Dick et son rival Mat Johnstone restèrent en lice. Dick réussit son coup de justesse. Quand vint le tour de Mat, Alexia le hua tant et plus. Pour la première fois, il manqua la cible. Il se baissa pour essayer d'éviter le bras mais ne fut pas assez rapide. Touché à l'épaule, il alla mordre la poussière, et Dick fut déclaré vainqueur.

Il se vit récompensé d'une couronne de laurier dont il alla galamment coiffer Alexia. Cette fois, les ovations s'adressèrent à elle.

En regardant les visages qui lui souriaient, elle songea qu'ils finiraient par l'accepter. En revanche, les Maxwell seraient plus longs à conquérir. Annor, Malcolm, Robin et Elspeth l'observaient sévèrement. Seul Malcolm souriait mais avec l'ironie qui le caractérisait en toute circonstance. Pourtant, Alexia ne doutait pas qu'un jour ils lui ouvriraient leur cœur. Tôt ou tard.

Après qu'ils se furent restaurés, Jamie l'abandonna pour aller acheter une jument poulinière. Alexia en profita pour faire des emplettes.

Elle acheta des friandises pour Andy et un chapeau décoré d'une plume de paon pour Dick. Il ressemblait à celui qu'elle portait elle-même, le jour de sa première rencontre avec Jamie, lors du March Meeting, des années plus tôt. Elle s'émut à ce souvenir et se laissa séduire par une poupée en laine blanche, avec une tête de bois finement ouvragée. Elle l'acheta pour son bébé, avec la certitude soudaine que ce serait une fille.

Robin la rejoignit alors qu'elle contemplait des coupons de dentelle. Il ressemblait à Jamie quand il souriait.

— Je crois que vous avez besoin d'un porteur pour tous ces paquets. Vous permettez ?

Il se chargea de ses achats et ils continuèrent à flâner entre les tentes. Robin lui parla de la moisson, des expériences qu'il avait entreprises avec Jamie pour créer une nouvelle race d'ovins. Puis légèrement las, ils se reposèrent à l'ombre d'un bosquet. Plus loin, des jeunes gens pêchaient le saumon.

— Alexia... vous aimez Jamie ?

— Pourquoi me posez-vous cette question ? Vous aurait-il dit que...

Robin laissa tomber les sacs et lui prit les bras. Elle crut qu'il allait la brutaliser mais, contre toute attente, il écrasa ses lèvres sur les siennes.

Surmontant sa stupeur, elle le repoussa avec force avant de le gifler à toute volée.

— D'accord, d'accord... dit-il en se frottant la joue. Puisque c'est comme ça...maugréa-t-il en s'éloignant.

Un rire s'éleva dans le dos d'Alexia et elle n'eut pas besoin de se retourner pour savoir qu'il s'agissait de Malcolm.

Il la rejoignit à grandes enjambées.

— Eh bien, je me demande vraiment ce qu'il cherche, dit-il.

Alexia s'essuya la bouche du revers de la main.

— N'était-ce pas évident ?

— Je doute qu'il récidive. Robin aime que les femmes soient en extase devant lui. Il a un faible pour celles qui ont des fossettes, en particulier aux genoux. Avez-vous des fossettes aux genoux, Alexia ?

— Cessez ce petit jeu, Malcolm ! Cela ne m'amuse pas. Et pas un mot de cet incident à Jamie, d'accord ?

Il haussa un sourcil.

— Pour qui avez-vous peur ? Pour Jamie ou pour Robin ?

— Écoutez, mon mariage est déjà assez fragile comme cela. Il ne résisterait pas à la suspicion et à tout le tremblement.

Il l'observa en penchant la tête, et elle se demanda à quoi il pensait.

— Très bien, jeta-t-il enfin. Puisque vous me le demandez, je ne dirai rien à Jamie.

Dès les premiers jours d'août, le coton sauvage arrivé à maturité s'épanouissait sur les flancs des collines, les parant d'une nuée neigeuse. Les canards et les oies en route pour des contrées plus chaudes s'arrêtaient pour se nourrir dans le golfe de Solway. Alexia sentit le bébé bouger dans son ventre.

Bientôt les moissons et l'abattage des bêtes pour les provisions d'hiver.

Elle se trouvait dans le magasin du château, occupée à dresser l'inventaire, quand un vagabond apparut sur le seuil. Il portait des guenilles informes et son visage disparaissait sous une barbe envahissante.

— Vous êtes la fille de Carleton ? demanda-t-il d'une voix rocailleuse.

Alexia sursauta, fit volte-face et heurta du pied une jarre de miel. Elle boitilla jusqu'à un tonneau où elle s'assit pour se masser les orteils tout en scrutant le mendiant.

— Qui es-tu ? Et que veux-tu ? Tu as une lettre de mon père ?

— En voilà des questions ! Je suis là pour lui transmettre des informations par votre intermédiaire, pas le contraire.

Alexia avait volontairement relégué cette affaire dans un coin de sa tête, et l'avait oubliée.

— Je rôde dans le coin depuis la fête de l'été. Vous ne m'aviez pas repéré ?

Elle se demanda soudain comment elle avait pu ne pas le voir et, surtout, ne pas remarquer la puanteur qu'il dégageait.

L'homme se mit à tousser, et jeta un bref coup d'œil par-dessus son épaule.

— Je suis sur le point de mettre la main sur des papiers de la plus haute importance. Il y a de la trahison dans l'air. Faites-le savoir au vieil homme. Des papiers de la plus haute importance.

Alexia n'eut pas le temps d'ouvrir la bouche pour lui poser une question que le vagabond avait disparu. Elle courut jusque dans la cour mais il s'était volatilisé.

Elle s'apprêtait à regagner le magasin quand on l'appela dans un chuchotis. Cela provenait de l'étroit passage reliant l'arrière du dépôt à la tannerie. Pensant qu'il s'agissait du mendiant qui continuait son petit jeu, elle l'ignora, mais le murmure se fit de nouveau entendre, cette fois avec plus d'insistance.

Il y avait une poterne dans le mur d'enceinte du château, au bout de la ruelle. Comme elle ouvrait sur les marécages du Solway, elle restait fermée la plupart du temps. Quelqu'un l'avait pourtant utilisée récemment car elle était entrouverte.

Alexia l'ouvrit en grand. La marée était basse et le sol détrempé dégageait une forte odeur d'iode. Sous la chaleur du soleil, l'humidité s'évaporait en une brume rasante.

— Qui est là ? cria Alexia.

Personne ne répondit.

Elle refermait la porte quand on prononça son nom de nouveau. Cette fois, il ne s'agissait plus d'un murmure mais d'une sorte de gémissement.

Elle crut distinguer une forme humaine, au bout de l'estuaire, un bras peut-être... Elle appela encore, sans plus de succès.

Avec un soupir, elle s'aventura dans le marécage. La boue et les herbes collaient à ses chaussures. Quand elle parvint à l'endroit où elle avait cru apercevoir un homme, il n'y avait rien, mais le sol portait cependant l'empreinte d'un corps allongé. L'herbe lui sembla plus sèche et plus sombre qu'ailleurs. Elle se baissa pour la toucher. Du sang !

Et s'il s'agissait de Jamie... ? Il était en difficulté dans les parages, blessé, incapable de regagner le château. Elle hurla son nom, encore et encore, mais seul l'écho lui répondit.

Une sorte de piste marquée par des roseaux brisés et des herbes couchées venait de Caerlaverock et se dirigeait vers le bras de mer. Elle décida de l'emprunter.

Alexia suivait cette piste avec une telle attention qu'elle ne remarqua pas tout de suite que l'eau était montée. Elle arrivait maintenant à ses chevilles.

Jamie l'avait maintes fois mise en garde contre les dangers de l'estuaire. Un sol sec en apparence pouvait subitement se recouvrir d'eau et se transformer en un mortel bourbier. Il était temps de faire marche arrière.

Mais c'était impossible.

Ses pieds semblaient prisonniers d'un étau. Elle saisit une poignée d'herbes et tenta de se dégager. La boue monta presque jusqu'à ses genoux.

Ne pas céder à la panique. Surtout pas.

Ne pas crier non plus, se dit-elle. Non... je... ne... crierai pas. C'est alors qu'elle la vit.

Grande, mince, la femme était vêtue de noir, un châle noué autour de la tête. Dans son visage ovale, au teint pâle, ses yeux gris l'observaient avec indifférence.

— Je crains de m'être embourbée, dit Alexia avec un petit rire forcé.

Impassible, la femme ne fit pas un geste. Au bout d'un moment, elle contourna Alexia avec précaution, s'arrêta derrière elle, s'agenouilla sur un lit de roseaux et lui tendit le bras.

Alexia le saisit. Hésita.

— Je risque de vous entraîner avec moi.

— Ne faites pas la sotte, rétorqua l'inconnue avec un fort accent du Cumbrian anglais.

Alexia considéra le liquide épais et gras d'un air soupçonneux. Elle y trempa les lèvres. Le breuvage amer lui arracha une grimace.

— Qu'est-ce que c'est ?

— Une boisson turque. Elle vous revigorera, affirma la femme.

— Ah... Elle a un goût... bizarre.

— Faut s'y habituer, dit la femme en haussant les épaules.

Installée en face d'Alexia à une table de bois grossier, elle lui avait à peine adressé la parole depuis qu'elle l'avait sortie du marécage et emmenée dans sa cabane cachée dans les marais, une simple baraque en planches. Il n'y avait qu'une pièce sommairement meublée mais d'innombrables pots et cruches encombraient les étagères qui couraient sur tous les murs. Alexia se demanda ce qu'ils pouvaient bien contenir avant de conclure que la femme devait être une sorcière.

— Vous m'avez sauvé la vie.

La femme haussa de nouveau les épaules.

— Vous êtes la femme du seigneur.

— Vous connaissez Jamie ?

— Tout le monde connaît lord Maxwell.

Alexia avala une deuxième gorgée du breuvage et frissonna.

Un mouvement sous le lit attira son attention. Une forme en émergea puis deux yeux jaunes la fixèrent. Ce n'est qu'un chat, se dit-elle. Mais les yeux étaient bien trop grands et trop écartés pour appartenir à un chat. Ou alors, il était très gros.

— C'est un ocelot, dit la femme.

— Oh... bien sûr.

Un ocelot. Elle regarderait quelle sorte de bête c'était dans son livre d'histoire naturelle dès son retour. Les ocelots étaient peut-être des sortes de dragons ? Il était notoire que les dragons comptaient parmi les animaux familiers des sorcières.

— Je l'ai sauvé d'une ménagerie. Il a été ramené du Nouveau Monde sur un galion espagnol. Il est terriblement timide. Ce n'est qu'un gros chat, vous savez. Un très gros chat, certes...

— Qui êtes-vous ?

La femme se mit à rire.

— D'après vous ?

— Eh bien... une sorcière ?

Un nouvel éclat de rire salua sa question.

— Pourquoi ? Vous voulez un philtre d'amour ? Je peux vous en préparer un si vous le souhaitez. Quelques gouttes dans les poires au gingembre de votre mari ce soir et vous le rendrez fou de désir.

Bien qu'elle fût tentée, Alexia refusa.

— Non, merci. Mais pourquoi les poires au gingembre ?

— Pourquoi pas ? Bon, venez avec moi. Je vous ramène au château.

Dehors, la nuit était tombée. Tant bien que mal, Alexia suivit son étrange guide dont elle distinguait à peine la forme sombre dans l'obscurité, parmi les roseaux et les broussailles.

Elle entendit soudain Jamie crier son nom. L'instant d'après, son cheval se matérialisa à quelques pas d'elles. À la lueur de la torche qu'il tenait, ses traits paraissaient durs et cruels.

— Dieu du ciel ! Où diable étais-tu ?

— J'ai cru que tu... Bon, je me suis embourbée et cette femme...

— Quelle femme ?

Jamie éclaira les alentours sans voir personne, puis il passa un bras autour de la taille d'Alexia, et la hissa sur sa selle, devant lui.

— Ce n'était pas la peine de tenter de t'enfuir. Si tu veux tant que cela rentrer en Angleterre, je t'y conduirai.

— Mais je... je n'essayais pas de regagner l'Angleterre, articula-t-elle, la gorge serrée par une brusque et ridicule envie de pleurer.

Jamie resta silencieux un long moment. Puis il tourna brusquement le visage d'Alexia vers le sien et l'embrassa sans douceur.

— Ne me cause plus jamais une frayeur pareille.

Le lendemain matin, Alexia se réveilla avec une envie très précise de poires au gingembre.

Peu après, elle alla en cueillir au verger ; elle revenait vers les cuisines, sa jupe pleine de fruits dont la robe d'un beau jaune donnait envie de croquer dedans quand elle aperçut Jamie en grande conversation avec Elspeth devant les quartiers des domestiques. Lorsqu'il éclata de rire en rejetant la tête en arrière, Alexia se demanda avec irritation ce que la jeune fille pouvait bien lui raconter de si drôle.

Elle se dirigea vers eux en rasant les murs du château pour rester à l'ombre. Le soleil était brûlant. Arrivée à leur hauteur, elle appela Jamie, et il tourna la tête. Son rire mourut instantanément sur ses lèvres.

Et tout se passa très vite.

Jamie se jeta sur elle, et la renversa tandis qu'une lourde masse la frôlait de si près que son souffle fit voler ses cheveux. Les poires s'éparpillèrent de tous côtés et Alexia se retrouva par terre. L'objet s'écrasa à quelques centimètres de sa tête.

Elle distingua le visage blême de Jamie à travers un brouillard.

— Oh, mon Dieu, Alexia. Le bébé. Tu vas bien ?

— Je crois, oui... dit-elle en se redressant, hébétée. Je suppose que tu n'as pas eu le temps de me prévenir ?

Il sourit et l'aida à se relever.

— Non, désolé.

— Alexia ! s'écria Elspeth. Seigneur, vous auriez pu être tuée !

Malcolm et Robin surgirent à ce moment-là.

— J'ai entendu un cri, dirent-ils d'une seule voix.

— C'est Elspeth qui a crié, répondit Alexia.

— Moi ? Je ne me souviens pas.

Ils examinèrent la chose en pièces sur le sol. Il s'agissait de l'un des faucons de pierre qui décoraient les frontons du château, entre les fenêtres.

Jamie leva la tête vers l'emplacement maintenant vacant.

— Il devait être mal scellé et posé trop près du bord, dit-il. Le maître d'œuvre ne perd rien pour attendre.

Evie apparut à son tour. Elle trébucha sur les débris de pierre et serait tombée si Jamie ne l'avait retenue.

— J'ai entendu crier, dit-elle.

— C'est Elspeth, répéta Alexia, avec un regard qui mettait la jeune fille au défi de nier à nouveau.

Jamie passa un bras protecteur autour des épaules de sa femme et la poussa doucement vers sa sœur.

— Alexia a été choquée. Je préférerais qu'elle s'allonge un peu.

— Ce n'est pas la peine, Jamie. Je vais très bien.

Il dégagea ses longs cheveux de son visage, chassa une trace de poussière de son nez et y posa un baiser.

— Pas de discussion. S'il te plaît.

Tout en grommelant qu'elle n'était pas une petite nature, qu'il en fallait davantage pour l'abattre, Alexia laissa Evie et Elspeth la mener jusqu'à sa chambre. Toutefois, elle refusa catégoriquement de se déshabiller ou de s'allonger.

— Fais au moins un brin de toilette, lui conseilla sa sœur. Regarde, tu as du sang sur ta manche.

— Oh, Alexia ! s'exclama Elspeth. Vous êtes blessée !

— Pas du tout, répondit-elle en s'inspectant. C'est peut-être Jamie... mais non, Elspeth, c'est vous ! Regardez vos doigts. Ils sont tout écorchés.

— Tiens... s'étonna la jeune fille en observant ses mains de plus près. Mon Dieu, j'espère que je ne garderai pas de cicatrices !

— Comment est-ce arrivé ? demanda soudain Evie d'un ton accusateur.

Intriguée, Alexia tourna vers sa sœur un regard aiguisé.

Elspeth battit des paupières.

— Eh bien... je ne sais pas. Peut-être le faucon de pierre...

— Vous ne vous en êtes pas approchée, insista Evie.

— Qu'en savez-vous ? Vous n'étiez pas sur les lieux tout de suite, si je ne m'abuse. Alexia a crié, je me suis précipitée...

— Quand allez-vous cesser de dire que j'ai crié ? Je n'ai pas crié ! s'impatienta Alexia. C'est vous, Elspeth, qui avez crié.

Soudain lasse, elle eut envie d'être seule. Elle prétendit qu'elle voulait s'allonger, tout compte fait, mais dès que les deux jeunes filles furent sorties, elle se releva et se mit à arpenter nerveusement la pièce. Au bout d'un long moment, elle se glissa hors de la chambre et monta l'escalier à pas de loup. Elle se dirigea ensuite jusqu'à la pièce dont la fenêtre se trouvait à côté du fronton d'où le faucon de pierre était tombé.

Il s'agissait d'une petite chambre rarement occupée, hormis quand le château abritait de nombreux invités. Il y régnait une odeur de renfermé. Les rares meubles étaient recouverts de vieux draps blancs et la fenêtre était fermée.

Alexia tira sur le loquet. Elle dut le secouer pour qu'il finisse par s'ouvrir en grinçant.

Elle se pencha de façon à voir le fronton vide. Le grès rouge portait des marques autour du socle de la sculpture descellée, et ces marques allaient jusqu'au bord du fronton.

— Il ne s'agissait donc pas d'un accident.

Alexia se retourna d'un bloc.

— Oh, Malcolm... vous m'avez fait peur.

Le sourire sardonique du jeune homme joua sur ses lèvres.

— Non, je ne crois pas. Vous ne vous effarouchez pas facilement, Alexia Carleton.

Pourquoi l'appelait-il par son nom de jeune fille ?

— N'en parlez pas à Jamie, je vous prie. Inutile de l'inquiéter tant que nous ne sommes pas franchement sûrs, d'accord ?

— Encore un secret pour votre mari, n'est-ce pas, chère belle-sœur ? Le mariage n'est-il pas fondé sur la confiance ?

Il se pencha à son tour et passa un doigt sur la pierre.

— Bizarre que Jamie ne soit pas monté lui-même jusqu'ici pour mener sa petite enquête, vous ne trouvez pas ?

— Il... il avait d'importantes choses à faire.

— Vraiment ? Et qu'est-ce qui peut être plus important pour lui que de savoir qui a tenté d'assassiner sa femme ? À moins, bien sûr, qu'il ne le sache déjà...

11

Alexia enlaça Jamie et pressa ses lèvres contre son épaule nue.

— Tu es bien matinal, aujourd'hui.

— Si nous voulons boire de la bière cet hiver, il faut bien ramasser l'orge.

Le seigneur exploitait un tiers des terres qui entouraient le château pour son usage personnel. Les deux tiers restants étaient cultivés par des paysans qui payaient ce privilège en travaillant pour Jamie deux à trois jours par semaine.

Les lèvres d'Alexia remontèrent vers la nuque de Jamie, s'y attardèrent. Elle lui mordilla le lobe d'une oreille tout en glissant une main dans ses hauts-de-chausses.

Jamie jura en lui donnant une petite tape.

— Tu veux que je reste la gorge sèche tout l'hiver ?

Elle redoubla d'ardeur, mais il lui prit la main et l'arrêta.

— J'adorerais passer la journée avec toi, ma chérie, mais j'ai mille choses à faire.

Avec un soupir, Alexia se détourna et ôta sa chemise de nuit sous laquelle elle était nue tout en marchant vers le lit. Elle remit ses bas en cambrant le pied, faisant glisser l'étoffe avec une lenteur délibérée tout en feignant d'ignorer le regard de Jamie qui ne perdait rien du spectacle. Elle prit ensuite sa brosse à cheveux et lissa sa longue chevelure avec d'amples mouvements des bras, tout en prenant soin d'exposer ses seins qui bougeaient au rythme de ses gestes.

— Alexia, pour l'amour du ciel !

— Que se passe-t-il, Jamie ? s'étonna-t-elle de son air le plus innocent.

— Est-ce que tu pourrais t'habiller, s'il te plaît, avant que...

— Si tu y tiens, jeta-t-elle en haussant les épaules.

Une nouvelle journée de chaleur s'annonçait. Alexia dédaigna jupon et vertugadin pour une simple jupe de paysanne en coton grossier avec un corsage assorti. Mais la chemise qui constituait ses dessous était en soie bordée de dentelle de Bruges.

— Tu sais, cet endroit au bord de la Locker, Jamie, lança-t-elle par-dessus son épaule. Là où la rivière s'élargit pour former une sorte d'étang à l'abri d'un rideau de noisetiers ?

— J'ai dû y passer à cheval, une ou deux fois.

— Je compte m'y rendre aujourd'hui, vers midi, pour baigner mes pieds endoloris par la chaleur.

— Ah ? Et qu'as-tu l'intention de faire d'autre, là-bas ?

Elle écarta une boucle de son visage et lui sourit.

— Oh... j'emporterai peut-être un panier avec de quoi déjeuner, puis je ferai une petite sieste dans l'herbe.

— Seule ?

— Peut-être pas. Il est possible que mon amoureux me rejoigne. S'il parvient à terminer les mille choses qu'il doit faire.

— En attendant... dit-il en baissant les yeux sur ses chausses qui ne cachaient rien de l'intensité de son désir. Que suis-je censé faire de ça, moi ?

— Si tu l'entretenais en l'état ? rétorqua-t-elle avant de quitter la chambre avec un rire mutin.

Jamais elle n'aurait cru que séduire son propre mari s'avérerait si amusant. Dans le salon, elle s'approcha du perchoir d'Aphrodite. Elle emmenait le faucon presque partout ces jours-ci. Lors de leurs premières sorties, elle lui couvrait la tête d'un capuchon chaque fois afin d'aiguiser son acuité sensorielle, puis elle l'en débarrassa. Bientôt, elle attaquerait la deuxième phase de l'entraînement : apprendre à accompagner sa maîtresse à cheval. Elle n'utiliserait l'appât qu'en dernier lieu. Les faucons étaient des créatures extrêmement sensibles et excitables. Il ne fallait pas les brusquer. Un peu comme les Écossais, songea Alexia en riant.

Jamie émergea de la chambre.

— Qu'est-ce qui est si drôle à présent ?

— Rien, répondit-elle en riant de plus belle.

— Hmm... fit-il en s'éloignant, la mine faussement outragée.

Alexia fixa la protection de cuir à son poignet pour

se protéger des serres acérées et descendit aux cuisines en chantant. Elle demanda à la cuisinière de préparer deux déjeuners à emporter et choisit elle-même le menu : poulet rôti, anguille fumée, fromage, le tout accompagné d'un muscat et de biscuits au carvi.

Elle se rendit ensuite au lavoir, car c'était jour de lessive. Ce n'était certes pas la place de la châtelaine mais Alexia estimait qu'il n'y avait pas de meilleur moyen de superviser les choses et, surtout, d'apprendre les derniers potins.

Maggie Armstrong, la cousine de Big Jock, regardait sa sœur aînée Mary travailler. Celle-ci frottait les chemises de Jamie dans un mélange composé de cendres de bois et de soude caustique.

— Oh, milady, s'écria-t-elle en voyant Alexia arriver. Je parlais de Mme Parsons, la femme du meunier. Elle a bien cinquante ans...

— Quarante, rectifia Mary.

— Bref, elle vient d'avoir un bébé, un garçon, comme je vous le dis ! Hélas, le pauvre malheureux porte la marque du diable. Une tache de vin sur la joue, en forme de pied fourchu, à ce qu'il paraît, et...

— Maggie, tu parles trop, intervint Mary avec un regard d'excuse à Alexia que cette histoire faisait frissonner.

— Mary, dit cette dernière pour aiguiller la conversation sur un sujet moins sordide, connaissez-vous cette femme qui vit dans le marais ?

— Pour sûr qu'on la connaît, s'empressa de répondre Maggie, devançant sa sœur. C'est la sorcière de Solway. Personne ne sait exactement dans quel coin du marais elle habite. Certains prétendent que le vieux seigneur...

— Maggie ! l'interrompit Mary. Cesse de dire des âneries plus grosses que toi. Une sorcière ! C'est seulement une femme qui aime bien vivre seule. Pas de quoi en faire une montagne.

— Est-ce qu'elle vit ici depuis longtemps ? demanda Alexia en réprimant un sourire.

— Oh, ça fait un bail, répondit Maggie en jetant à sa sœur un regard circonspect.

Puis elle haussa les épaules et continua :

— Cela date d'avant la naissance de Jamie.

Ne pouvant en apprendre davantage à propos de la femme des marais, Alexia prit le chemin de la fauconnerie où elle laissa Aphrodite, récupéra le panier aux cuisines, sella sa jument, et prit le chemin de la mare, à travers les collines aux formes arrondies.

Elle arriva sur place en avance d'une demi-heure. L'eau fraîche la tenta. Après avoir ôté ses chaussures et ses bas, elle s'assit sur la rive et trempa ses pieds dans la mare avec un sentiment de bien-être délicieux.

Il faisait une chaleur écrasante. La nature semblait comme assoupie sous l'ardeur du soleil. Songeant combien il serait agréable de plonger son corps tout entier dans la mare, Alexia finit par enlever sa jupe et son corsage et entra dans l'eau.

La différence de température lui arracha d'abord un petit cri, puis elle se laissa flotter sur le dos. Ses longs cheveux déployés autour d'elle, elle admira le ciel d'un bleu si pur.

Ce fut dans cette position que Jamie la surprit. Il descendit de cheval sous un noisetier pour l'admirer en secret.

Cette femme, sa femme, avait quelque chose de mythique. Elle évoquait le fer, la terre et le feu. Il la connaissait aussi intimement qu'il est possible de connaître une femme et, pourtant, elle constituait toujours un mystère pour lui. Et il eut l'impression que même en passant encore des nuits et des nuits auprès d'elle, elle demeurerait une énigme. Il vivait dans la crainte de la perdre avant d'avoir pu lever le voile. Il pensait qu'en parvenant à comprendre Alexia, c'est à une connaissance beaucoup plus vaste, presque universelle, qu'il accéderait.

Elle dut sentir une présence car elle se redressa brusquement et croisa les bras sur sa poitrine en un geste de protection typiquement féminin. Puis elle le vit. Ses bras retombèrent alors de part et d'autre de son corps, et elle s'exposa à son regard.

La soie mouillée de la chemise lui collait à la peau. L'eau ruisselant de ses cheveux venait se perdre entre ses seins en suivant ce chemin sur lequel les lèvres de Jamie s'étaient maintes fois égarées. Puis elle poursuivait sa route le long du ventre arrondi pour aller se perdre entre ses cuisses. Il ne voyait pas ses longues jambes fines.

— Tu ne devrais pas...

Il s'interrompit, la voix brisée, avant de reprendre :

— Tu ne devrais pas nager seule, à moitié nue. Si quelqu'un te surprenait...

À cet instant, un couteau fusa à quelques millimètres à peine de son oreille pour se planter dans un tronc d'arbre, derrière lui.

— Tu disais ?

— Dieu du ciel ! Tu es complètement folle ! Si tu m'avais touché ?

— Je ne manque jamais ma cible.

Les mains sur les hanches, elle le contemplait, les yeux mi-clos, d'un air languide. Sa peau luisait sous le soleil et Jamie fut envahi du désir fou de la prendre là, tout de suite, dans l'eau.

Il avança vers la rive tout en se déshabillant, semant ses vêtements et ses bottes derrière lui. Une fois nu, il plongea dans l'étang.

Elle le regarda venir à elle d'un œil possessif. Ses seins tendus par le désir pointaient sous la soie. Elle murmura son nom.

Jamie l'attira dans ses bras et pressa son sexe dur entre ses jambes. Elle se cambra, la tête renversée en arrière, et il posa les lèvres sur sa gorge, des lèvres avides qui se refermèrent sur une aréole rose et dure. Il en aspira la saveur à travers le tissu mouillé.

S'arc-boutant contre lui de plus belle, Alexia enfonça ses ongles dans ses épaules.

— Prends-moi maintenant, Jamie... maintenant... dit-elle dans un souffle.

Il se cala alors sur ses pieds et la souleva. Aussitôt, elle enroula ses jambes autour de lui, et il la pénétra avec une telle force qu'elle bascula en arrière, l'entraînant dans une chute qui se termina par une belle éclaboussure.

Leur rire s'éleva dans le silence.

— Si nous tentions de réussir cette figure sur l'herbe ? suggéra-t-il en la prenant dans ses bras pour la ramener sur la rive.

Une mousse douce et spongieuse offrait un lit naturel. Ils s'y allongèrent, et un long baiser s'ensuivit. Un baiser vibrant, plein de tendresse.

Jamie s'interrompit soudain pour la contempler, prenant son visage entre ses mains. La flamme qui le consumait brillait dans ses yeux, ces yeux incroyables qui disaient en silence : *Est-ce que tu m'aimes* ? *Oh, oui je t'aime,* répondait-elle du regard. *Je t'aime, je t'aime, je t'aime...*

Il roula sur le dos et l'entraîna sur lui, la pénétrant complètement. Elle se contracta autour de son sexe, lui, les deux mains sur ses hanches, la soutenait tandis qu'elle allait et venait. Bientôt, elle perdit la notion de tout ce qui l'entourait. La tête levée vers le ciel, la bouche entrouverte, elle laissa échapper une longue plainte d'extase. Il la rejoignit alors dans la jouissance avec une telle puissance qu'un cri l'accompagna.

Peu à peu, ils reprirent leur souffle et Alexia se laissa tomber sur lui.

— Oh, Jamie... souffla-t-elle d'une voix rauque.

Elle dégagea les mèches blondes qui lui cachaient les yeux, et posa ses lèvres sur les siennes en riant.

Mais ses yeux à elle... Un instant plus tôt, il était certain qu'ils contenaient la réponse à tous ses rêves mais, à présent, Alexia la mystérieuse était revenue et, de crainte de ne pas obtenir la réponse qu'il attendait, il n'osa pas lui poser la question qui lui tenait à cœur. Au lieu de cela, il prit son ton de seigneur et demanda :

— Femme, où est mon déjeuner ?

— Ooooh ! s'écria-t-elle en le pinçant. Tu ne penses donc qu'à manger ?

Il lui saisit le poignet et embrassa tendrement sa main. Il la fit ensuite basculer près de lui et la serra dans ses bras en frottant sa joue contre la sienne, se délectant du contact de ses seins contre sa poitrine nue.

Puis il la repoussa.

— Alexia... ?

— Umm...

Il lui administra une petite tape sur les fesses.

— Mon déjeuner !

Elle se leva en feignant la colère et il éclata de rire. Après s'être rhabillés tant bien que mal en s'aidant mutuellement, ils s'installèrent à l'ombre d'un noisetier. Il lui parla de la moisson, elle de la femme du meunier, mais elle s'abstint d'évoquer la sorcière de Solway. Il lui demanda ensuite si elle voulait qu'il l'emmène à la cour, au début du printemps, quand le bébé serait né. À son grand soulagement, elle lui répondit que les fastes de la cour et la prétention de tous ceux qui y gravitaient l'ennuyaient au plus haut point.

Il s'allongea près d'elle, et posa la tête sur ses genoux. Elle enfouit rêveusement les doigts dans ses cheveux si blonds qu'ils évoquaient parfois la blancheur argentée de la lune.

— Et puis... j'ai envie de voir Caerlaverock au printemps.

Il ne fit aucun commentaire mais un sourire éclaira son visage.

Soudain, elle lui prit la main et la posa sur son ventre.

— Tu la sens bouger ? Elle promet d'être une Écossaise vigoureuse. Je l'appellerai Madeleine, comme ta tante Mado.

— Tu me sembles bien sûre que ce sera une fille. Et n'ai-je donc rien à dire quant au choix du prénom ?

— Pourquoi ? N'est-ce pas moi qui fais tout le travail ? Si c'est un garçon, il s'appellera John, comme ton père et ton...

— Non. Pas John.

Jamie s'assit et s'écarta un peu de son épouse.

— Pourquoi pas John ?

Comme il ne répondait pas, elle s'approcha de lui.

— Jamie, je sais que tu as eu un frère aîné nommé John et qu'il est mort...

— Je l'ai tué.

Alexia retint son souffle... puis expira, lentement. Non, ce n'était pas possible. Que des frères se battent, se disputent des terres, d'accord, et Jamie n'était sans doute pas le moins bagarreur à ses heures, mais de là à tuer son propre frère. Non, pas lui.

Il arracha une poignée d'herbe, et elle scruta son visage où elle lut la douleur, la culpabilité, le remords. Des sentiments qu'elle connaissait bien. Elle se sentit alors encore plus proche de lui, car elle le comprenait mieux que personne.

— Raconte-moi ce qui s'est passé, l'encouragea-t-elle doucement.

Il secoua d'abord la tête puis, comme s'il changeait d'avis, poussa un long soupir.

— Je ne l'ai pas tué sciemment, bien sûr, mais je suis responsable de sa mort. Johnnie avait un an de plus que moi, mais il était plus chétif, plus craintif. C'était moi qui commandais, qui décidais des jeux. J'avais huit ans, il en avait donc neuf. C'était le printemps. Père nous emmena à Dumfries. Quand le temps le permettait, nous en profitions pour aller nous baigner dans la Nith alors qu'il réglait ses affaires en ville. Mais cet hiver-là, il avait beaucoup neigé et les eaux étaient hautes et le courant rapide. Il nous interdit de nous baigner.

Il eut un sourire amer et ajouta :

— Bien entendu, c'est la première chose que je suggérai à mon frère dès que père eut le dos tourné. Johnnie ne voulait pas, au début. Il avait peur, mais j'insistai tellement qu'il finit par me suivre. La suite... eh bien, tu l'imagines. Il s'est noyé. Comme j'étais un meilleur nageur, j'eus plus de chance.

Il se tut. Franchissant l'espace qui les séparait, Alexia lui prit la main. Un silence s'installa, se prolongea, puis :

— Tu ne dis pas que ce n'était pas ma faute ?

— C'est ce que tu voudrais que je dise ?

— Non. Mais... c'est ce qu'on dit, dans ces cas-là.

— Tu as fait une terrible erreur. Tu étais jeune, certes, mais tu avais plus ou moins conscience du danger. Tu te souviens de tout et tu te sens coupable.

Il eut un petit rire sans joie.

— Sage conclusion.

— Non. Du moins, si sagesse il y a, disons qu'elle me vient de mon expérience. Jamie, t'es-tu jamais demandé ce qui était arrivé à Evie ?

— Je crois qu'elle a été brûlée lors d'un accident.

Il l'attira contre lui, posa ses mains sur son ventre. Alexia laissa aller sa tête contre son épaule.

Elle n'en avait jamais parlé. À personne. Mais tout à coup, les mots se mirent à couler d'eux-mêmes, comme si la cicatrice jamais totalement refermée se rouvrait une dernière fois.

C'était une journée d'hiver particulièrement froide. Alexia et Evie jouaient devant l'immense cheminée des cuisines du château de Thirlwall. La veille, Evie avait fêté ses six ans et Edwina lui avait offert une poupée italienne vêtue de soie et de dentelle. Alexia n'avait jamais été attirée par les poupées, mais celle-ci la conquit sur-le-champ et elle la convoita immédiatement. Avec violence.

Tout d'abord, Evie la lui prêta de bon cœur mais quand elle s'aperçut que sa sœur, un peu souillon, avait sali les beaux vêtements de la poupée, elle la récupéra et refusa de la partager. Furieuse, Alexia la lui arracha de force et, comme Evie voulait la reprendre, elle la jeta dans les flammes.

Evie se précipita vers l'âtre en hurlant et en retira la poupée mais la soie s'était enflammée et, en un instant, ses cheveux, dont la fillette était particulièrement fière car ils lui arrivaient à mi-cuisse, flambaient comme de l'amadou.

— Elle aurait pu mourir brûlée mais le cuisinier bondit sur elle et l'enveloppa dans un sac de farine. Evie hurlait, hurlait... et son visage... oh, mon Dieu, Jamie, son visage...

Incapable de poursuivre, Alexia se mit à pleurer. Jamie la serra contre lui et la berça comme une enfant.

— Alexia, murmura-t-il. Je t'aime.

Il la garda dans ses bras, et elle finit par s'endormir.

Ils tendirent la main en même temps vers le flacon de vin pour le ranger. Jamie sourit et laissa Alexia fermer le panier.

Il se leva et s'étira.

— Je dois retourner aux champs, dit-il. Big Jock va s'imaginer que je suis tombé sur la bande des Johnstone, ces maudits pillards.

Alexia se leva à son tour.

— Tel que je le connais, il a déjà dû envoyer une troupe armée à ta recherche. Tes ravisseurs n'auraient même pas eu le temps de rédiger la demande de rançon !

Jamie éclata de rire.

— Bon, tu veux que je t'escorte jusqu'à Caerlaverock ? On ne sait jamais, toi aussi tu pourrais tomber sur des Johnstone...

Elle l'embrassa sur la joue.

— Non, Jamie. J'ai envie de chevaucher dans les collines, histoire de m'aérer la tête.

Il passa ses bras autour de sa taille.

— Alexia... je le pensais vraiment, tu sais. Je t'aime.

Elle s'apprêtait à lui dire qu'elle l'aimait aussi quand un sentiment de panique ridicule la saisit. Sa gorge se serra et elle fut incapable d'articuler un mot.

Jamie attendit, puis son visage se durcit. Il la lâcha, monta en selle et s'éloigna.

Elle faillit l'appeler mais se ravisa. Pour une raison qui lui échappait, elle avait toujours eu du mal à prononcer les mots qu'il attendait d'elle. Même durant ces semaines d'amour pur qu'ils avaient passées à Kilchurn. Elle ne lui avait dit qu'une seule fois : « Je *crois* que je t'aime » et pas « Je t'aime », tout court. Elle se promit alors d'y remédier le soir même, dans l'intimité. Elle le lui répéterait autant que nécessaire, afin d'effacer tous ses doutes.

Quelques instants plus tard, elle chevauchait à travers champs, le vent jouant avec ses cheveux. Obéissant à sa cavalière, la jument sauta un muret de pierre, et Alexia rit de plaisir.

Arrivée à la lisière de la forêt, elle emprunta un chemin creusé par un petit ruisseau qui menait au sommet d'une colline. Une fois en haut, Alexia aperçut un cavalier solitaire, en contrebas, dans la vallée. Il galopait à bride abattue. Elle crut d'abord qu'il s'agissait de Jamie mais se rendit compte qu'il n'en était rien à la couleur de la robe de sa monture. Elle distingua aussi une troupe de cavaliers casqués au loin, qui poursuivaient l'homme. Le chef du groupe montait un étalon blanc... celui de Robin Maxwell. Derrière lui, elle reconnut le rouan de Malcolm.

L'homme disparut derrière un rideau d'arbres. Ses poursuivants s'y engouffrèrent quelques minutes plus tard mais, déjà, le cavalier émergeait dans une clairière. Il gagnait du terrain. Surprise, Alexia se rendit compte que l'idée qu'il puisse leur échapper la soulageait. C'est alors que le cheval de l'homme trébucha, désarçonnant son cavalier. Ce dernier, dont un pied s'était pris dans l'étrier, fut traîné sur plusieurs mètres avant que sa monture, en se cabrant et se secouant, réussisse à se débarrasser de ce fardeau incongru et s'enfuie au triple galop.

Sans réfléchir, Alexia lança sa jument vers l'endroit où l'homme était tombé, au bas de la colline. Elle perçut des cris, au loin. Sans doute Robin et sa bande s'apercevant qu'ils avaient perdu la trace du fugitif. Ils allaient sans doute revenir sur leurs pas pour tenter de reprendre la bonne piste.

L'homme avait réussi à se traîner jusqu'à l'orée d'une clairière. Quand la jument d'Alexia émergea du couvert des arbres, il prit son épée et s'y appuya pour se relever. Il parvint tout juste à se mettre à genoux et la stupeur se peignit sur ses traits à la vue d'Alexia. Visiblement, il ne s'attendait pas à se retrouver face à une femme. Le côté gauche de son pourpoint était rouge de sang.

— Aidez-moi ! dit-il en tendant un bras implorant.

Alexia descendit de cheval et demanda à l'homme de s'étendre. Une flèche l'avait atteint au bas des côtes. Il saignait abondamment. Elle constata qu'il n'y avait pas de bulles d'air dans le sang, ce qui signifiait en principe que le poumon n'était pas touché.

L'homme portait une barbe rousse qui contrastait avec son teint livide.

— Qui... commença-t-il. Seigneur... j'ai mal !

Alexia perçut un nouveau cri, si proche cette fois qu'elle reconnut la voix de Robin. Elle aida l'homme à s'asseoir.

— S'ils vous trouvent, est-ce qu'ils vous tueront ?

Il hocha la tête affirmativement. Il se mit debout avec difficulté et Alexia le hissa sur sa selle, déployant une force qu'elle ne se connaissait pas. Elle s'installa ensuite derrière lui et le soutint tant bien que mal. Il s'était évanoui.

Elle prit alors la direction de Caerlaverock et des marais du golfe de Solway.

12

— Soulevez-lui la tête que je voie son visage, dit la femme.

L'homme l'entendit car il leva la tête de lui-même.

— C'est un Johnstone.

— Il est blessé, jeta Alexia en mettant pied à terre avant d'aider l'homme à descendre de cheval à son tour.

Il s'appuya sur elle de tout son poids.

— Qu'attendez-vous de moi ? lança la femme, furieuse.

— Aidez-le. Aidez-nous.

La femme tourna les talons et disparut dans sa cabane. Prenant son silence pour un assentiment, Alexia s'apprêtait à la suivre lorsque l'homme la retint par la manche

— C'est une... sorcière, balbutia-t-il.

— Mais non ! Elle aime la solitude, voilà tout.

Certes, vivre seule au milieu d'un marais semé de mortelles embûches, dans une cabane encombrée de mystérieuses potions, avec un animal sauvage de surcroît, constituait une solitude bien étrange. De plus, cette femme sans âge, pâle, toute de noir vêtue et peu loquace était plus qu'étrange. Mais Alexia fit taire ses doutes.

— Venez, insista-t-elle en entraînant l'homme.

La femme l'installa sur l'unique couche de son antre, une sorte de paillasse tout juste assez grande pour accueillir une personne. Elle le débarrassa de son pourpoint et de sa chemise pour examiner sa blessure, puis désigna une étagère.

— Passez-moi cette boîte, la longue et étroite.

Alexia lui obéit. La femme en sortit un drôle d'instrument qui ressemblait à une pince à feu, en plus délicat. Elle semblait faite en or de Tolède.

— Tenez-le, ordonna-t-elle.

Alexia posa ses mains sur les épaules de l'homme et le maintint solidement sur sa couche. Il écarquilla les yeux en voyant la pincette.

— Qu'est-ce que...

Un cri suivit quand la femme introduisit les pointes de la pince dans la blessure. Le visage de Johnstone se couvrit de sueur. Il cria de nouveau avant de se mordre les lèvres jusqu'au sang.

La femme trouva la pointe de la flèche fichée dans la chair et la retira doucement. Il s'agissait d'une pointe à trois dents, redoutable. La plaie saignait abondamment. Alexia détourna les yeux. Soudain, elle sentit le blessé se détendre sous ses mains. Il s'était évanoui.

La femme prépara un baume fait de boue mélangée à des feuilles concassées qu'elle choisit dans différentes boîtes. Elle l'appliqua ensuite sur la plaie, et alla réchauffer cette boisson au goût si prononcé qu'Alexia avait eu l'heur de goûter déjà une fois auparavant.

Pas une fois elle n'éprouva le besoin de parler ou d'expliquer ce qu'elle faisait, comme si le silence était son état de prédilection.

Alexia s'assit à la table, prit la tasse que la femme lui tendait et déglutit avec peine. Elle crut discerner dans les yeux gris une pointe d'amusement.

— Il vivra ? demanda-t-elle.

La femme haussa les épaules et s'installa en face d'elle.

— C'est le chef du clan Johnstone, le pire ennemi de votre mari. Cette flèche que je viens de retirer appartient aux Maxwell.

— Ils le pourchassaient comme un animal.

La femme bondit sur ses pieds.

— Ils vont vous suivre jusqu'ici !

— Je suis née et j'ai été élevée à la frontière de nos deux pays. Je sais couvrir mes traces comme n'importe quel Écossais mais, si vous avez peur, je peux l'emmener ailleurs.

— Et où ça ? fit la femme en riant. À Caerlaverock ? En Angleterre peut-être ? Que croyez-vous que votre ex-fiancé ou votre père feront à Angus Johnstone ? À moins que votre seul but soit de vous venger de Jamie Maxwell pour vous avoir enlevée et obligée à épouser un Écossais ?

Alexia en resta bouche bée de surprise.

— Vous semblez très bien renseignée, dites-moi. Je ne connais même pas votre nom.

— Je m'appelle Katherine, rétorqua la femme de mauvaise grâce. Et si cet homme devait bouger maintenant, il se viderait de tout son sang. Laissez-le ici.

Alexia poussa un soupir de soulagement.

— Merci... Katherine.

La femme eut un sourire ironique.

— Je vous en prie, milady.

Alexia songea qu'elle aurait peut-être dû rétribuer cette femme pour ses services mais elle n'avait pas d'argent sur elle et, en lui promettant de la payer plus tard, elle craignait de s'attirer ses sarcasmes. Mal à l'aise, elle se leva.

— Je crois que... il est temps que je rentre avant qu'ils ne s'inquiètent de mon absence.

— Oui, répondit la femme en suivant Alexia dehors.

Sans un mot, elle la regarda monter sur sa jument mais, au moment où elle allait s'éloigner, elle saisit les rênes.

— Pourquoi agissez-vous ainsi ? Contre les intérêts de votre mari ?

Alexia tourna la tête en direction de Caerlaverock.

D'ici, on ne distinguait pas le château à cause de l'épais rideau d'arbres qui bouchait la vue. Pourquoi avait-elle fait cela ? Elle ne le savait même pas elle-même.

— Quand un Écossais est baptisé, il laisse son épée à l'extérieur de l'église pour qu'elle ne soit pas bénie et qu'il puisse s'en servir contre les ennemis de sa famille sans commettre un blasphème. Vous ne pouvez changer lord Maxwell pas plus que vous ne pouvez changer le monde.

— Je peux changer ma part du monde.

La colère déforma le visage de la femme.

— Vous n'êtes qu'une gamine stupide ! Que croyez-vous que Angus Johnstone vous aurait fait s'il n'avait pas été blessé ? Il vous aurait enlevée puis vous aurait laissée à ses hommes pour qu'ils s'amusent un peu. Ensuite, il aurait réclamé une rançon tellement exorbitante, pour vous rendre à votre mari, que la famille Maxwell aurait été ruinée pendant des générations. Car Jamie aurait payé. Pour l'honneur et non par amour pour vous car ces sauvages auraient pris soin de ravager la femme qui est en vous. Voilà votre monde, lady Maxwell, et vous n'y pourrez rien changer, croyez-moi.

Alexia faillit fondre en larmes. Elle avait seulement voulu sauver la vie d'un homme. Pourquoi cette vieille sorcière à moitié folle en faisait-elle toute une histoire ?

Elle lui arracha les rênes des mains et, l'instant d'après, elle disparaissait dans les marais. La femme ne bougea pas jusqu'à ce que le silence total soit revenu.

Tout à coup, d'ailleurs, il lui faisait peur, ce silence qu'elle aimait tant.

Tu ne peux pas changer le monde, pensa-t-elle, mais c'est lui qui te changera. Ou bien te détruira.

Au château, on l'attendait.

Jamie, ses frères, Annor Maxwell et Elspeth s'étaient réunis dans la cour. Même Evie était là. Elle se tenait un peu à l'écart, les mains posées sur les épaules du petit Andy qui fut le seul à sembler soulagé de la revoir.

Alexia descendit de cheval et fit face à son mari. Il semblait intraitable. Elle eut du mal à reconnaître celui qui lui avait fait l'amour si tendrement, quelques heures plus tôt.

— Où est-il ? demanda-t-il durement.

— Qui ? rétorqua-t-elle en s'efforçant de soutenir son regard.

Robin fit un pas vers elle, les poings serrés.

— Inutile de nier, petite traînée d'Anglaise ! Ta jument est légère, elle a de petits pieds et lève plus facilement les antérieurs gauches que les droits. Ses empreintes et le sang d'Angus Johnstone ont signé ton passage dans cette clairière. Maintenant, tu vas nous dire où tu l'as caché, par Dieu, sinon...

Jamie saisit le bras de son frère, l'obligeant à reculer.

— Laisse, Robin. C'est de ma femme qu'il s'agit, je m'en occupe.

— Elle mérite une bonne correction.

— Au risque d'abîmer son joli minois ? Tu rêves, Robby ! jeta Malcolm avec un ricanement.

Sir Thomas avait battu sa mère, un jour. Alexia se souvenait des cicatrices si longues à s'estomper. Elles avaient fini par disparaître mais l'effroi avait longtemps hanté le regard d'Edwina.

Jamie s'avança vers elle. Elle frémit, mais ne bougea pas d'un pouce.

— Dis-moi. Où ?

— Non.

Il plissa les yeux et un muscle se mit à tressauter sur sa joue.

— Jock ! hurla-t-il.

Alexia sursauta.

— Emmène-la dans mes appartements et enferme-la. Tu monteras la garde devant la porte.

— Oui, milord.

— Tu perds la tête ? s'interposa Annor Maxwell, rouge de rage et de haine. Oblige-la à te dire la vérité.

Jamie lui tourna le dos.

— Jock... répéta-t-il doucement.

Big Jock prit le bras d'Alexia avec précaution.

— Venez, milady.

La tête haute, Alexia suivit Big Jock à l'intérieur du château. Elle entendit Robin dire à son frère :

— Tu aurais dû lui arracher la vérité.

Elle ne put entendre la réponse que Jamie murmura.

— Tu es trop gentil ! lui reprocha Robin. Maman l'a toujours dit.

— Nous avons perdu sa trace à la lisière du marais. Nous n'avons qu'à reprendre les recherches à partir de là, lança Malcolm.

La suite de leurs propos se perdit tandis qu'Alexia s'enfonçait dans le château. Peu après, Big Jock retirait la clé de la porte de l'appartement qu'elle partageait avec Jamie. Une grimace apparut dans la face ronde et barbue du géant, qu'elle interpréta comme un sourire d'excuse.

— Le bon seigneur vous a enfermée ici pour vous protéger, expliqua-t-il. Je ne laisserai personne vous faire du mal.

— Oh... oui, je vois.

Elle avait sous-estimé la colère des Maxwell. En même temps, elle comprit qu'elle avait mis Jamie dans une position impossible. Elle se souvint de l'avertissement de tante Mado : « Ne l'obligez jamais à choisir entre vous et son clan. » À présent, il allait la renvoyer en Angleterre, il n'y avait aucun doute sur la question. Elle ne lui laissait pas d'autre choix.

Elle marcha jusqu'à la fenêtre et jeta un œil dans la cour. Robin sortait des écuries avec le cheval de Jamie qui ceignait son épée. Un coup de vent souleva ses cheveux et fit tourbillonner la poussière dans la cour.

Il mit le pied à l'étrier et leva les yeux vers elle en se hissant en selle. De loin, son visage semblait taillé dans la pierre, comme les faucons de Caerlaverock.

Elle le regarda partir avec ses frères et des membres du clan. Ils étaient bien nombreux pour un seul homme, songea-t-elle.

Ses pensées allèrent ensuite à la femme des marais. S'ils la trouvaient, avec Angus Johnstone dans sa cabane, ils la tueraient. Elle chercha un moyen de la prévenir.

Katherine... Ce prénom ne lui allait pas. Ce n'était pas un prénom de sorcière. Elle risquait le bûcher. Ou la lapidation. Par sa faute. Non, se reprit-elle. Elle avait eu raison d'agir ainsi. Elle l'expliquerait à Jamie mais, d'abord, elle devait joindre cette femme.

Dans la commode, elle prit les clés du château. Toutes les clés de Caerlaverock se trouvaient enfilées dans l'anneau, y compris celles de l'appartement.

Restait à ruser pour éloigner Big Jock. L'envoyer trouver Jamie ? Mais comment ?

Une idée lui vint alors à l'esprit, qu'elle repoussa tout d'abord. Pourtant, plus elle y réfléchissait, plus elle lui paraissait appropriée. Non seulement elle la débarrasserait de Big Jock mais elle ramènerait également Jamie au château. En revanche, Jamie ne lui pardonnerait jamais. Mais n'était-elle pas déjà parvenue à un point de non-retour en ce qui concernait son pardon ? Et puis, quel poids avaient ses soucis personnels quand la vie de deux personnes était en jeu ?

Elle n'avait pas le choix.

Elle retira son poignard de sa ceinture et le considéra tristement avant de l'appuyer contre sa paume gauche, de fermer les yeux et... de presser.

Les dents serrées, elle accentua la pression jusqu'à ce que le sang coule à flots. Elle approcha alors la coupure de ses jupes et attendit qu'elles soient bien rouges. Elle s'allongea enfin sur le lit, découvrit un peu ses jambes, et se mit à crier en se tenant le ventre. Mimant une fausse couche.

La porte s'ouvrit d'un seul coup. Big Jock s'engouffra dans le salon et bondit dans la chambre.

— Milady, que... Dieu Tout-Puissant...

— Jock, s'il vous plaît... Jamie... Jamie...

La poterne grinça sur ses gonds. Alexia se faufila dans l'entrebâillement mais il n'y avait pas âme qui vive près du magasin. Le vent avait forci, faisant ployer arbres et buissons. À l'ouest, de gros nuages gonflés de pluie s'amoncelaient.

Quand Alexia atteignit la cabane, elle était hors d'haleine. La femme avait disparu avec le blessé. Même l'ocelot s'était volatilisé !

— Katherine ? cria Alexia. Katherine !

Mais seule la plainte ininterrompue du vent lui répondit. On eût dit que personne n'avait jamais habité là, comme si la sorcière avait usé de magie noire pour partir en fumée en emmenant avec elle Angus Johnstone.

Une branche heurta le mur du fond de la cabane et Alexia sursauta en faisant volte-face.

— Que faites-vous ici ?

Un cri échappa à la jeune femme. La forme sombre, fantomatique, qui se dessinait dans l'encadrement de la porte, l'avait effrayée mais, à son grand soulagement, elle n'avait rien d'irréel.

— Grâce à Dieu, vous êtes là ! s'exclama Alexia. Les frères de Jamie m'ont suivie jusqu'au bord du marais. Ils risquent de vous trouver et je suis venue vous prévenir. Où est... où est Angus Johnstone ?

La femme rit de son rire rauque, aussi étrange que toute sa personne.

— Où croyez-vous qu'il soit ? En train de mijoter dans une marmite, dans ma cheminée ?

Alexia s'efforça de ne pas tourner les yeux vers l'âtre. Aucun feu n'y brûlait, de toute façon...

— Ne vous inquiétez pas, votre malheureux protégé est sain et sauf, dit Katherine.

Cette fois, Alexia ne douta pas qu'une lueur d'amusement avait éclairé son regard.

— Il est caché, en sécurité. En revanche, si votre mari vous trouve ici... j'aurai du mal à lui expliquer votre présence.

Alexia, qui se sentait ridicule, recula vers la porte en s'excusant et se fondit dans les marais. Un violent point de côté l'obligea bientôt à ralentir et elle se reprocha de se surmener ainsi. Son bébé risquait d'en pâtir.

Elle eut d'autant plus honte du tour qu'elle avait joué à Big Jock. Tout cela pour rien, apparemment. Quand Jamie découvrirait sa disparition, il entrerait dans une colère noire...

La poterne était entrouverte, telle qu'elle l'avait laissée. Personne dans l'arrière-cour. Les premières gouttes de pluie commencèrent à tomber. Le ciel s'était subitement obscurci. Par la fenêtre de la grande salle, elle aperçut la lueur d'une bougie. Une servante allumait le lustre.

Tout semblait calme au château. Avant de gravir l'escalier, elle s'appuya au mur et s'imprégna de sa fraîcheur, bienvenue sur sa peau échauffée. Elle ferma les yeux, respirant profondément pour se donner le courage de monter jusqu'à sa chambre où elle savait que Jamie l'attendait.

Il était debout devant la cheminée, la tête inclinée sur sa poitrine, une main en appui sur le rebord.

Il se retourna en entendant le bruit de ses pas. Ce n'était pas de la colère qui assombrissait ses yeux verts mais l'ombre de l'amertume et d'un chagrin incommensurable.

Elle tendit une main vers lui.

— Oh, Jamie, je suis tellement désolée...

— *Désolée !*

Son poing martela le manteau de la cheminée.

— Quand Jock m'a dit que tu saignais... Mon Dieu, j'ai cru que tu... comment as-tu pu me faire ça ? Qu'est-il donc pour toi, cet Angus Johnstone ? Ton amant ?

— Non !

Il chassa l'air de sa main, comme pour effacer ce « non » sorti du cœur.

— Peu importe, de toute façon. Cela ne peut continuer ainsi, Alexia. Je ne peux vivre auprès d'une femme capable de m'enfoncer son poignard dans le dos à tout moment.

Alexia serra les poings jusqu'à ce que ses ongles pénètrent sa paume, comme si cette douleur pouvait amoindrir la douleur beaucoup plus profonde qui la torturait.

— Tu as l'intention de me renvoyer en Angleterre ?

Il ne répondit pas sur-le-champ mais quand il prit la parole, sa voix était dure, impersonnelle.

— Nous avons conclu un accord, tu te souviens ? Tu dois me donner deux fils.

— Tu ne comprends donc pas, Jamie ? J'ai agi dans l'intérêt de tes fils.

Elle s'était approchée de lui mais il semblait retranché derrière une sorte de carapace invisible. Elle n'osa le toucher.

— Qu'est-ce que mes fils à naître ont à voir avec ta trahison ?

Le mot la blessa mais elle préféra ne pas le relever.

— Jamie, te rends-tu compte de la vie que nous menons ? Une vie où la mort rôde au détour des chemins, où nous nous cloîtrons dans des châteaux forts bien gardés, toujours armés, prêts à partir nous battre, à tuer. Est-ce bien cet univers que tu souhaites à tes enfants ?

Il la regarda en silence, scrutant son regard pour tenter de comprendre, de percer le mystère qu'elle représentait pour lui.

— Qu'attends-tu de moi, Alexia ? Que je baisse les armes ? Et combien de temps crois-tu que mon clan survivra avec des hommes comme les Johnstone et Seymour Howard ? Comme ton propre père ? On ne peut rester en vie qu'en ayant recours à la force et à la dissuasion.

— La force ? La force de poursuivre un homme blessé à vingt contre un, dans le seul but de l'achever comme vous achevez les animaux que vous chassez ?

— Quoi ? Tu crois que je suis ce genre d'homme ?

— Tes frères, en tout cas...

— C'est moi qui commande ici, non mes frères ! Ni toi non plus, Alexia... Ma femme, ajouta-t-il d'un ton différent, presque caressant.

Il prit son gilet et son épée qu'il avait posés sur un fauteuil.

— Où... où vas-tu ?

— La moisson a commencé à Threave depuis déjà

plus d'une semaine. Ils m'attendent depuis plusieurs jours.

Il enfila son gilet et se tourna vers Alexia.

— Mais je n'ai pu me résoudre à quitter ma femme aimante et dévouée, ajouta-t-il avec amertume.

Elle se précipita dans ses bras et posa sa tête contre sa poitrine. Il frémit mais ne la repoussa pas.

— Jamie, je t'en prie, ne me quitte pas comme ça. Je ne pourrais supporter que tu me haïsses.

— Te haïr ?

Il posa une main sur son menton et l'obligea à le regarder.

— Mais je *devrais* te haïr, s'il me restait un minimum d'honneur et de fierté. Hélas... même maintenant, après la façon dont tu m'as trahi, dont tu m'as fait perdre la face devant mon clan, même maintenant ce désir, ce besoin de toi me ronge, me consume...

Il s'interrompit, voulut la repousser mais au lieu de cela, ses mains se refermèrent sur ses épaules et il s'empara de ses lèvres avec dureté.

Sa brutalité la meurtrit mais elle l'enlaça cependant et le serra contre elle. Peu à peu, ses lèvres se firent tendres, ses mains caressantes.

Quand le baiser prit fin, Alexia enfouit son visage dans son cou et sentit son pouls battre très vite, trahissant des émotions tumultueuses sous son calme apparent.

Il enfouit ses mains dans ses cheveux, lui caressa le visage, les joues, puis la lâcha soudainement et se dirigea vers la porte où il s'arrêta pour un dernier regard.

— Seigneur ! dit-il doucement.

Quelque chose d'insondable couvait dans sa voix, dans ses yeux.

Puis il partit.

13

Le soleil se reflétait sur le casque métallique du cavalier.

— C'est lui ! s'écria Alexia en se mettant à sautiller de joie comme une enfant. C'est Jamie !

Le cœur battant, elle appuya son nez sur la vitre épaisse et irrégulière pour tenter de mieux voir.

— Qui va là ? lança la sentinelle postée dans la tour de guet.

Le cavalier ôta son casque, dévoilant des cheveux et une barbe noirs. Des larmes de déception brouillèrent la vision d'Alexia. Elle se laissa choir sur le banc capitonné placé sous la fenêtre.

— Alors ? lança Evie sans lever les yeux de son ouvrage.

La tapisserie représentait le siège de Saint-Jean-d'Acre par Richard Cœur de Lion. Un ouvrage immense qu'elle avait commencé deux ans auparavant. Elle étudiait le coin inférieur droit montrant les Croisés s'attaquant à une citadelle. Du bout des doigts, elle effleura le très beau chevalier à la tête des assaillants contre les infidèles. Il était terminé, à part les cheveux. Se penchant vers le panier posé à ses pieds, elle choisit un fil d'or pâle.

Le silence de sa sœur se prolongeant, elle finit par redresser la tête.

— Ce n'était pas lord Maxwell ?

— Non, ce n'est que Big Jock.

— Il a peut-être un message ?

— Peut-être...

La moisson était terminée depuis une semaine à Threave mais Jamie n'était toujours pas rentré. À mesure que les jours s'écoulaient, Alexia passait de la terreur de l'avoir perdu à jamais à la colère contre celui qui lui infligeait de tels tourments.

— Ça y est, j'ai une idée ! s'écria-t-elle en bondissant sur ses pieds.

Dans sa précipitation, elle entraîna à sa suite les coussins de son siège qui tombèrent sur le sol.

Evie se leva à son tour, manquant renverser son tabouret, et lui barra la route.

— Que comptes-tu faire ?

— Je vais à Threave. Si Jamie s'imagine qu'il va pouvoir m'éviter indéfiniment, il se trompe. Je l'obligerai à m'écouter, qu'il le veuille ou non...

Evie lui saisit les bras.

— Alexia, tu n'as donc aucune fierté ? Ne t'est-il pas venu à l'esprit que s'il ne revient pas, c'est tout simplement parce qu'il ne peut plus supporter ta vue ? Tu l'as trahi en sauvant la vie de son pire ennemi, ne l'oublie pas...

Alexia se dégagea d'un mouvement sec.

— Je n'ai pas trahi Jamie !

— Mais...

— Oh... à quoi bon essayer de m'expliquer ? Personne ne veut m'écouter !

Elle se détourna et s'appuya contre la croisée.

— Je suis fatiguée, Evie. Si tu pouvais me laisser...

Sa sœur l'agrippa aux épaules et l'obligea à lui faire face. Comme toujours, son masque cachait son expression mais tout son corps frémissait de colère.

— Ce que tu as fait est impardonnable, jeta-t-elle avec dureté. Lord Maxwell t'a toujours traitée avec amour et respect, alors que toi... tu l'as ridiculisé aux yeux de sa famille et de son clan. C'est un mari prévenant, charmant, courageux, et tu...

Evie s'interrompit subitement et recula.

— Et tu penses que tu aurais réussi là où j'ai

échoué ? demanda Alexia, sur la défensive. Que tu aurais fait pour lui une épouse plus convenable ?

Furieuse elle aussi, elle en oubliait le visage ravagé de sa sœur qui la vouait au célibat éternel.

Evie secoua lentement la tête.

— Je... je voulais seulement dire qu'une femme qui a eu la chance de capturer le cœur d'un homme comme lord Maxwell devrait s'appliquer à le mériter.

— En se montrant docile, dévouée. En s'effaçant devant lui, en quelque sorte, n'est-ce pas ?

Evie se raidit.

— D'accord ! Puisque tu me le demandes... si j'étais à ta place, quand il rentrerait de la moisson, je l'attendrais dans sa chambre avec de la bière fraîche, et je ne serais pas en train de m'entraîner à la lutte avec ses frères sur les dalles de l'écurie. Il me trouverait coiffée avec soin, et pas les cheveux au vent, comme une paysanne. Pendant son absence, je me serais occupée à broder ses chemises et pas à parfaire mon adresse au tir à l'arc.

Alexia se sentit pâlir. Avait-elle vraiment été une épouse aussi indigne ?

— Tu n'essaies même pas de te faire belle pour lui, poursuivit Evie, implacable. Regarde seulement tes mains !

Alexia considéra sa peau brunie par le soleil, ses ongles cassés. Elle ferma les poings.

— Je ne peux devenir quelqu'un d'autre, s'obstina-t-elle. Même pour Jamie.

Le lendemain, au petit matin, Alexia monta dans la tourelle construite pour repérer de très loin les envahisseurs venus du sud. Elle donnait sur les marais salants du golfe de Solway et l'on pouvait y voir jusqu'aux falaises rouges du Cumberland. Aujourd'hui, elle tourna le dos à l'Angleterre et porta son attention vers l'ouest et ses collines recouvertes de bruyère pourpre, d'arbres aux feuilles jaunissantes. Vers l'ouest où les brumes de l'aube s'attardaient, où les tours bicentenaires de Threave surmontaient la Dee, à plus de quarante miles.

Et elle imagina Jamie, comme elle à la fenêtre, le regard tourné vers Caerlaverock. Qu'attendait-il donc ?

En bas, les premiers signes de vie se manifestaient. Le porteur d'eau traversait la cour, deux seaux suspendus à une planche placée sur ses épaules. Par la porte de la grange ouverte, elle apercevait des hommes battant le grain en chantant une ballade, une histoire de trahison et de mort survenue lors d'une nuit d'hiver sans lune. Plus loin, près du pigeonnier, Dick enseignait l'art de l'épée à son frère Andy qui se défendait vaillamment, du haut de ses six ans.

Comme s'il avait deviné qu'elle les regardait, Dick s'interrompit et leva les yeux dans sa direction. Malgré la distance, elle percevait la tension qui l'animait, la rancune qu'elle lui inspirait. À lui comme à tous les frères Maxwell, plus prompts à la colère qu'au pardon.

Pourtant, à sa grande surprise, il lui adressa un signe. Elle lui répondit aussitôt, et Andy lâcha son épée pour mettre ses mains en coupe autour de sa bouche et l'appeler. Pour la première fois depuis le départ de Jamie, Alexia sourit. Sans perdre une minute, elle quitta son poste d'observation pour descendre les rejoindre. Elle perçut alors une ombre dans la pièce.

— Vous êtes aussi discret qu'un chien dans un jeu de quilles, Jock Armstrong, lança-t-elle gaiement. Montrez-vous.

La tête de Big Jock apparut dans l'entrebâillement de la porte.

— Allons, approchez ! Pourquoi m'espionnez-vous ?

Big Jock avança, le nez sur ses chaussures, se balançant gauchement d'une jambe à l'autre.

— Maîtresse... c'est le seigneur qui m'a demandé de voir comment vous vous en sortiez.

— Quelle arrogance ! s'exclama-t-elle, les poings sur les hanches. Ai-je l'air de dépérir à force de me languir de lui ?

Big Jock secoua la tête vigoureusement.

— Oh, non, maîtresse ! Si vous me permettez, je crois bien que rien qu'à vous voir, les oiseaux se mettraient à chanter.

— C'est ce que vous direz à votre seigneur, s'il vous le demande ?

— Eh bien... c'est un sale boulot que je fais là, je sais bien, mais j'ai des ordres.

— Alors vous direz aussi à Jamie Maxwell que s'il choisit de s'absenter du château, c'est son affaire, mais nous avons conclu un marché, lui et moi, et je resterai ici, à Caerlaverock, jusqu'à ce que ma part du contrat soit remplie. S'il désire que je parte avant, il devra revenir et me chasser par la force. Je n'ai pas l'intention de lui faciliter la tâche.

Big Jock eut un petit rire.

— Il ne savait pas où il mettait les pieds, mon seigneur, le jour où il vous a enlevée à Carlisle !

Il s'inclina pour la saluer avant de prendre congé mais se ravisa.

— Milady... si vous croyez qu'il ne souffre pas, vous vous trompez.

Alexia eut l'impression que l'étau qui comprimait son cœur se desserrait d'un coup.

— Oh, Jock... dites-lui... dites-lui que je souffre aussi.

Big Jock regarda autour de lui puis murmura :

— Vous devez comprendre, milady. Il est... déchiré. Je ne l'ai vu comme ça qu'une fois dans sa vie. Quand le vieux seigneur, son père, s'est joint à la révolte contre le roi. Jamie n'approuvait pas cette action, mais il a combattu aux côtés du vieux lord. Quand les hommes du roi ont fait assassiner son père, il a tué de ses propres mains son meurtrier, de sang-froid bien qu'à contre-cœur. Puis il a contraint le roi à accepter la loi des Maxwell sur les frontières de l'ouest. Il n'aime pas verser le sang mais il n'avait pas le choix. S'il n'avait pas agi ainsi, le clan n'existerait plus. Vous êtes sa femme, même si vous n'êtes pas une Maxwell, mais... vous comprenez ce que je vous dis, milady ?

Oui, Alexia comprenait. Jamie ferait toujours le nécessaire pour que les Maxwell triomphent de leurs ennemis, que ces ennemis soient le roi ou la femme qu'il aimait.

Mais elle avait sa fierté et ses propres batailles à mener. Et à remporter.

Elle releva la tête et regarda Jock droit dans les yeux.

— Dites-lui que je l'aime, Jock. Mais dites-lui aussi que je ferai ce que j'ai à faire. Et que je continuerai.

Alexia passa la matinée à croiser le fer avec les frères de Jamie, et quand la cloche du déjeuner sonna, elle se fit la réflexion qu'au moins les cadets de son mari étaient prêts à oublier ce qu'elle avait fait contre leur clan.

Elle envoya les garçons se laver les mains avant d'aller en faire autant à la fontaine du deuxième étage, qui représentait un lion crachant de l'eau. La porte de la grande salle était ouverte, et des voix lui parvinrent. Elle reconnut le rire cassant de Robin Maxwell et l'intonation froide de sa mère qui prononçait le nom de Jamie. Sans vergogne, elle arrêta l'écoulement d'eau pour écouter.

— Je doute qu'il revienne avant la naissance de l'enfant, disait Annor. Si c'est un garçon, il pourra la renvoyer chez son père. Bon débarras !

— Et si c'est une fille ? Revoir sa femme devrait lui paraître inconcevable après ce qu'elle a fait, mais nous ne pouvons pas compter sur lui pour entendre raison. Vous le savez bien, mère. Et ce d'autant plus lorsqu'il s'agit d'Alexia. Et puis, il est tenu par la promesse qu'il a faite au roi. En revanche, nous, nous ne sommes soumis à aucune... obligation.

— Mais il faut un héritier.

— Il y a *quatre* autres héritiers possibles. Pourquoi le seigneur Maxwell neuvième du nom serait-il nécessairement un fils de Jamie ? Après tout, si Johnnie avait vécu...

Annor soupira.

— Si... mais il est mort, et le titre de châtelain revient à Jamie. Enfin, du moins il me semble qu'il a compris que ce mariage était une folie.

— Quel dommage qu'ils aient rasé les couvents. Ils étaient bien pratiques pour se débarrasser des épouses gênantes.

— Oh, Robby, tu n'as pas honte ? s'écria sa mère en éclatant de rire. Mais... tu as raison. Si Jamie n'a pas assez de cran pour le faire lui-même, nous pourrions peut-être le délester de ce fardeau...

Alexia choisit cet instant pour entrer dans la pièce. Robin était assis sur le trône de Jamie, une jambe sur l'un des accoudoirs. Il se nettoyait les dents avec un cure-dents en argent. Annor se réchauffait les mains devant le feu.

À la vue de sa belle-sœur, Robin bondit sur ses pieds en rougissant. Annor se retourna lentement, et prenant la pomme d'ambre qu'elle portait autour du cou, elle l'agita, comme pour chasser une soudaine odeur nauséabonde.

Sans un mot, Alexia s'approcha d'eux et les toisa sans ciller, avec défi, jusqu'à ce qu'ils soient obligés de détourner les yeux.

Toujours en silence, elle alla s'installer à la place qui lui revenait de droit, la place d'honneur en bout de table, et sonna les domestiques qui apparurent aussitôt. Elle n'était certainement pas la seule à avoir surpris cette conversation. Dès demain, toute l'Écosse saurait que la famille de son mari intriguait pour l'éliminer. Jamie rentrerait-il à Caerlaverock quand il l'apprendrait, ou bien attendrait-il dans sa forteresse sur la Dee que d'autres réalisent ses vœux secrets ?

Quoi qu'il en soit, Alexia se promit de ne pas quitter le château, à moins d'y être contrainte par la force. Elle était toujours la femme de Jamie. Elle portait son enfant, et personne ne la chasserait de chez elle.

Sa résolution en apparence inébranlable vacilla un peu quand vint la nuit. Dans la solitude de sa chambre, Alexia contemplait le feu en songeant que jamais il ne pourrait réchauffer le grand froid qui l'habitait. Jamie lui manquait douloureusement ; elle ressentait son absence comme un mal qui la rongeait.

L'horloge sonna minuit. Encore une journée qui mourait, et une autre qui commençait. Quel gâchis ! Au lieu d'être ensemble, unis, ils étaient séparés pour des questions de fierté stupide et de rancune tenace.

— Pourquoi ne vient-il pas ? Pourquoi ? se plaignit-elle à voix haute.

Des coups frappés à la porte la firent sursauter.

— Qui est-ce ? demanda-t-elle, le cœur battant.

Une servante se présenta. Elle tenait un petit plateau en argent sur lequel était posée une coupe en porcelaine de Venise.

Alexia soupira et se renfonça dans son fauteuil.

— Qu'est-ce que c'est, Molly ?

— Le vin chaud que vous avez demandé, milady.

— Je n'ai pas demandé de vin.

La jeune fille parut confuse puis son visage s'éclaira.

— Oh, c'est encore un tour de ce coquin d'Andy. Il m'a dit que vous ne pouviez pas dormir et que vous désiriez du vin chaud.

— Ce n'est pas grave, Molly. Laissez-le. C'est vrai que j'ai du mal à trouver le sommeil. Mais vous, ne devriez-vous pas être couchée, à cette heure ? Il faut vous reposer.

Molly posa le plateau sur une table, près du fauteuil d'Alexia.

— Pas plus que vous, milady, si vous permettez.

Comme sa maîtresse, Molly Bell était mariée depuis peu. Quelques semaines plus tôt, elle avait confié à sa maîtresse qu'elle attendait un bébé et toutes deux avaient longuement parlé de la maternité.

— Il ne faut pas que le seigneur vous trouve souffrante quand il rentrera de Threave.

— Non, il ne faut pas. Merci, Molly.

— Eh bien... bonne nuit, milady.

Une fois seule, Alexia prit la coupe de vin lourd, d'un rouge sombre. Un fumet fortement épicé lui picota les narines. Elle la reposa en soupirant. Elle n'avait pas soif, et pas envie de dormir.

Se replongeant dans la contemplation des flammes, elle se revit main dans la main avec Jamie, courant à toutes jambes, les Johnstone à leurs trousses. Elle le vit jouant du luth, chantant de vieilles ballades romantiques les yeux rivés sur elle, étendant sa cape sur l'herbe et lui faisant l'amour avec le ciel bleu pour témoin.

Une violente poussée fit soudain claquer la porte contre le mur. Alexia se leva d'un bond, bousculant la table. La coupe de vin alla s'écraser au sol mais elle n'avait d'yeux que pour l'homme qui venait de surgir.

Jamie Maxwell se dressait devant elle. Son visage aux traits fins était tendu. Le vert profond de ses yeux évoquait les lochs des Highlands et leur mystère.

Il resta un moment immobile, son casque à la main, puis tout à coup il le jeta de l'autre côté de la pièce, comme pour réduire à néant tout ce qui les séparait depuis qu'il était parti.

Il fit un pas vers elle. Puis un autre.

Et elle se retrouva dans ses bras.

Ils s'étreignirent avec une fougue empreinte d'émotion, si fort qu'on eût dit qu'ils allaient se fondre l'un dans l'autre pour ne plus jamais se détacher. Elle le sentait vibrer contre elle. Il murmura son nom d'une voix voilée et enfouit une main dans ses cheveux avant de s'emparer de ses lèvres.

Son baiser traduisait une sorte de rage empreinte de désespoir et de la fulgurance d'un désir insatiable. Des sentiments puissants qui se mêlaient dans une passion ardente et complexe. Éperdue, elle s'accrocha à lui comme pour s'empêcher de sombrer sous la violence de son émoi.

Sans détacher sa bouche de la sienne, il la souleva dans ses bras et l'emmena sur le lit.

Alexia ne portait en tout et pour tout que sa chemise de nuit. Elle se retrouva nue en un éclair. Jamie dénoua ses chausses en grande hâte mais il ne prit pas le temps d'ôter sa chemise. Elle se cambra à sa rencontre, pour le sentir aussi loin que possible en elle et se laissa emporter par son rythme. Le plaisir monta comme une flamme née d'une braise qui n'attendait que le souffle vital pour renaître. De longues vagues la firent vibrer en un long crescendo jusqu'au point culminant de l'extase qui explosa en gerbes brûlantes.

Allongé sur le dos, sa chemise moite de sueur lui collant à la peau, Jamie reprenait son souffle. Alexia le contemplait avec ivresse, s'émerveillant de sa beauté, de sa présence.

— Jamie...

— Non, Alexia.

Il détourna la tête mais laissa cependant une main possessive sur la cuisse de sa femme.

— Big Jock m'a transmis ton message. Sans en oublier un mot, ajouta-t-il.

— J'allais seulement dire que... je t'aime vraiment.

Il resta immobile un moment, puis soupira.

— Je ne suis pas sûr qu'il s'agisse d'amour. Je crois que tu avais raison. C'est cette force qui nous attire l'un vers l'autre inexorablement, un attrait physique irraisonné. Rien d'autre.

Il se tourna vers elle et plongea dans le sien un regard assombri par la tristesse.

— Oh, Jamie, j'avais tort ! Je me trompais...

Elle s'interrompit, au bord des larmes.

— J'ai besoin de toi, Alexia. Tu m'es aussi indispensable que l'air que je respire. Mais je ne pourrai plus jamais te faire confiance. De même que je ne commettrai plus jamais l'erreur d'oublier que tu es anglaise et que tu es une Carleton.

Une larme roula sur la joue d'Alexia qu'il essuya d'un geste plein de douceur.

— Mais... reprit-il. Seigneur... si tu savais à quel point j'ai besoin de toi, à quel point je te désire.

Et il s'empara de ses lèvres.

Assise à la table de bois grossier, l'ocelot roulé en boule à ses pieds, elle buvait lentement la terrible boisson turque, frissonnant de dégoût à chaque gorgée de l'étonnant breuvage. Mais aussi étrange que cela soit, chaque fois elle cédait au rituel de la boisson. Quant à ses visites à Katherine, Alexia éprouvait à la fois répulsion et attirance pour cette femme hors du commun.

En face d'elle, la femme l'observait à présent avec une expression rieuse et indéfinissable.

— Si vous êtes venue me demander des nouvelles de votre blessé, sachez qu'il a regagné son château à Lochwood depuis longtemps. À l'heure qu'il est, il s'occupe certainement à échafauder des plans pour s'emparer du cheptel des Maxwell.

Alexia ne put s'empêcher de sourire.

— Je n'en doute pas.

Elle balaya du regard les étagères où s'alignaient les nombreux pots et flacons aux contenus mystérieux.

— J'aimerais vous montrer quelque chose, ajouta-t-elle en prenant le petit balluchon qu'elle avait apporté.

Consciente d'avoir éveillé l'attention de Katherine, elle déplia lentement les tissus qui protégeaient la coupe en porcelaine de Venise. Elle était fêlée à présent, et du vin chaud, il ne restait plus qu'une marque rouge sombre et épaisse, à la base du calice.

Elle la tendit à la femme.

Katherine huma le résidu, puis y passa un doigt. Après une brève hésitation, elle le lécha avant de poser sur Alexia son regard gris et froid.

— Qui veut votre mort, à Caerlaverock ?

— Alors c'est du poison ?

— De la mandragore. À faible dose, on l'emploie pour soulager la douleur ou faciliter le sommeil. À forte dose, vous vous endormez pour ne plus vous réveiller. Puisque vous êtes là, j'en déduis que vous n'avez pas touché à ce vin. Vous avez eu de la chance.

— En réalité, j'ai fait tomber la coupe.

Ce vin empoisonné lui était bel et bien destiné. Elle

avait interrogé Molly et Andy à ce sujet. Molly était convaincue qu'il s'agissait d'un mauvais tour du petit garçon mais il avait clamé son innocence avec indignation avant de se tourner vers Alexia.

— C'était *vous* ! avait-il insisté. C'est vous qui me l'avez demandé

— Mais pas du tout ! Comment peux-tu affirmer une chose pareille ? s'était étonnée Alexia.

— J'étais dans l'escalier et vous dans la grande salle. Vous m'avez appelé pour me prier de vous faire monter du vin chaud parce que vous ne pouviez pas dormir, alors je suis descendu aux cuisines et je l'ai dit à Molly avant de rejoindre maman pour lui dire bonne nuit et...

— Andy, tu es bien sûr que c'était ma voix ? Tu m'as vue ?

Andy réfléchit avant d'avouer ne pas se souvenir s'il l'avait vue ou non. Il répéta simplement qu'il avait bien reconnu sa voix.

Quant à Molly, après un interrogatoire discret, Alexia découvrit que la coupe était restée sur le plateau, à l'office, pendant que la femme de chambre répondait à lady Annor qui l'appelait ailleurs. N'importe qui avait pu y mettre le poison.

Katherine l'observait d'un regard pénétrant.

— Ce n'est pas la première fois que l'on essaie de vous supprimer, n'est-ce pas ?

— Des... accidents se sont produits.

Elle lui raconta l'épisode du faucon de pierre.

— Et je crois que l'on m'a attirée dans le marécage, le jour où nous nous sommes rencontrées, ajouta-t-elle. C'était le moment de la journée où les marées sont le plus dangereuses...

— Est-ce que lord Maxwell...

— Jamie n'y est pour rien ! protesta Alexia avec véhémence.

Trop de véhémence peut-être. Katherine haussa les sourcils.

— Je voulais seulement vous demander si lord Maxwell était au courant de ces accidents.

Alexia rougit puis secoua la tête.

— Il ne comprendrait pas. Il croit que je suis...

Elle s'interrompit. Comment lui expliquer que Jamie ne verrait dans ces accusations qu'une preuve de plus de son mépris pour sa famille et pour l'Écosse ? Et puis, qui accuserait-elle ? Le château regorgeait de personnes qui se réjouiraient de sa mort. Elspeth Campbell qui aurait dû être la femme de Jamie et pourrait l'être encore si Alexia disparaissait. Annor, bien sûr, qui n'avait jamais pris la peine de cacher la haine que lui inspiraient les Anglais en général et les Carleton en particulier. Robin Maxwell, qui convoitait la place et le titre de Jamie qui lui échapperaient définitivement si l'enfant qu'elle portait était un garçon... On pouvait même se demander si l'humour sarcastique de Malcolm ne cachait pas un ressentiment amer et profond.

Seul Jamie restait au-dessus de tout soupçon. Jamie qui avait épousé une femme à laquelle il ne faisait pas confiance mais dont il ne pouvait se passer. Jamie, qui plaçait la loyauté envers son clan au-dessus de tout. Jamie, qui savait lui apporter autant de bonheur que de chagrin. Non, si elle croyait l'homme qu'elle aimait plus que tout au monde capable de la tuer, autant se donner la mort elle-même pour lui épargner cette peine.

— Avant d'en parler à Jamie, il faut que je connaisse le coupable et que j'en aie la preuve.

— Oui, je comprends. Mais en attendant, prenez garde. Ne mangez ni ne buvez rien qui ne soit goûté par les autres. Ne restez pas seule. Soyez constamment entourée. Il existe des antidotes contre la plupart des poisons, mais contre un crâne fracassé, je n'en connais pas, ajouta Katherine avec un petit sourire. Et ne vous aventurez plus dans les marais.

Alexia finit sa tasse, se leva et s'arrêta devant les étagères.

— Vous avez beaucoup de poisons ? Et d'antidotes ?

— Beaucoup de choses deviennent des poisons quand on les consomme avec excès. La mandragore n'est qu'un exemple. Mais tous les poisons n'ont pas leur antidote.

Alexia désigna une urne.

— Que contient celle-ci ?

— De l'herbe au cœur. Elle soulage les problèmes pulmonaires.

Katherine lui montra le contenu de plusieurs pots en lui expliquant les pouvoirs des plantes qu'ils renfermaient. L'anis contre les migraines ; le marrube contre les toux persistantes ; l'armoise amère contre les maux d'estomac. Des préparations diverses telles qu'une huile à base de laurier et de mercuriale pour venir à bout des poux.

Des minéraux aussi s'appliquaient aux humeurs. Le grenat porté autour du cou chassait la mélancolie ; le jaspe apaisait la colère ; la topaze soignait la folie.

Fascinée par l'étendue de son savoir, Alexia l'écouta avec un vif intérêt. Elle n'imaginait pas que l'art de guérir était aussi complexe. Chez elle, on ne faisait appel à un médecin que lorsque tout espoir de rétablissement naturel était écarté.

— Comment avez-vous appris tout cela ?

— La femme qui m'a élevée m'a transmis son savoir, répondit Katherine. Je suis... euh... la fille illégitime de l'évêque de Carlisle. Elle m'a donné beaucoup d'amour et de tendresse. C'est elle qui m'a mise au monde. Elle était sage-femme. Ma mère est morte en couches. On m'a dit qu'elle était de bonne famille.

— Vous êtes donc anglaise. Comment avez-vous échoué ici, en Écosse ?

Dans cette cabane, cachée au fin fond de ces marais ? ajouta-t-elle dans son for intérieur.

Katherine sourit.

— Je me demandais quand votre curiosité surmonterait la peur que je vous inspire.

— Je... je n'ai pas peur de vous. Enfin... plus beaucoup.

— Vous ne pensez plus que je suis une sorcière ?

Alexia marmonna des excuses, les joues empourprées.

La femme fit entendre son rire rauque.

— Ce n'est pas grave. Vous n'êtes pas la première à le croire.

— Avez-vous déjà été accusée de sorcellerie ?

Alexia réprima un frisson. Au plus infime soupçon, on torturait les malheureuses pour obtenir leurs aveux. On les attachait, étendues sur le sol, et on plaçait des poids sur leur poitrine. Soit elles avouaient, soit elles mouraient. La mort était considérée comme une preuve de leur innocence. Que prouvait-elle exactement ? Alexia ne l'avait jamais compris.

— J'avais seize ans quand des phénomènes mystérieux se succédèrent tout à coup autour de Carlisle. Pour une raison inconnue, la bière du brasseur tourna. La récolte fut dérisoire, des parasites s'attaquèrent aux feuillages. Une nuit, le boulanger devint fou et tua sa femme et ses enfants à coups de hache. Les gens du village allèrent voir mon père, l'évêque, et lui demandèrent d'implorer la pitié de Dieu. Il leur répondit que Carlisle était maudit parce que quelqu'un avait vendu son âme au diable en échange de pouvoirs maléfiques. Pour être débarrassés de cette malédiction, il fallait trouver la sorcière et la brûler.

La gorge de Katherine se serra, et elle détourna les yeux.

— Pauvre Nelly. Ses talents d'herboriste n'étaient un secret pour personne. Elle n'avait pas son pareil pour les philtres d'amour. Elle avait même une petite verrue sur le nez, comme si cela pouvait... bref, elle passa à la question et avoua tout ce qu'on voulut qu'elle avoue, y compris, juste avant de mourir, que j'étais son bras droit.

— Mon Dieu... cela signifie que vous auriez pu être brûlée vive !

— C'est exact, confessa la femme. Le bûcher fut dressé. Une mort prématurée et horrible semblait m'attendre quand un géant aux cheveux roux fendit la foule rassemblée sur la place du marché, me hissa sur son cheval et m'emmena en repoussant à grands coups d'épée ceux qui tentaient de l'arrêter.

Son regard se perdit un instant dans ses souvenirs et des larmes perlèrent au coin de ses yeux.

— Si vous aviez vu cet homme... il était magnifique ! Grand, fort, plein de vie et de gaieté. Il me fit sienne la nuit même.

C'était l'histoire la plus romantique qu'Alexia eût jamais entendue.

— Cet homme était le père de Jamie, n'est-ce pas ?

— Oui, dit Katherine avec un sourire rêveur. Je ne l'avais jamais vu auparavant. Ce n'est que plus tard que j'appris qu'il était un seigneur écossais et qu'il était venu à Carlisle avec un drapeau blanc pour procéder à un échange d'otages avec le gouverneur anglais.

— Et vous êtes rentrée en Écosse avec lui. Vous vous êtes installée dans cette cabane pour vivre près de lui ?

Katherine regarda Alexia qui comprit exactement ce qu'elle ressentait : un mélange de fierté et de honte, de bonheur et de désespoir.

— Nous nous aimions, dit-elle avec défi. Mais il devait... j'étais anglaise, vous comprenez. De plus, je n'avais pas de nom, pas de famille. Il épousa lady Annor Campbell et elle lui donna des fils de pur sang bleu. Mais c'était moi qu'il aimait. C'était auprès de moi qu'il trouvait la joie, le réconfort. Et la passion.

Et puis, un jour, songea Alexia, il cessa de venir. À jamais.

Alexia avait vingt ans et elle prit conscience à cet instant que l'horreur de la mort était non seulement inévitable mais permanente.

14

L'été s'acheva et l'automne s'installa. Pour marquer la fin de la moisson et célébrer la Saint-Michel, Caerlaverock donnait une fête le vingt-neuvième jour de septembre.

Toute la population à des miles à la ronde fut invitée : les Maxwell, les Armstrong, les Bell, les Crichton, les Douglas, et ceux des Irvine qui ne s'étaient pas alliés aux Johnstone. La veille, une grande chasse au sanglier fut organisée. On dressa des tournebroches à l'extérieur pour faire rôtir le gibier et les oies. Toutes sortes de poissons de mer et d'eau douce étaient prévus, ainsi que des pains et des pâtisseries divers et variés, et des fruits à profusion.

Les divertissements n'avaient pas été oubliés : combats de coqs, concours de tir à l'arc, madrigaux et danse étaient au programme. Malcolm disparut plusieurs heures pour préparer une surprise dont il garda jalousement le secret.

Alexia était impatiente de voir la Saint-Michel arriver car c'était le jour où l'on arrêtait les comptes du château. Elle était fière de montrer à Jamie comment elle avait géré l'intendance sans l'aide de personne. Contrairement à Annor qui, ne sachant ni lire ni écrire se faisait aider par le sénéchal, elle avait tenu les livres seule, et découvert par la même occasion que, pendant des années, Annor Maxwell avait été volée par ce dernier. La somme détournée représentait une petite fortune.

Il gela la nuit précédant la fête. Et à l'aube, la campagne était blanche de givre.

— Les nuits sont de plus en plus froides, remarqua Jamie en s'asseyant sur le lit pour enfiler ses bottes. La saison des pillages ne va pas tarder... Dieu du ciel, Alexia, qu'est-ce que tu fais ? Tu vas te rompre le cou !

Penchée à la fenêtre, elle criait au garçon d'étable de seller le cheval de Jamie. Elle se redressa en faisant volte-face.

— Oh, Jamie ! Tu ne vas pas...

— Ai-je dit que j'allais partir ? Mais tu peux être sûre que d'ici la fin de la semaine, les Johnstone s'attaqueront à nos bêtes.

Alexia posa une main sur son ventre et répondit :

— Je ne veux pas que pour cet enfant son père ne soit qu'un nom gravé sur une tombe.

Le visage de Jamie se radoucit. Il s'approcha d'elle et lui prit la main.

— Je ne prendrai pas de risques inutiles, mon amour, je te le promets.

Elle se dégagea et courut jusqu'à la porte. La main sur la poignée, elle se tourna vers lui.

— Je participerai au tir au perroquet, cet après-midi. Tu paries sur moi ?

— Moi ? Je n'ai pas l'intention de semer mon or à tout vent, répondit-il en riant.

Elle lui tira la langue avant de sortir et de dévaler l'escalier jusqu'aux cuisines. Les festivités commençaient à onze heures. Elle avait encore mille choses à faire. Songeant aux cinquante tonneaux de bière et de cidre gardés au frais dans les caves du château, elle commença à rassembler gobelets et pintes. Une certaine pagaille avait sévi autour des fourneaux, la veille. Le cuisinier s'était lamenté en répétant qu'il allait se jeter dans le golfe de Solway après qu'une brebis, sauvée du couteau du boucher par Andy, était entrée dans la pièce où étaient remisées les pâtisseries par la porte ouverte et avait englouti deux douzaines de tartes qui refroidissaient sur des grilles. Annor, quant à elle, avait menacé de s'arracher les cheveux parce qu'elle avait oublié la pâte d'amande et qu'il ne pouvait y avoir de Saint-Michel sans massepain...

Alexia partit chercher des coupes dans la réserve. Elle s'engagea dans l'étroit couloir et ne vit pas la porte s'ouvrir devant elle. Elle s'y heurta de plein fouet et se retrouva face à...

— Elspeth ! Que faites-vous ici ?

Lady Elspeth Campbell s'accrocha au chambranle pour garder son équilibre. Ses cheveux épars pendaient autour de son visage cramoisi. Ses lèvres étaient gonflées comme si elles venaient d'être embrassées avec excès.

— Comment ? fit-elle, le regard embué.

— Je vous demande ce que vous faites ici ? répéta Alexia en scrutant la pénombre.

Elspeth referma la porte d'un coup de pied et s'y adossa. Son expression disait clairement que rien ni personne ne pourrait la faire bouger.

Alexia comprit soudain de quoi il retournait et la stupeur se peignit sur ses traits. La porte donnait sur la partie du château où se trouvaient les chambres des célibataires. Elspeth venait apparemment d'y rejoindre un amant, chose des plus inconvenantes pour l'héritière d'un duc.

Elle ouvrit la bouche mais aucun son n'en sortit. Les négociations entre les Maxwell et le comte d'Argyll concernant le mariage d'Elspeth progressaient avec lenteur. Une date avait cependant été avancée pour le mois de mai. Comment pourrait-elle reprocher à la jeune fille de voler quelques instants de bonheur, sachant qu'une fois mariée à Colin Campbell, elle aurait si peu l'occasion d'en connaître d'autres ?

— Lady Maxwell est dans la salle de musique, dit-elle. Je vous suggère de regagner votre chambre par un autre chemin. Vous paraissez un peu... décoiffée.

Elspeth s'empourpra de plus belle.

— Milady, avez-vous l'intention de dire que...

— Elspeth, je ne vous ai pas vue de la matinée, d'accord ? l'interrompit Alexia en lui tapotant le bras, avant de poursuivre son chemin, laissant Elspeth dans la plus grande confusion.

Alexia évalua la cible : un perroquet vert attaché à une barre transversale fixée au sommet d'un poteau de cent vingt pieds de haut.

— Le tir au perroquet est un sport réservé aux hommes. Une femme n'a pas la force nécessaire.

Alexia se tourna vers l'homme qui venait de s'arrêter à sa hauteur.

— Bonjour, Robin. Je suis contente que vous passiez la Saint-Michel avec nous.

Elle ne l'avait pas beaucoup vu ces dernières semaines. Depuis le retour de Jamie, Robin passait le plus clair de son temps à Lochmaben et à Threave.

— Je suis seulement revenu pour le tir au perroquet. Il paraît que Jamie offre un petit de Satan au vainqueur.

L'étalon noir de Jamie avait gagné un nombre impressionnant de courses à Langholm, or, Robin jouait beaucoup aux courses. Elles constituaient d'ailleurs sa principale source de revenus.

Il désigna la cible.

— Vous avez sérieusement l'intention de concourir ? demanda-t-il à Alexia avec une ironie qui la hérissa.

— J'ai même l'intention de gagner.

Robin serra les dents. Il l'observa un instant en silence avant de tourner les talons et de s'éloigner.

Chaque participant avait droit à trois essais pour faire tomber la cible de son perchoir. Le prix revenait au premier qui parvenait à déloger l'animal. Des bancs avaient été installés pour le public car la compétition pouvait durer des heures.

L'ordre de passage était tiré au sort. Alexia était la cinquième, Robin le quatrième.

Les trois premiers archers étaient là plus pour s'amuser que dans l'espoir de gagner. Jamie, le maître des jeux, ne fut pas long à appeler Robin.

Son premier essai s'avéra trop court. Au second, le perroquet déséquilibré battit des ailes. Robin jeta à Alexia un regard triomphant et arma son troisième et dernier coup.

Il atteignit la barre mais le perroquet survécut.

Alexia prit place sur la ligne. Un coup de vent soudain plaqua ses jupes contre ses jambes et souleva un nuage de poussière.

Tenant compte de cette force contraire, Alexia visa plus haut. Un peu trop haut.

Robin chuchota quelques mots à son voisin, et les deux hommes éclatèrent de rire. Alexia regarda Jamie. Il l'encouragea d'un clin d'œil. Elle lui répondit par un sourire éblouissant et se prépara pour son deuxième essai.

La flèche fendit l'air en un long sifflement et elle sut immédiatement qu'elle atteindrait son but. La foule retint son souffle avant de laisser exploser sa joie. Le perroquet se désintégra en une nuée de plumes.

— Bravo ! s'exclama Jamie en accourant vers elle.

Il la souleva dans ses bras et la fit tournoyer en riant. Ensuite, ce fut Dick qui la félicita en la gratifiant d'un baiser sonore.

— Je viens de gagner cinq ducats ! s'écria-t-il, tout heureux.

— Comment ? fit Jamie. Où as-tu trouvé les fonds pour de tels paris ?

— Je n'en avais pas mais j'étais sûr qu'Alexia gagnerait ! Elle ne rate jamais sa cible !

Alexia se laissa tomber sur le banc le plus proche.

— Seigneur... je crois que je vais m'évanouir !

Au regard que Jamie lui lança, Dick battit prudemment en retraite.

— Cinq ducats ! Je vais l'écorcher vif !

Alexia aperçut Robin qui fendait la foule sur son cheval.

— Robin, attendez ! l'appela-t-elle en s'élançant vers lui.

Il se retourna.

— Je voulais vous dire, Robin... j'ai décidé de vous donner le poulain de Satan.

La rage déforma le visage du jeune homme.

— Me le *donner* ! Espèce de... de... Même si j'étais en train de mourir de soif, je n'accepterais pas une seule goutte d'eau venant de vous !

Appuyé contre le mur d'enceinte, Malcolm Maxwell regardait les danseurs lancés dans une gaillarde, danse française à trois temps. Il faisait presque nuit mais des torches éclairaient la piste et la scène où les musiciens jouaient. Il fronça les sourcils en observant la femme de son frère qui évoluait en riant, ses cheveux se mouvant autour d'elle comme une vague luisant sous la lune.

— Pourquoi ne dansez-vous pas avec elle ? murmura une voix à son oreille.

— Pourquoi n'ôtez-vous pas votre masque ? rétorqua-t-il en tendant la main pour le baisser.

Il rencontra un bras galbé de soie dressé en bouclier.

— Vous ne vous en tirerez pas aussi facilement, chère belle-sœur. C'est trop facile de faire la provocante puis de vous retirer avec des mines affolées au moindre danger.

— Lâchez-moi.

— L'idée que votre sœur pourrait me plaire vous choque, n'est-ce pas, Evie Carleton ?

— Pourquoi cela m'affecterait-il ?

— Pourquoi ? Parce que vous voulez qu'elle soit chassée de Caerlaverock. Vous oubliez seulement que si Alexia s'en va, vous partirez aussi.

Evie se mit à rire et se laissa aller contre lui.

— Je ne comprends rien à ce que vous me dites.

Il la lâcha et ils regardèrent les danseurs en silence pendant un moment. À la faveur d'un tempo plus lent, Jamie en profita pour jeter un coup d'œil plongeant dans le décolleté de sa femme.

— Ils sont parfaits sur tous les plans, n'est-ce pas ? dit Malcolm. La beauté, la grâce, l'intelligence... mais surtout la beauté. Pauvres de nous. Comment pourrions-nous ne pas les aimer ?

Elle se tourna vers lui.

— Vous êtes fou ! Si vous croyez que...

Elle s'interrompit en pressant le dos de sa main sur sa bouche, et il soupira.

— Vous pensez peut-être que je ne comprends pas ? Moi, le boiteux difforme que la prostituée la plus laide, la plus repoussante rejetterait ?

Evie émit un petit rire triomphant.

— C'est donc cela ! Vous me croyez tellement en mal d'amour que j'accepterais ce dont même les filles de joie ne veulent pas ?

Il resta silencieux un instant avant de répliquer sans la regarder :

— Je ne veux pas de vous, très chère, mais pas pour les raisons que vous imaginez. Votre sœur pourrait attraper un purpura, perdre ses cheveux ou se couvrir de boutons, je ne l'aimerais pas moins pour autant...

Il s'aperçut qu'Evie n'était plus près de lui et se tut. Il allait bouger lui aussi quand un barbu en haillons surgit de l'ombre.

— Ils sont prêts, maître, dit-il d'une voix rocailleuse.

Dégoûté par l'odeur pestilentielle qui émanait de l'homme, Malcolm détourna la tête.

— Ah, oui ! dit-il. Comment ai-je pu oublier ma surprise ? Il fait suffisamment noir maintenant pour obtenir l'effet voulu, n'est-ce pas ?

L'homme ne l'écoutait plus. Il fixait Alexia qui évoluait parmi les danseurs avec une expression qui amena un petit sourire amusé et calculateur sur les lèvres de Malcolm.

Sa surprise était un feu d'artifice spectaculaire, surpassant de loin tous ceux qu'Alexia avait pu admirer à la cour de la reine Élisabeth. Les bras de Jamie autour d'elle, elle manifestait son admiration avec des cris de joie à chaque explosion d'étoiles en gerbes.

Pour le finale, on enflamma un immense faucon en

bois qui répandit sur la foule une lumière blanche à la faveur de laquelle Alexia aperçut le vagabond, recroquevillé dans sa cape, qui se faufilait entre les lance-fusées.

Sentant sa tension, Jamie lui effleura l'oreille de ses lèvres.

— Que se passe-t-il, mon amour ?

— Rien, répondit-elle en frissonnant de plus belle.

N'ayant pas revu le vagabond depuis son aventure dans les marais, elle s'était crue débarrassée de lui. Sa réapparition signifiait-elle qu'il avait mis la main sur ces « papiers importants » évoqués ? Des papiers censés prouver une trahison. Mais quelle trahison ? Anglaise ou écossaise ? Et s'il les avait, elle devrait décider si elle les faisait parvenir en Angleterre. Elle devrait choisir entre le pays de Jamie ou le sien.

Et il lui faudrait vivre ensuite avec le poids de ce choix, quel qu'il soit.

Cette nuit-là, peu avant l'aube, le château fut réveillé par la cloche du clan. Jamie se leva en jurant et s'habilla, bientôt imité par Alexia qui le suivit dans la cour où le reste de la famille s'était déjà réuni.

Une brume argentée flottait dans l'air glacé. Une bande d'hommes armés menés par Robin Maxwell franchit alors le pont-levis. Robin sauta à terre près de Jamie. De la vapeur s'échappait du corps des chevaux essoufflés.

— Des voleurs menés par Seymour Howard se sont attaqués à nos troupeaux, annonça Robin. Ils sont repartis avec toutes les bêtes qu'ils trouvaient.

Jamie regarda les cavaliers.

— Mais puisque vous êtes là, qui les pourchasse ?

— Personne, répondit Big Jock. Ils nous ont tendu

une embuscade de l'autre côté de l'Esk. Et ils ont des arquebuses. Nickie Bell est mort.

Jamie jura.

— Je suppose qu'ils sont en sécurité derrière les remparts de Carlisle, à l'heure qu'il est.

Big Jock cracha par terre.

— Oui, pas la moindre chance de les attraper.

— Si on attaquait *ses* troupeaux, en guise de représailles ? suggéra Robin.

— Non ! intervint Alexia en avançant d'un pas. Vous voulez que la guerre recommence ?

— Ne l'écoutez pas ! s'interposa Annor Maxwell. Vous savez très bien pour qui son cœur balance !

— Jamie, renchérit Robin. Elle essaie de protéger Howard. Après tout, ils se sont aimés, tu te rappelles ?

Alexia l'ignora. Elle s'adressa à Jamie et il la regarda comme s'il ne parvenait pas à croire qu'elle le trahissait à nouveau.

— Les représailles sont proscrites par la Loi des frontières et tu dois la faire respecter. Pourquoi ne te servirais-tu pas de la loi à ton avantage ? Accuse publiquement Seymour de pillage lors du prochain...

— On sera la risée du pays ! vociféra Robin.

— Moi, je trouve son idée intéressante, glissa Malcolm.

Alexia lui lança un regard reconnaissant avant de reporter son attention sur Jamie. Il était le seul qu'elle se souciait de convaincre.

— Accuse Seymour au prochain March Meeting. En tant que gouverneur anglais, il devra passer en jugement et tu gagneras, Jamie. Tu *gagneras*. Pourquoi ne te sers-tu pas de la loi pour te venger ?

— Tu ne te rends pas compte de ce que tu me demandes, dit-il entre ses dents.

— Je te soutiendrai, Jamie. Fais-moi confiance...

— Lui faire confiance ! cria Robin. À cette moins que rien d'Anglaise qui t'a trahi ?

Hors de lui, il leva une main pour la frapper. Jamie s'interposa et repoussa son frère avec une telle violence qu'il le désarçonna et que ce dernier se retrouva à terre.

— Si c'est une femme que tu veux mater, Robin, cherches-en une autre !

Robin se releva et dégaina son épée. En un éclair, Jamie se mit en garde.

Robin baissa son arme, et un petit sourire forcé passa sur ses lèvres.

— Ce n'est pas le sang des Maxwell que nous voulons verser mais celui de Howard et des Anglais.

— Nous n'organiserons pas de représailles sur Rose Castle, dit Jamie. Pas de représailles ! répéta-t-il haut et fort pour être entendu par tout le clan.

— Dans ce cas, c'est moi qui dirigerai nos hommes sans toi ! se rebiffa Robin.

— Ils ne te suivront pas, rétorqua Jamie.

Robin scruta les visages des hommes qui l'entouraient et comprit très vite, aux regards fuyants et aux têtes qui se baissaient, que Jamie avait raison.

Ce fut alors au tour d'Annor Maxwell de se dresser devant son fils.

— Funeste jour pour les Maxwell, siffla-t-elle. Oui, le jour où Johnnie est mort et où tu es devenu l'héritier de la famille fut vraiment un jour funeste. J'aurais dû t'étrangler à la naissance.

Jamie pâlit mais ne répondit mot. Alexia, s'étant approchée, lui prit la main mais il la repoussa pour rejoindre seul Big Jock et les hommes du clan qui l'attendaient, indécis. Leurs questions, le ton qui monta, portaient les premiers signes de la défiance.

Des nuages bas, chargés de pluie, donnaient aux marais un air lugubre, en ce matin d'octobre. Cachée sous un orme, en haut d'une butte, Alexia surveillait la grille du château. Quand le dernier homme l'eut franchie et que l'on rabaissa la herse, elle monta sur sa jument et partit au galop vers les cavaliers.

Dès qu'il la vit, Jamie leva une main pour arrêter le groupe. Il la rejoignit seul, au trot.

— J'aurais dû me douter que tu ferais ce genre de bêtise, lui dit-il froidement. Je suppose qu'il est inutile que je t'ordonne de retourner à Caerlaverock ?

Alexia baissa les yeux sur ses mains gantées.

— Au contraire, mon seigneur et maître. Je te dois obéissance en toute chose.

Il leva un sourcil.

— Vraiment ? Je serais tenté de te prendre au mot mais je crains que nous ne soyons déçus tous les deux.

Il la contempla en silence. Elle était emmitouflée dans un épais manteau de laine doublé de renard et portait une toque assortie, fixée par une épingle en pierres précieuses. Ses boucles noires contrastaient joliment avec ses joues rosies par le froid.

— Tu as changé depuis la dernière fois où nous nous sommes vus à un March Meeting, dit-il d'un ton qui n'avait plus rien de tranchant.

Elle lui offrit son plus beau sourire.

— Je n'ai pas oublié mon couteau, au cas où tu en aurais besoin à nouveau.

Il éclata de rire et tourna sa monture vers l'Angleterre.

— Suis-moi, femme. Puisque cette confrontation était ton idée, autant que tu sois là pour assister à la pagaille qui en résultera.

Cette fois, la rencontre avait lieu sur le côté anglais de la frontière, près de la forteresse de Rockcliffe. Lord

Jamie Maxwell avait tristement remis au bureau du gouverneur d'Angleterre les charges qu'il avait rédigées contre Seymour Howard, l'accusant de lui avoir volé vingt-deux moutons et sept chevaux. Comme Seymour lui-même représentait la partie anglaise, une vive stupeur et des rires moqueurs s'étaient élevés dans les deux camps.

Seule une personne n'avait pas ri.

Durant toute son enfance, Elizabeth Tudor, reine d'Angleterre, avait vu son père, le roi Henry VIII, avoir recours à la loi pour se débarrasser d'un certain nombre d'épouses qui ne lui donnaient que des filles. Plus tard, emprisonnée par sa demi-sœur la reine Mary, Elizabeth se jura que si elle survivait assez longtemps pour monter un jour sur le trône, elle n'userait jamais de ses pouvoirs pour détourner la loi. Et si la reine respectait la loi, les nobles n'avaient plus qu'à en faire autant.

Aussi, quand Elizabeth eut vent des accusations de ce seigneur écossais, elle rédigea une lettre qu'elle fit porter à Carlisle où elle ordonnait au représentant anglais Seymour Howard de se soumettre à la justice.

Ainsi Seymour Howard se trouva-t-il obligé d'organiser un procès contre lui-même. Après avoir passé sa rage sur son bureau avec force coups de pied, il avait rédigé une lettre adressée à Angus Johnstone de Lochwood.

À présent, de l'autre côté de l'Esk, Seymour Howard fouillait du regard le groupe d'Écossais massés sur l'autre rive, cherchant parmi eux la barbe rousse d'Angus Johnstone. Un sourire de satisfaction joua sur ses lèvres quand il l'aperçut.

Jamie Maxwell, en revanche, ne souriait pas.

— Bon sang ! Qui a invité les Johnstone ?

Il se tourna vers sa femme.

— Dieu du ciel, Alexia, si c'est toi qui...

— Ne dis pas de sottises, Jamie. Tout le monde est là. Regarde, n'est-ce pas sir Wat Scott, là-bas ?

— Oui, d'ailleurs, j'ai un mot à lui dire à lui aussi. Comme si cela ne suffisait pas avec les Irvine et les Johnstone, il fallait aussi que ces voyous de Scott soient là ! Quant à toi... ajouta-t-il en pointant un doigt vers Alexia. Si tu pouvais rester en dehors de tout ça, pour une fois !

— Bien, milord, répondit-elle en dissimulant un sourire.

Seule femme de l'assemblée, Alexia s'attirait tous les regards, et cependant dès qu'elle captait l'un d'entre eux, il devenait évasif. Elle aurait bien aimé échanger quelques mots avec Angus Johnstone mais elle craignait qu'on ne l'accuse de chercher les ennuis.

Une corne sonna du côté anglais, et son mugissement fut suivi d'un silence impressionnant. Jamie lança alors sa monture dans la rivière qu'il traversa en soulevant des gerbes d'eau. Une fois sur l'autre rive, il sauta à terre et rejoignit son homologue anglais.

Alexia observa Seymour avec une vive curiosité. La dernière fois qu'elle avait vu son ex-fiancé, il était cloué au sol, bâillonné à ses pieds, tandis qu'elle-même avait la pointe de l'épée de Jamie pointée sur sa poitrine. Aujourd'hui, les deux hommes se rencontraient dans des circonstances bien différentes. Ils allaient s'affronter avec les armes de l'intelligence.

Seymour était vêtu de brocart blanc, un choix étrange en cette saison. Il pleuvait sans discontinuer depuis une heure et ses chausses étaient maculées de boue. Le tissu trop fin et mouillé lui collait à la peau, révélant la minceur de ses jambes qu'Alexia ne put s'empêcher de comparer à celles de son mari, superbement musclées...

Elle sourit de fierté. Jamie était habillé simplement. Il portait des chausses en laine dans de hautes bottes de cuir. Nul couvre-chef ne cachait ses cheveux d'un blond lumineux. En comparaison, Seymour faisait presque pitié avec son chapeau de velours garni de plumes qui pendaient lamentablement sous la pluie.

Les deux hommes se mesurèrent d'abord du regard puis Jamie prit la parole.

— Cette rencontre a été organisée par un consentement mutuel des représentants des souverains d'Écosse et d'Angleterre. Elle débutera sur-le-champ et dans le strict respect de la Loi des frontières. Ai-je votre parole que vous respecterez la trêve jusqu'au lever du soleil ?

— Vous l'avez, répondit Seymour.

Jamie tendit une main à Howard qui la regarda comme s'il s'était agi d'un morceau de viande avariée.

— Mais c'est tout ce que vous obtiendrez de moi, ajouta-t-il.

Impassible, Jamie laissa retomber sa main. Il se retourna pour faire signe à ses compagnons de le rejoindre. Les Écossais franchirent la rivière et mirent pied en Angleterre.

La rencontre n'eut pas lieu au château mais dans un champ voisin. Trop d'Écossais étaient morts dans les donjons de Rockcliffe, et ceux qui étaient présents aujourd'hui ne tenaient en aucune façon à franchir le mur de ce funeste château. Comme il pleuvait, Seymour avait fait installer une immense tente adossée au mur d'Hadrien. Construit par les Romains des siècles auparavant, il constituait l'une des fiertés de l'Écosse. En effet les Romains avaient conquis l'Angleterre mais avaient dû ériger ce mur pour tenir les guerriers écossais à distance.

Les hommes se rassemblèrent sous la tente. Alexia resta à l'écart mais elle se plaça de façon à entendre ce qui allait se dire.

Comme c'était à l'Angleterre de décider de l'ordre dans lequel seraient lues les diverses doléances, Seymour crut judicieux de placer celle de Jamie en dernier mais quand il commença à lire les accusations portées à son encontre, ses mains tremblaient et la sueur perlait à son front.

La tradition voulait que chaque représentant désigne le jury, l'Anglais choisissait six Écossais, l'Écossais, six Anglais.

— Angus Johnstone, appela Seymour, incapable de cacher la note de triomphe dans sa voix.

Et avant que quiconque ait pu réagir, il nomma les cinq autres, tous des Johnstone.

Une rumeur parcourut l'assistance. Jamie demeura de marbre mais tout le monde savait que l'Anglais avait gagné car jamais un Johnstone ne se prononcerait en faveur d'un Maxwell.

Alexia réprima une ridicule envie d'éclater en sanglots. Quelle idiote elle était d'avoir voulu faire confiance à la justice ! Par sa faute, non seulement le troupeau des Maxwell était perdu mais Jamie allait perdre le respect des siens. Robin avait raison. Lui et sa famille seraient la risée de tout le pays...

Bien que ce fût inutile, Jamie appela son frère Robin et Jock Armstrong à la barre des témoins. Les deux hommes jurèrent que Seymour Howard en personne dirigeait la bande de voleurs qui s'était emparée des bêtes des Maxwell la nuit de la Saint-Michel.

À son tour, Seymour appela son fondé de pouvoir qui affirma que, cette nuit-là, Howard n'avait pas quitté Carlisle. Il ne crut pas nécessaire d'appeler un autre témoin.

Le jury se retira pour délibérer. Au bout de vingt minutes, Angus Johnstone annonça qu'ils étaient prêts.

Avec un petit sourire satisfait, Seymour lissa la dentelle qui ornait ses poignets.

— Finissons-en, déclara-t-il.

Angus Johnstone se racla la gorge avant d'énoncer le verdict :

— Nous déclarons Seymour Howard de Carlisle coupable d'avoir organisé le vol qui eut lieu à Threave la nuit de la Saint-Michel.

Un silence de plomb tomba.

— Conformément à la Loi des frontières, nous demandons à Seymour Howard de verser une compensation qui sera déterminée par la partie écossaise. Tel est notre verdict de ce jour, le 25 octobre 1585.

Sidérés par cette décision en leur faveur, les Écossais se regardèrent avec surprise avant de laisser exploser leur joie. Quant aux Anglais, ils cachaient mal leur stupeur et leur déception. Certains avaient empoigné leur épée mais personne ne pouvait remettre en cause la décision de la justice.

Rouge de colère, Seymour jurait comme un beau diable.

— Espèce de traître d'Écossais ! lança-t-il à Angus.

Il fit du parchemin sur lequel étaient rédigées les plaintes une boule qu'il lui jeta à la figure. Johnstone émit une sorte de rugissement et empoigna Seymour à la gorge. Big Jock s'interposa et les sépara.

— C'était un accident, dit-il à Angus. Cette chose lui a échappé des mains, n'est-ce pas ?

Johnstone soupira.

— Hum... oui...

Seymour remit de l'ordre dans ses vêtements et jeta un coup d'œil vers la sortie tout en sachant qu'il ne pourrait pas s'esquiver. Le silence était revenu, et un groupe d'hommes le serrait de près.

Résigné, il se tourna vers son ennemi.

— Quelle compensation voulez-vous ?

— La restitution du troupeau que vous nous avez volé, et en bon état.

Seymour hocha la tête.

— Très bien. C'est tout ?

— Non, dit Jamie en tournant les yeux vers sa femme. J'ai une requête à formuler. J'aimerais que nous oubliions nos différends et que nous nous unissions afin de maintenir l'ordre et la paix sur nos frontières.

D'abord stupéfait, Seymour éclata de rire.

— L'ordre et la paix ! Mais ce sont des notions de pays civilisés. Qu'est-ce qu'un Écossais connaît à ces concepts ? Non, si vous voulez l'ordre et la paix, mon cher, faites-les donc déjà régner de votre côté de la frontière !

Il se tourna ensuite vers Alexia et la toisa avec une arrogance pleine d'ironie et de... convoitise. Puis il tourna les talons, et la foule s'écarta pour le laisser sortir de la tente.

Alexia se fraya un chemin jusqu'à Jamie. Elle ne voulait pas l'embarrasser en l'embrassant en public mais l'amour et l'admiration qu'il lui inspirait étaient inscrits sur son visage.

— Il semble que je t'ai encore déçue ? Désolé.

— Non, Jamie, tu ne m'as pas déçue. Je...

Quelqu'un lui saisit le bras et elle se retourna pour se retrouver face à Angus Johnstone.

— Milady, dit-il, j'espère m'être un tout petit peu acquitté de la dette que j'ai envers vous. Vous m'avez sauvé la vie.

— C'est nous qui vous sommes redevables, monsieur Johnstone, répondit-elle timidement. Quand Seymour vous a nommé, j'ai bien cru que notre cause était perdue.

Contre toute attente, Angus Johnstone devint presque aussi rouge que sa barbe.

— Ah, oui... en vérité... c'était l'idée de votre seigneur. Il disait... que le succès de cette journée comptait énormément pour vous.

Alexia fit volte-face et dévisagea son mari.

— Vous aviez tout préparé ?

— Je me doutais qu'Howard essaierait de tourner la loi à son avantage, dit-il en attirant sa femme contre lui. J'ai donc parlé à Angus en arrivant. Nous avons décidé, d'un commun accord, que l'Écosse ne se porterait pas plus mal si un certain Anglais recevait une bonne leçon.

— Oui, renchérit Angus. Parce qu'il y a une chose qu'un Écossais déteste encore plus qu'un autre Écossais, c'est un bon Dieu d'Anglais. Sans vouloir vous offenser, milady.

— Je ne me sens pas offensée, monsieur Johnstone.

Elle se laissa aller contre Jamie et offrit aux deux hommes son plus beau sourire en ajoutant :

— Aujourd'hui, en tout cas, mes sympathies sont tout ce qu'il y a de plus écossaises.

Ensemble, ils quittèrent la tente. La nuit allait tomber et il faisait froid. La pluie avait redoublé. Jamie se coiffa de son casque, et remonta les épaules dans un geste vain pour essayer d'empêcher l'eau de dégouliner dans son dos. Il tendit sa main à Angus.

— Bon, Johnstone, satané pilleur de troupeaux, je ne serais pas étonné de te rencontrer, une de ces nuits, avec des bêtes portant la marque des Maxwell.

Angus Johnstone partit d'un grand éclat de rire et serra la main de Jamie avec conviction.

— Tu n'auras qu'à veiller à ce que tes bêtes ne s'aventurent pas sur mes terres, jeune imprudent !

Peu après, les Johnstone s'éloignaient sous la pluie.

— Je vois que vous vous appréciez, finalement, remarqua Alexia tandis que Jamie la soulevait pour l'asseoir sur la selle.

— L'exultation ne te va pas, Alexia.

Elle resserra son manteau autour d'elle avec un sourire et pressa ses genoux contre les flancs de sa jument.

Ils s'éloignèrent tout en restant aux aguets. Nombre de journées des trêves avaient déjà été rompues, par le passé, et les Écossais ne se détendraient vraiment qu'une fois à l'abri des murs de leur château.

Ils traversèrent l'Esk et prirent la route de Caerlaverock. La pluie cessa. Ils chevauchèrent en silence sur le sol détrempé, impatients de rentrer.

Alexia s'imaginait devant un bon feu de cheminée dans un bain chaud. Jamie l'y rejoindrait peut-être, comme il le faisait parfois...

Tout à coup, un éclair jaillit d'une colline rocheuse, à une cinquantaine de mètres devant eux, suivi d'une explosion. Le cheval de Jamie se cabra, désarçonnant son cavalier.

Luttant énergiquement pour calmer sa propre monture, Alexia ne se rendit compte que Jamie était tombé que lorsque les sabots de sa jument faillirent l'écraser. Elle cria son nom et s'apprêtait à sauter à terre quand un bras de fer la saisit par-derrière. Elle se retrouva propulsée sur un autre cheval.

L'homme qui la tenait était fort. Il la serrait à l'étouffer. Affolée, elle chercha son couteau mais les plis de son volumineux manteau et l'étau qui la comprimait l'empêchèrent de l'atteindre. Elle s'attaqua au bras qui la tenait, voulut y enfoncer ses ongles qui se cassèrent sur le cuir de la manche. C'est alors qu'il se remit à pleuvoir, à verse.

Les trombes d'eau formaient un rideau opaque qui se mélangea à la fumée de l'explosion en une brume épaisse. Des cris de rage ou de douleur s'élevaient tout autour d'elle. Elle vit Big Jock serrer les dents sous l'effet de la concentration tandis qu'il faisait tournoyer sa hache. Robin se défendait à coups d'épée contre deux lances qui tentaient de l'atteindre. Et Jamie... Jamie gisait à terre, le visage en sang.

Elle trouva enfin le manche de son couteau. Aussitôt, elle frappa son ravisseur mais la lame glissa sur le métal d'une cotte d'armes. L'homme jura et une main gantée de cuir se plaqua devant les yeux d'Alexia. Et tout devint noir.

15

Rufus Hall était à son poste derrière les rochers depuis une heure quand il commença à pleuvoir.

L'humidité n'était pas une bonne chose pour la poudre. Il tenta de la garder au sec sous sa tunique mais la pluie finit par transpercer ses vêtements. Il s'inquiétait aussi pour l'embuscade qu'il avait préparée. L'arquebuse était en place et protégée par des linges huilés mais, quand le moment viendrait de la mettre à feu, il faudrait l'en débarrasser et il n'avait pas prévu qu'il tomberait des trombes d'eau.

Rufus Hall maudit le temps, l'Écosse et les Écossais. Il maudit Seymour Howard mais n'alla pas jusqu'à maudire le millier de livres qu'il devait lui donner.

Le problème était qu'assis là à attendre, il n'avait rien

d'autre à faire que penser. Or, Rufus Hall n'aimait pas penser. Et encore moins à ce qu'il s'apprêtait à faire car, une fois de plus, il allait se mépriser. Il avait beau se répéter qu'il était le plus jeune des sept enfants d'une famille de misérables, qu'étant pauvre il n'avait pas d'autre choix que de travailler pour un autre, qu'il était trop ennuyeux et trop insignifiant pour avoir la moindre chance de capturer le cœur d'une riche héritière, il avait beau se répéter tout cela, il ne pouvait s'empêcher de penser qu'il n'était qu'un instrument entre les mains d'un gentleman qui se servait de lui pour accomplir une sale besogne.

La nuit tombait mais du moins la pluie avait-elle cessé. Rufus s'agita. Où diable étaient-ils ? Peut-être la rencontre ne s'était-elle pas déroulée comme prévu ? Peut-être avaient-ils emprunté un autre chemin ?...

Non. Il perçut enfin le bruit d'une cavalcade. Dans sa hâte, il faillit faire tomber la poudre. Quel idiot ! Il allait se faire repérer ! Si jamais ils le voyaient...

L'arquebuse était pointée sur la cible. Il vit alors Alexia Carleton et son doigt se raidit sur la gâchette.

Howard ne lui avait pas parlé d'elle. Cette fille avait le chic pour se trouver là où on ne l'attendait pas ! Elle lui avait toujours inspiré des sentiments ambigus. Enfant, c'était une gamine excessivement gâtée, exaspérante. Devenue femme, elle représentait toute son ambition : le château de Thirlwall. Oui, il aurait voulu l'épouser pour sa richesse mais aussi pour une raison plus profonde, dont il ne prit pas conscience immédiatement. Une raison cachée. Secrète. Il rêvait de la soumettre. De la voir à genoux devant lui. N'était-il pas le plus fort des deux ?

Et maintenant que son mari apparaissait dans son champ de vision, il se demandait ce que sa mort représenterait pour elle. En serait-elle anéantie ou se sentirait-elle au contraire libérée ? Il écarta cette question de ses préoccupations. C'était à lui qu'il devait penser, et à rien d'autre.

Il pointa l'arquebuse sur la poitrine de Jamie Maxwell, et tira.

L'explosion fut assourdissante et le recul le projeta en arrière. La fumée l'aveugla. Il ne vit pas que le cheval de sa cible s'était cabré au dernier moment, comme si Jamie avait voulu protéger Alexia.

Il ne vit pas non plus que le boulet de l'arquebuse avait atteint le casque de Jamie, qu'il avait glissé sur l'acier. L'homme qu'il visait était à terre, ensanglanté et inerte. Il ne se posa pas d'autre question.

Dans l'obscurité, il chercha les rênes de son cheval qu'il avait attaché à un buisson et mit un pied à l'étrier. C'est alors qu'il entendit des jurons écossais, puis le bruit d'épées qui s'entrechoquaient.

Il crut d'abord qu'il s'agissait d'Écossais venus secourir leurs amis avant que leur accent ne lui apprenne qu'il s'agissait d'Anglais. Les hommes de Howard ! Il comprit alors qu'il avait été trahi. Il avait été payé pour tuer lord Maxwell. Profitant de la confusion, il devait s'échapper dans la lande. Seul. Jamais il n'avait été question du massacre du clan Maxwell dans sa totalité.

La mort d'un homme dans des contrées où le vol et le crime étaient monnaie courante était une chose. Celle d'une famille tout entière aurait des conséquences bien différentes. Elle suffirait à provoquer une guerre entre les deux pays et ce serait lui, Rufus Hall, qui en porterait le blâme. À quoi serviraient un millier de livres à un homme devenu un meurtrier et un traître ?

Il se souvint alors qu'il n'avait même pas été payé. Il hésita. Devait-il rejoindre les hommes de Howard ? Se mêler à eux ? Il aperçut alors un cheval qui sortait de la mêlée. Son cavalier tenait Alexia Carleton serrée contre lui. Elle était inconsciente.

Rufus Hall grimpa en selle et suivit cet homme. Nul besoin d'être particulièrement intelligent pour comprendre qu'il conduisait la femme à Seymour Howard. Et Seymour Howard lui devait mille livres.

Alexia ouvrit les yeux et fut aveuglée par l'éclat d'une torche accrochée à un mur en bois. Elle cligna des yeux et vit la flamme se déformer. Prise de nausée, elle sombra de nouveau dans l'inconscience.

Quand elle reprit connaissance, elle regarda autour d'elle et ne fut pas longue à comprendre qu'elle se trouvait dans un repaire de pillards. Une petite cabane en bois recouverte de feuillages. Elle se fondait dans le paysage et servait de refuge aux voleurs en fuite.

Elle était étendue sur une paillasse. À part un tabouret placé devant la cheminée éteinte, la pièce était totalement dépourvue de meubles.

Alexia essaya de se rappeler comment elle avait atterri ici. Elle était à cheval... il faisait froid, il pleuvait et elle pensait à un bain chaud avec Jamie...

Jamie ! Elle le revit inerte sur le sol, le visage en sang. Une douleur terrible la déchira. Elle crut devenir folle, sombrer dans un puits noir et sans fond. Puis elle se reprit : si elle perdait la tête, elle était perdue. Elle s'accrocha à l'espoir, à la certitude que Jamie n'était pas mort. Ce n'était pas possible. Alors elle remonta peu à peu de cet abîme de détresse.

Son visage était douloureux. Elle posa une main sur sa joue gauche et s'aperçut qu'elle était écorchée. Même le contact léger de ses doigts la faisait souffrir.

Elle se redressait pour tenter de s'asseoir quand des bruits de voix lui parvinrent. La porte s'ouvrit et Seymour Howard apparut, de dos. Sa présence ne la surprit pas outre mesure. Elle se doutait qu'un jour, elle devrait rendre des comptes à l'homme qu'elle aurait dû épouser si Jamie ne l'avait enlevée.

Seymour s'adressait durement à un homme qui lui répondit d'un ton plaintif. Alexia ne voyait pas cet homme mais sa voix lui parut familière.

— Je ne voulais pas vous trahir, disait Seymour, mais les circonstances m'ont obligé à changer mes plans.

— ... avec lady Maxwell ?

Alexia n'entendit pas le début de la phrase.

— Ce que je compte faire d'elle ne vous concerne pas. Vous aurez vos mille livres pour avoir tué Maxwell, votre rôle s'arrête là.

— ... famille ?

— Eux ? Ils sont trop occupés à panser leurs blessures pour se soucier d'elle.

Sur ce, Seymour se retourna et entra dans la pièce. Alexia se leva en tremblant.

— Alexia... vous ne deviez pas être blessée, croyez-moi.

— Vous *croire* ! Comme Jamie a cru que vous respecteriez la trêve ?

L'autre homme entra derrière Seymour et Alexia reçut un choc en reconnaissant Rufus Hall.

— Et vous, Rufus ! Je vois que vous avez réalisé votre véritable ambition dans la vie, le crime rémunéré !

Rufus ouvrit la bouche pour répondre mais Seymour le devança.

— Laissez-nous. Montez plutôt la garde dehors.

Rufus lança à Alexia un regard furtif puis referma la porte derrière lui.

Seymour contempla Alexia. La capuche de son manteau était baissée sur ses longs cheveux sombres, brillants, parsemés de reflets d'or rouge. Ses yeux d'ambre lançaient des éclairs et un sourire dédaigneux jouait sur ses lèvres pleines.

— Vous n'avez pas beaucoup changé, dit-il doucement.

— On ne peut en dire autant de vous, rétorqua-t-elle. Vous êtes devenu un lâche et un menteur. À moins que vous ne l'ayez toujours été et que j'aie été trop aveugle pour m'en apercevoir.

Seymour lui tourna le dos.

— Vous avez toujours eu l'art de trouver les mots blessants... blessants ou caressants, selon les circonstances. Il fut un temps où vous disiez m'aimer.

L'expression d'Alexia s'adoucit imperceptiblement.

— Il fut un temps où je le croyais, en effet. Mais les événements nous ont séparés...

— Non, pas les événements, la coupa-t-il en faisant volte-face. C'est Jamie Maxwell qui nous a séparés ! Vous auriez pu lui résister ne serait-ce qu'un peu, mon amour.

Un rire proche de l'hystérie échappa à la jeune femme.

— Quel genre de résistance vous aurait plu, Seymour ? Un cri ? Deux cris ? Peut-être auriez-vous aimé que je me tue ?

— Au moins, votre honneur serait sauf.

— Oh, oui, mon honneur ! Et vous l'avez beaucoup pleuré, votre cher amour mort et regretté ? Combien de nuits blanches avez-vous passées avant de me remplacer ?

Seymour fit un pas vers elle, et posa un pied sur le manteau doublé de renard sans s'en apercevoir.

— Ce n'est pas juste, Alexia. Ce n'est pas moi qui ai épousé quelqu'un d'autre.

— Je sais. Je... je n'avais pas l'intention de vous blesser, Seymour. Vraiment pas. Comment vous expliquer, à propos de Jamie et moi ? Il est...

— Chut ! l'interrompit-il en lui prenant la main.

Il glissa ses doigts sous sa manche, sur son bras nu.

— Cela n'a plus d'importance. Il est mort et vous êtes libre. Vous êtes mienne à nouveau, et je...

— Non ! cria-t-elle en se dégageant.

Le manteau coincé sous la botte de Seymour s'ouvrit, révélant au jeune homme horrifié le ventre rond de la jeune femme enceinte de six mois.

Une rage terrible s'empara de lui. Il l'imagina nue, dans ses bras, offerte...

— Espèce de traînée ! Qu'avez-vous fait, Seigneur !

Il hurlait si fort qu'Alexia, relevant ses jupes, s'élança vers la porte. D'abord surpris par sa vivacité, il se ressaisit et attrapa un pan du manteau qu'il tira avec une violence telle qu'elle perdit l'équilibre et se retrouva par terre. Il se dressa au-dessus d'elle, la bloquant de ses pieds, le souffle court.

Alexia le défia du regard. Ses longs cheveux déployés autour d'elle offraient un contraste saisissant avec sa peau fine, lisse et si claire. Jamais il ne l'avait autant désirée.

Il ouvrit sa braguette, déterminé à lui montrer ce que c'était qu'un homme... mais Rufus Hall fit irruption dans la pièce, affolé.

— Il vient la chercher ! Maxwell... il arrive !

— Quoi ? ! Tu disais qu'il était mort !

— Non... il... il...

Seymour grinça des dents. Que diable était-il arrivé aux gardes qu'il avait postés aux abords de la cabane ? Il saisit Alexia par les cheveux, la releva avec brutalité et la plaqua contre lui en lui mettant son épée sur la gorge. Puis il recula lentement tandis que Jamie Maxwell surgissait, l'arme au poing.

La lame entama la peau d'Alexia qui poussa un faible cri. Un filet de sang coula sur sa gorge.

Jamie s'arrêta net. Un sourire sauvage, cruel, déformait sa bouche.

— Vous avez perdu, Howard. Même la mort ne vous rendra pas votre honneur. Lâchez-la.

— Vous vous trompez, cher lord Maxwell. Nous allons régler la question de mon honneur, vous et moi, sur-le-champ. Fermez la porte et verrouillez-la.

Rufus, qui s'était glissé à pas de loup jusqu'au seuil, se précipita dehors d'un bond en claquant la porte derrière lui.

Seymour ricana.

— Un combat singulier, entre vous et moi. Vous acceptez ou je la tue. Je n'ai qu'un geste à faire, et je l'égorge comme un poulet. À vous de choisir. Verrouillez cette porte.

Jamie tendit une main, et tira le verrou.

— D'accord, Howard.

Seymour éclata de rire, écarta Alexia d'une poussée et se mit en garde.

— Alexia, mon amour, je fais de vous une veuve pour la deuxième fois de la journée ! Quel malheur !

— Seymour, non ! cria-t-elle. Vous n'allez pas vous battre contre un homme blessé ? Vous ne voyez donc pas qu'il tient à peine debout ?

Elle avait raison, mais Jamie prit seulement conscience de son état à ce moment-là. Affaiblies à cause de tout le sang qu'il avait perdu, ses jambes le portaient à peine. Sa blessure au crâne le faisait atrocement souffrir.

Il para un premier coup de Seymour, mais son bras semblait se mouvoir comme dans une purée de mélasse.

Sa plaie s'ouvrit de nouveau et le sang se mit à couler sur son visage.

Des années d'expérience lui permirent de retrouver instinctivement les gestes de défense et de ne pas succomber tout de suite. Mais, peu à peu, au fur et à mesure qu'il perdait du sang, ses forces le trahirent. Seymour le plaqua contre le mur à la pointe de son épée. Jamie tenta une ultime attaque pour sauver sa vie mais le sang l'aveuglait, la tête lui tournait.

Tout à coup, Seymour se dédoubla. Deux adversaires au lieu d'un dansaient devant Jamie. Deux adversaires avec deux épées. Les lames s'entrechoquèrent à nouveau avec une telle force que l'Écossais sentit ses dents vibrer. Il résista en faisant appel à toute son énergie mais le sang coulait maintenant à flots. L'épée de Seymour passa sa garde.

Les vagues de l'inconscience le submergeaient peu à peu. Jamie sentit ses jambes se dérober. Quel dommage de mourir ainsi, vidé de son sang comme un cochon qu'on égorge.

Seymour vit la vie déserter le regard de son ennemi, et éclata d'un rire triomphal. Il s'écarta, et recula s'apprêtant à lui porter le coup de grâce.

Mais il avait oublié Alexia. Elle se jeta sur son bras au moment où il allait assener le coup mortel. La pointe de l'épée glissa sur le cuir de la cotte de Jamie qui s'écroula au sol, sans connaissance. Avec un cri de rage, Seymour se retourna pour affronter Alexia.

L'épée levée, il allait la couper en deux quand la porte derrière lui vola en éclats. Seymour fit volte-face et s'empala sur l'épée d'Angus Johnstone qui le considéra avec surprise. Puis le dégoût se peignit sur ses traits et il retira son épée d'un coup sec. Howard tomba à la renverse, les yeux ouverts.

Angus l'enjamba et s'agenouilla près de Jamie. Apparemment, il était mort mais sa femme entourait doucement sa tête avec un morceau de son jupon.

— Milady... êtes-vous sûre qu'il n'est pas...

Alexia serra les lèvres en secouant la tête.

Alexia l'appelait. Il émergea de la nuit. Pourtant, il n'en avait aucune envie. Il se sentait bien dans ses ténèbres, apaisé, tranquille. Mais Alexia insistait. Elle semblait même en colère.

Je suis réveillé, tenta-t-il de lui dire. Laisse-moi. Il essaya d'ouvrir les yeux pour lui montrer qu'il entendait mais sa tête le faisait trop souffrir.

Elle le saisit aux épaules et le secoua.

— Jamie Maxwell, si tu oses mourir je t'étrangle de mes propres mains !

L'incongruité de cette remarqua l'amusa. Il voulut le lui dire et ouvrit les yeux. Le visage d'Alexia prit forme. Elle était en colère, cela ne faisait aucun doute. Ses yeux lançaient des éclairs. Il connaissait bien cette expression.

Il grimaça un sourire.

— Je ne mourrai pas, murmura-t-il. Promis.

À son grand étonnement, sa brave et forte Alexia fondit en larmes.

Il leva une main pour la consoler mais elle était étrangement lourde. Alexia la saisit et la couvrit de baisers.

Jamie poussa un soupir avant de sombrer de nouveau dans l'inconscience.

Alexia sentit une main sur son épaule.

— Nous lui avons fabriqué un brancard, lui dit Angus Johnstone.

Alexia se leva et le suivit dehors. Il faisait nuit noire.

La pluie semblait avoir lavé le ciel où scintillaient des milliers d'étoiles. Les Johnstone et les Maxwell se trouvaient là. Robin et Big Jock portaient le brancard de fortune. Le premier avait un bras bandé, et une large tache sombre maculait la cotte du second. Alexia se demanda une seconde s'il s'agissait de son sang avant de réaliser que ce n'était pas le cas.

Elle frémit et se tourna vers Angus.

— Comment avez-vous su que...

— Un pressentiment, répondit-il en haussant les épaules. J'étais sûr qu'Howard briserait la trêve. Tout était trop... calme. Nous vous avons suivis à distance, au cas où.

Un sourire trembla sur les lèvres d'Alexia.

— Vous avez sauvé la vie de Jamie.

— Non, il était en train de se battre quand nous sommes arrivés. Seigneur, avec tout ce sang sur la figure, il était effrayant, un vrai démon sorti de l'enfer. Il était prêt à tout pour vous ramener, il était comme fou...

Quelqu'un l'appela et Angus se retourna, découvrant Rufus Hall ramené par l'un de ses hommes.

— Qu'est-ce qu'on fait de celui-là, sir ?

— Pendez-le.

Alexia avança vers Rufus qui détourna les yeux.

— Laissez-le partir, dit-elle.

— Milady, êtes-vous sûre...

— Oui. Il me devra la vie, à moi et à Jamie.

Rufus ferma brièvement les yeux et des larmes coulèrent sur ses joues.

— Milady... si un jour, vous parvenez à me pardonner...

— Jamais. Et je vous conseille de vous tenir à l'écart de ma route et du château de Thirlwall. J'écrirai à mon père pour l'informer de ce qui s'est passé cette nuit, dit-elle d'un ton glacial avant de se retourner et de s'éloigner sans un regard pour le pauvre hère qui implorait son pardon en pleurant.

16

Alexia moula la neige en une petite boule bien tassée.

— Voilà, je crois que nous sommes prêts à parer à toute éventualité.

— Oui. Mais on va attaquer qui ? demanda Andy Maxwell en regardant avec envie leur tas de boules de neige.

Comme toujours avec les armes de guerre, une fois qu'on les a, on résiste mal au désir de les utiliser.

Alexia jeta un regard circulaire au-delà du mur de la forteresse que le petit garçon avait construite. Il s'agissait d'une palissade faite de piquets de bois rassemblés.

Cette première neige donnait à la campagne une apparence de pureté immaculée, la parant d'un éclat que les teintes de l'automne finissant avaient terni. Elle ne résisterait pas longtemps à la chaleur du soleil de l'après-midi mais le vent froid qui soufflait amenait l'assurance que les prochaines neiges ne fondraient pas de sitôt.

Maggie Armstrong sortit de la réserve, un panier plein de pommes sous le bras. L'une d'elles tomba, et Maggie se baissa pour la ramasser. Lorsqu'elle se releva, elle reçut une boule de neige en pleine figure.

Pris de fou rire, les coupables disparurent derrière leur rempart. Alexia fut la première à retrouver son sérieux.

— Nous n'aurions pas dû faire ça, dit-elle.

— Non, renchérit Andy, l'air grave. Nous n'aurions pas dû.

Un nouvel accès de fou rire les plia en deux.

Lady Annor apparut à son tour. Elle s'occupait personnellement de la production de miel du château et venait de s'assurer que les ruches n'avaient pas souffert de la neige. Presque à chaque pas, elle sifflait son mastiff favori. Il avait disparu depuis maintenant deux semaines, et tout le monde, sa maîtresse exceptée, était persuadé qu'il s'était perdu dans les marécages où la marée l'avait emporté.

Andy fit un faux pas et trébucha. Ce bruit attira l'attention de lady Annor qui tourna la tête, intriguée, et, les ayant reconnu, se dirigea vers eux.

Ce soir-là, Andy fut privé de dîner ; quant à la jeune femme, elle dut endurer la réprobation silencieuse de toute la tablée.

Un peu plus tard, elle rejoignit Jamie après avoir revêtu sa chemise de nuit. Il l'attendait, assis sur leur lit.

— Si tu n'étais pas plus lourde que moi, je te coucherais à plat ventre sur mes cuisses et je t'administrerais une bonne fessée.

— Plus *lourde* que toi !

Alexia chercha autour d'elle un projectile à lui lancer à la figure. Elle avisa un flacon de parfum, décida qu'il provoquerait trop de dégâts, et porta son choix sur un coussin.

— Pose ça, et viens ici, ordonna Jamie.

Elle s'approcha avec une mine contrite.

— Regarde-moi.

Elle leva les yeux. Il la toisait d'un air sévère mais elle crut déceler l'ombre d'un sourire sur ses lèvres.

Il poussa un profond soupir.

— Que vais-je faire de toi, Alexia ? Je me demande si tu te conduiras un jour comme une femme convenable.

— Je réfléchirai à la question. Peut-être pourrais-tu persuader ta mère de me donner quelques leçons.

Jamie se mit à rire, et l'attira contre lui, sur le lit. Il l'embrassa longuement avant de s'écarter pour la contempler.

— Tu es toute ma vie, Alexia, lui dit-il en lui effleurant la joue. Mon soleil, mon ciel, mon souffle. Promets-moi de ne jamais changer.

Elle se redressa et roula sur lui. Ses yeux d'ambre brillaient de désir. Submergé d'émotion, Jamie sentit ses yeux s'embuer.

Il murmura son nom, et elle frôla ses lèvres, les taquinant du bout de sa langue. Puis, ayant ouvert sa robe d'intérieur, elle se mit à embrasser sa poitrine, le mordilla, descendit ainsi jusqu'à son ventre plat. De longs frémissements le parcoururent et il retint son souffle quand elle descendit encore, encore, avant de le prendre dans sa bouche...

Un long moment plus tard, Jamie pressait ses lèvres contre le ventre rond de sa femme.

— Je me sens énorme. C'est un miracle que tu éprouves encore du plaisir à me faire l'amour, dit-elle avec la confiance des femmes comblées.

Il enfouit son visage entre ses seins gonflés.

— Tu es plus belle que jamais, Alexia.

Elle sourit en plongeant ses mains dans les cheveux de Jamie, sentant sous ses doigts la cicatrice laissée par Seymour Howard.

— Tu mens avec un aplomb !

Il grommela des propos incompréhensibles et s'étendit contre elle. Oh, comme j'aimerais que ce bébé soit né ! songea-t-elle. Et cependant, elle redoutait la délivrance, car si c'était un garçon... Elle estimait toutefois que maintenant, après tout ce qui s'était passé, Jamie avait renoncé à leur marché. Peut-être lui suggérerait-elle habilement que deux fils ne sauraient suffire à assurer la pérennité de son titre. Elle verrait bien sa réaction.

Elle ferma les yeux, et tenta de s'imaginer avec un bébé dans les bras, ses petits poings sur les seins qui le nourriraient. Cela lui paraissait étrange et merveilleux. Les nouveau-nés qu'elle avait vus jusqu'ici l'avaient toujours un peu effrayée. Ils étaient si petits, tellement dépendants de leur maman...

— Tu as froid, mon amour ? demanda Jamie en remontant les couvertures sur eux.

— Non, j'ai seulement un peu peur, parfois, à l'idée d'être mère.

— Ne t'inquiète pas, dit-il d'une voix ensommeillée. Regarde comme tu t'entends bien avec Andy.

— Peut-être me découvrirai-je une vocation inconnue. Nous aurons alors des douzaines et des douzaines d'enfants... Jamie ? Jamie ?

Jamie s'était endormi.

Malcolm, Dick et Andy se préparaient à la chasse. Leur attirail était éparpillé sur le sol : arcs, carquois, flèches, lance-pierres, lances, couteaux. Il faisait beau mais froid. De la vapeur s'échappait de leur bouche tandis qu'ils sellaient leurs chevaux. Les chiens s'agitaient autour d'eux, ajoutant à la confusion générale.

On était en novembre. Le château se préparait pour l'hiver. Une partie du troupeau avait été abattu. On salait ou on fumait la viande pour la conserver, ainsi que le poisson. Le blé et le seigle avaient été semés, l'orge était moulue et la bière fermentait dans les caves. Aujourd'hui, les garçons avaient décidé de grossir les provisions en chassant le lièvre.

Ils s'apprêtaient à grimper en selle lorsque Alexia arriva en courant. Elle tenait son faucon au poignet et portait sa tenue d'équitation.

— Attendez-moi ! Je viens avec vous.

Trois regards verts incrédules se posèrent sur elle.

— Qu'avez-vous à me regarder comme ça ?

— Eh bien... commença Andy.

Dick leva les yeux au ciel et ce fut Malcolm qui prit la parole.

— Il se trouve que... notre mère nous a donné des ordres. Nous devons tenir compte de votre état... ne pas vous encourager à...

— À quoi ? susurra-t-elle.

— Aux excès.

— Ne soyez pas ridicules ! explosa-t-elle. Si encore il s'agissait d'attaquer Carlisle, mais vous allez seulement chasser. Andy, va dire au palefrenier de seller mon cheval.

Un sourire jusqu'aux oreilles, Andy courut vers l'écurie.

— Mais le bé... commença Malcolm.

— Le bébé ne doit pas naître avant deux mois et je ne suis pas grosse au point de ne pouvoir tenir en selle ! répliqua-t-elle en tapotant la joue du jeune homme.

Ils s'inclinèrent en souriant, secrètement heureux qu'elle se joigne à eux. Il se passait toujours quelque chose, quand elle était là. En sa présence, c'était comme si les faits les plus banals de la vie prenaient soudain un parfum d'aventure.

Ils commencèrent par chasser le long du marais afin que le faucon d'Alexia puisse attaquer ses proies naturelles. Aphrodite obéissait parfaitement à sa maîtresse.

Avec l'aide du fauconnier, Alexia l'avait dressée dans les règles.

Ils aperçurent un héron qui volait bas au-dessus du marais. Alexia enleva le capuchon du faucon qui s'envola aussitôt. Après avoir pris son essor, il fondit sur sa proie et y enfonça ses serres.

Aphrodite lâcha l'oiseau mort et, répondant au sifflet d'Alexia, revint se poser sur son poignet où un morceau de viande l'attendait, en guise de récompense.

Au bout de deux heures de chasse, Alexia rendit l'oiseau au fauconnier qui rentra au château. On lâcha les chiens pour qu'ils rabattent le gibier. Dick et Andy tuèrent chacun deux lièvres et Malcolm un cerf. La jeune femme n'avait pas emporté son arc mais elle se plut à suivre les jeunes hommes, heureuse de chevaucher librement, le vent jouant dans ses cheveux.

Elle rentra au pas près de Malcolm. À cheval, il se tenait bien droit et on remarquait à peine la déformation de son dos. Bien qu'il fût brun et frêle, il ressemblait un peu à Jamie avec son visage aux traits réguliers, bien dessinés, son nez droit, ses yeux aux paupières lourdes. Seule sa bouche avait un pli amer qui n'existait pas chez Jamie.

Sentant son regard, Malcolm se tourna vers elle, et lui sourit.

— Vous vous entraînez peut-être à lire sur les visages, chère belle-sœur, comme les bohémiennes dans les cartes ?

— Je me demandais quel âge vous aviez.

— Dix-sept ans.

— Seulement ? Je vous croyais plus vieux.

— Certains d'entre nous naissent déjà vieux. Le monde n'est guère tolérant envers les boiteux.

— C'est tout le problème de la différence, répondit

Alexia. Ceux qui ne correspondent pas tout à fait à la norme dérangent et font peur.

Malcolm la considéra avec stupeur avant d'éclater de rire.

— Attention, Alexia. De telles pensées dans la tête d'une femme, voilà qui n'est pas non plus dans la norme !

Elle sourit. Après un bref silence, elle remarqua :

— Jamie ne dessine plus depuis que nous sommes à Caerlaverock.

— Ah, voilà donc le but de notre conversation ! J'aurais dû m'en douter. Je vais essayer de vous expliquer. Voyez-vous, notre père se montrait beaucoup plus indulgent envers moi, le boiteux, qu'envers Jamie, ses livres, ses dessins et sa musique. Maintenant qu'il a pris la place du chef de famille, je crois qu'il est lui-même beaucoup moins tolérant envers ses propres penchants pour ces passe-temps si... sages.

— Mais Jamie n'est pas...

— Le seigneur type de la frontière écossaise ? Un brigand braillard et bagarreur ? Non, pas encore. Et avec vous auprès de lui, peut-être ne le sera-t-il jamais.

Après une pause, il ajouta soudain :

— Vous l'aimez vraiment beaucoup, n'est-ce pas ?

— Oui, admit-elle simplement, se demandant pourquoi il était si facile d'avouer son amour aux autres et si difficile de le dire à Jamie.

— Mon frère a beaucoup de chance, murmura Malcolm, tout doucement, comme pour lui-même.

— Alexia ? cria Dick derrière eux. Cela vous dit, une course jusqu'au château ?

Sans attendre sa réponse, il éperonna son cheval et partit au galop, aussitôt imité par Andy.

Ils sautèrent des haies et des fossés avant de déboucher dans un vaste champ. Incapable de résister plus longtemps, Alexia prit de la vitesse. Elle rattrapa d'abord Andy puis le devança, réduisant peu à peu la distance qui la séparait des deux premiers.

Les domestiques qui portaient le gibier les avaient précédés, si bien que la herse était levée. Malcolm ralentit un peu et Alexia le dépassa. Seul Dick la séparait maintenant de la victoire.

Dick cria aux serviteurs de s'écarter avec leurs chevaux de bât pour libérer l'accès au pont-levis. Si elle voulait gagner, Alexia devait s'y engager avant eux. Elle donna des coups de talon dans les flancs de l'animal...

Elle ne vit pas le mastiff arriver. Attiré par l'odeur du sang, il s'était élancé vers le gibier attaché aux chevaux. Le cheval de la jeune femme se cabra et elle tomba à la renverse sur le sol.

Une sorte de panique s'ensuivit, des cris, des hennissements, des galopades en tous sens. La respiration coupée, Alexia toussa, cherchant à reprendre son souffle en essayant de s'asseoir.

Le mastiff gisait un peu plus loin, sa tête dans une mare de sang. Il était squelettique mais son collier incrusté de pierres brillait au soleil.

Malcolm s'agenouilla près d'Alexia, son couteau taché de sang à la main. Il était livide.

— Le mastiff de mère... Il était affamé. Ça va, Alexia ?

Elle hocha la tête et voulut se lever. Une première contraction la plia en deux.

Jamie se laissa tomber sur le divan où il dormait depuis maintenant six semaines et pressa les paumes de ses mains contre ses yeux. Il resta ainsi un moment puis il se leva et entra dans la chambre.

Il s'arrêta sur le seuil avec l'impression d'être un

intrus. Assise dans un fauteuil devant le feu de cheminée, Alexia fixait les flammes avec indifférence.

Jamie ôta le fourreau de son épée, et le posa sur une table avec bruit pour signaler sa présence. Alexia ne tourna pas la tête dans sa direction pour autant.

Il s'approcha de l'âtre, et se retourna face au fauteuil. La chaleur était étouffante.

— Je pensais aller au marché de Dumfries aujourd'hui, annonça-t-il en adoptant un ton léger. Cela te dirait de m'accompagner ?

Alexia secoua la tête.

Il s'agenouilla près d'elle et lui prit la main. Elle était glacée, et si fine...

— Mon amour, tu as besoin de prendre l'air, de faire un peu d'exercice. Tu ne peux pas continuer à passer tes journées cloîtrée ici, assise à ne rien faire, dans cet état de...

Il s'interrompit juste avant de prononcer un mot qui sembla pourtant résonner dans la pièce. *Deuil.*

Elle retira sa main, et le regarda. Il aurait préféré qu'elle n'en fasse rien.

— Tu n'as pas l'air de comprendre. Ma fille est morte !

Jamie soupira et se releva.

— Elle était aussi ma fille. Tu crois que je ne souffre pas ?

Il mesurait maintenant l'ampleur de son chagrin que la peur terrible de perdre Alexia avait occulté. Elle était restée étendue durant des heures dans le grand lit, à délirer et à se vider de son sang. Fou de désespoir et sans écouter les objections hystériques de sa mère, il avait couru chercher Katherine, la sorcière de Solway, la maîtresse de son père. Il l'avait suppliée de venir et de tout faire pour sauver Alexia.

La femme l'avait suivi sans proférer une parole avec

ses potions et ses baumes. Grâce à elle, Alexia avait survécu.

Annor l'avait accusé de ne pas respecter la volonté de la jeune femme qui semblait souhaiter la mort, mais Jamie aurait vendu son âme au diable pour qu'elle vive. Il avait donné une bourse pleine d'or à Katherine.

La femme l'avait regardé avec un sourire étrange, et la lui avait rendue.

— Votre femme et moi, nous sommes des sœurs de cœur, dit-elle. Je ne veux pas être payée pour lui avoir sauvé la vie.

En pensant à cette femme à présent, Jamie eut une idée.

— Alexia, si je t'amenais Katherine, tu voudrais bien la voir ?

— Non.

— Alexia...

— Va-t'en, Jamie. Laisse-moi seule.

Son visage se durcit.

— Très bien, dit-il.

Il s'inclina et se dirigea vers la porte mais, parvenu au seuil, il se retourna et la regarda. On lisait la profondeur de sa peine dans son regard dévasté. Alexia ne l'entendit même pas sortir. Elle était déjà repartie dans ses souvenirs, six semaines plus tôt.

Elle ne cessait de revivre mentalement chaque instant de cette funeste journée, comme si elle avait pu en changer le cours. Parfois, elle se revoyait, le faucon au poing, mais Jamie l'appelait et lui parlait. Elle regardait alors ses frères partir chasser sans se joindre à eux. D'autres fois, elle s'imaginait à leurs côtés au contraire, mais elle effaçait la course fatale et rentrait au château paisiblement, le sourire aux lèvres.

— Regardez-moi.

Une main lui serra le bras, des doigts s'y enfoncèrent.

— Regardez-moi !

Alexia leva la tête et rencontra un regard gris et froid.

— Vous croyez peut-être que vous êtes la première à perdre un enfant ? jeta froidement Annor Maxwell. L'un de mes fils s'est noyé et j'ai eu trois bébés mort-nés. Des filles.

Alexia se dégagea et se renfonça dans son fauteuil. Elle ferma les yeux, comme pour se couper du monde, ne plus rien entendre, mais Annor continua implacablement.

— Je les ai pleurés, je les ai enterrés, puis j'ai retrouvé les bras de mon mari, même si le cœur n'y était pas tout à fait. Alexia Carleton, vous vous êtes suffisamment complu dans votre peine !

Une flambée de colère déchira le voile nébuleux derrière lequel elle s'était retranchée.

— Comment osez-vous ! riposta-t-elle. Comment osez-vous me dire une chose pareille alors que c'est vous, vous et votre fils, qui avez tué ma fille !

Annor se raidit, et recula avec un air impérieux.

— Vous ne savez plus ce que vous dites. Votre accident vous a dérangé l'esprit.

— Trois fois, trois fois votre fils et vous avez tenté de me tuer, mais vous avez échoué.

Alexia se leva pour continuer :

— Alors vous avez affamé votre chien, vous l'avez enchaîné et vous avez attendu le retour de la chasse pour le lâcher. Vous saviez que l'odeur du gibier fraîchement tué le rendrait fou. Vous vous êtes bien réjouie avec Robin, n'est-ce pas ? Pour une fois, votre plan a fonctionné. Quoique, peut-être pas exactement comme vous l'espériez.

Annor la considéra avec stupeur, puis elle eut un petit rire.

— Ma chère enfant, si j'avais décidé de vous tuer,

j'aurais choisi une méthode beaucoup plus radicale et je ne vous aurais pas ratée, croyez-moi. Avouez que lâcher un chien affamé sur un groupe de cavaliers en espérant qu'il vous fasse tomber, vous, et que vous vous rompiez le cou, est quelque peu aléatoire. Non, ce chien s'est retrouvé enfermé dans une cave par erreur, mais il faut bien reconnaître que vous ne manquez pas d'imagination.

Alexia passa une main lasse sur son front.

— Vous... vous ne pouvez nier que vous vouliez que je quitte Caerlaverock.

— En effet, répliqua Annor avec hauteur. Mais Jamie est mon fils et, pour le moment tout du moins, vous êtes sa femme. Que cela me plaise ou non, il a besoin de vous.

Alexia secoua la tête.

— Non. Il ne veut plus de moi, sauf pour partager son lit et pour l'enfant que je lui donnerai.. S'il avait vraiment besoin de moi il...

— Il quoi ? Il se prosternerait à vos pieds pour vous jurer son amour éternel ? Jugez-le donc sur ses actes plutôt que sur ses paroles. Et lisez donc dans son cœur plutôt que sur ses lèvres.

Elle s'apprêtait à sortir quand elle s'arrêta soudain pour poser une main sur l'épaule d'Alexia.

— Vous avez perdu votre fille et c'est tragique, mais la vie continue, et il est temps que vous surmontiez ce drame.

— Et que j'accomplisse mon devoir d'épouse ?

Annor s'arrêta à mi-chemin de la porte, se retourna, et posa sur Alexia un regard brillant et dur.

— Votre devoir de lady, lady Maxwell.

Il y a bien longtemps, une petite église avait été

construite dans l'enceinte du château. La famille s'y était retrouvée lors de messes données à certaines occasions, quand la chapelle s'était révélée trop petite pour toute la congrégation. Les enfants Maxwell y avaient reçu le baptême, et les défunts reposaient dans la crypte.

Les rites catholiques ayant été abolis par le parlement écossais depuis maintenant trente ans, on n'y célébrait plus de messes. Le baptême était donné devant la congrégation protestante de Dumfries, mais les morts des Maxwell étaient toujours ensevelis dans la crypte de Caerlaverock.

Un vent glacial soufflait ce jour-là. Alexia marchait, tête baissée. L'herbe gelée crissait sous ses pas. Ses mains crispées sur le col de son manteau étaient rougies par le froid. Après ces semaines de repos complet, le moindre exercice l'épuisait, et elle dut s'arrêter pour reprendre son souffle.

Construite en pierre couleur terre-de-sienne comme le reste du château, l'église semblait accueillante malgré son aspect délabré. Les vitres de la plupart de ses fenêtres étaient brisées. Des fougères poussaient entre les marches. Pourtant, la porte roula facilement sur ses gonds.

À l'intérieur, la poussière recouvrait les bancs et les prie-Dieu rongés par les vers. L'autel était vide tout comme les niches creusées dans les murs et envahies par les araignées.

Elle n'eut pas besoin d'allumer la bougie qu'elle avait emportée. Une lampe à huile éclairait l'étroit escalier en colimaçon et une autre brillait au fond de la crypte.

Quinze générations de Maxwell reposaient dans l'immense caveau central et dans les tombes murales. Au milieu d'eux, bien vivant, se tenait Jamie, huitième lord de Maxwell.

Il se recueillait devant une minuscule tombe, dans le mur du fond. Du bout des doigts, il caressait les lettres fraîchement gravées dans la pierre. *Madeleine.*

Alexia plaqua une main sur ses lèvres pour étouffer un cri ou un sanglot. Pourtant, elle avait la sensation de ne rien éprouver. Ni colère ni pitié. Elle tendit une main vers la rampe pour s'enfuir, mais un besoin irrésistible d'être soutenue, réconfortée, la retint. Et, peut-être aussi, un besoin d'être absoute.

Signala-t-elle sa présence ou la sentit-il instinctivement ? Toujours est-il qu'il se retourna soudain en sursautant. Il n'eut pas le temps de cacher l'émotion inscrite sur son visage où se lisaient son chagrin et sa solitude. Le reflet de ce qu'éprouvait Alexia.

Il fit un pas vers elle. Après une dernière hésitation, elle courut se réfugier entre ses bras.

17

On était à la veille de Noël. Les domestiques s'activaient dans la grande salle, les bras chargés de houx et de gui. Perchée sur un tabouret au centre de la pièce, Alexia dirigeait les opérations avec une autorité que personne ne se serait avisé de contester.

Dehors, tout était blanc de neige. Un vent glacé cinglait les vitres, mais à l'intérieur, le décor et la verdure de Noël procuraient une atmosphère chaleureuse, presque estivale. Un peu plus tard, dans la matinée, on placerait la bûche de Noël dans l'âtre à laquelle Jamie mettrait le feu avec solennité. Il s'agissait d'un énorme morceau de tronc d'arbre qui brûlerait nuit et jour jusqu'à l'Épiphanie.

Alexia ne laissait rien au hasard. Elle passa en revue l'état de la cheminée et examinait les bougies de l'un des grands lustres quand une odeur fétide la fit grimacer. Elle reconnut le vagabond, parmi les serviteurs qui s'affairaient.

Lui-même tenait un balai. Alexia jeta des coups d'œil inquiets autour d'elle.

— Que faites-vous ici ? jeta-t-elle entre ses dents.

— Je balaie, milady, répondit le bonhomme en reniflant.

Il s'essuya le nez du revers de la manche avant de s'éloigner en traînant les pieds.

— Qui est cet homme ? lança-t-elle à voix haute.

— Quel homme ? répondit Malcolm, nonchalamment adossé au dossier de sa chaise.

Alexia lui montra le vagabond.

— Oh, lui ? C'est le nouveau maréchal-ferrant.

— Le *quoi* ?

— Le maréchal-ferrant, répéta Malcolm. Vous savez, celui qui ferre les chevaux et...

— Malcolm Maxwell, l'interrompit Alexia en s'approchant de lui, les poings sur les hanches. Je n'ai pas de temps à perdre à écouter vos explications ridicules. Si vous ne savez pas quoi faire, je vous suggère de vous rendre utile en aidant Robin à s'occuper du vin, dit-elle avant de disparaître dans le couloir en grommelant contre l'inefficacité masculine. Elle allait ouvrir la porte de l'office quand des voix lui parvinrent de l'intérieur. Elle s'interrompit, hésita. Bien qu'elle sût qu'il était toujours risqué d'épier les conversations des autres, elle ne put s'empêcher d'entrouvrir et de jeter un œil à l'intérieur.

Robin Maxwell, de dos, lui cachait la personne à qui il s'adressait. Il semblait en colère, ou tout au moins impatient.

— L'amour, l'amour ! disait-il. S'il suffisait de s'aimer pour avoir le droit de vivre heureux !

Il y eut un bruissement d'étoffe, et la personne à laquelle il s'adressait apparut dans le champ de vision d'Alexia. Elle manqua laisser échapper un cri de stupeur.

— Nous pourrions vivre de mon héritage.

Elspeth Campbell !

Robin jura et frappa du poing dans sa paume.

— Mon Dieu, Elspeth, tu ne vois pas que c'est justement ton héritage qui nous sépare ? Un puîné, ce n'est pas assez bien pour toi.

— Qui le dit, Robby ? Qui décrète ce genre de règles ?

Elle s'appuya contre lui, et posa sa tête contre sa poitrine.

— Nous n'avons qu'à expliquer à Jamie que nous nous aimons. Il comprendra, et il acceptera notre mariage, j'en suis sûre.

— Romantique comme il l'est, je n'en doute pas.

Robin posa ses mains sur les épaules de la jeune fille puis les laissa glisser le long de ses bras.

— Je ne suis pas de ceux qui vivent aux crochets de leur femme. Je ne veux pas venir à toi sans titre et sans le sou, Elspeth. Je ne le supporterais pas.

— Mais tu supporterais que j'épouse Argyll parce que ta fierté serait sauve ?

Robin serra les dents.

— Seigneur, s'il ose te toucher, je le tue !

Elspeth soupira.

— Ne parlons plus de tout ça. Embrasse-moi, Robin.

Il prit son visage entre ses mains et l'inclina légèrement vers l'arrière. Elspeth se haussa sur la pointe des pieds, et leurs lèvres se joignirent. Alexia vit alors sur le visage du jeune homme une expression qu'elle ne lui connaissait pas : une expression pleine d'amour et de tendresse.

Elle referma discrètement la porte en se demandant si elle devait parler à Jamie de la scène qu'elle venait de surprendre. Robin lui serait certainement peu reconnaissant d'interférer dans sa vie amoureuse. Et en tant que protecteur et curateur des terres d'Elspeth, Jamie serait obligé de séparer les amants. Pauvre Elspeth. Et satané Robin avec sa fierté de Maxwell !

Elle remontait le couloir, plongée dans ses pensées, lorsqu'elle heurta de plein fouet Malcolm qui venait en sens inverse.

Il la maintint un instant puis, sans mot dire, la lâcha pour poursuivre son chemin.

— Malcolm ?

— Oui ?

— Je suis désolée de m'en être prise à vous, tout à l'heure. Je suis parfois un vrai poison. Je voulais vous dire que de tous les frères de Jamie, vous êtes mon préféré.

Il scruta son regard pour s'assurer qu'elle pensait réellement ce qu'elle venait de dire et un sourire illumina alors son visage.

— Eh bien, de toutes les femmes de Jamie, vous êtes ma préférée !

Regroupés près de la table, les frères Maxwell buvaient du malvoisie tout en dévorant les plats des yeux. Le repas de Noël était composé de sanglier cuisiné avec de l'avoine et des petits pois. Au préalable, la viande avait mariné dans de la bière puis mijoté dans une sauce très épicée au parfum puissant.

Dick soupira d'impatience.

— Où sont-elles ? Je meurs de faim !

— Tu ferais mieux de te résigner à attendre encore au moins une heure, répliqua Malcolm d'une voix traînante. Les femmes ne sont pas ponctuelles, n'est-ce pas, Jamie ?

Jamie ne répondit pas, les yeux rivés sur la porte. Son expression éloquente incita son frère à suivre la direction de son regard.

Alexia fit une entrée parfaite, s'arrêtant brièvement, le temps d'une pause. Derrière elle venaient Annor, Elspeth, et enfin Evie.

Alexia portait une jupe de satin émeraude brodée de fils d'or et d'argent. Le jaune pâle de ses manches bouffantes se mariait parfaitement à l'ensemble et une ceinture sertie de grenats et de perles mettait en valeur la finesse de sa taille. Une collerette en dentelle blanche s'épanouissait autour de son visage et son corsage était profondément échancré de sorte que l'on puisse admirer le bord de sa chemise finement brodée.

À la vue des innombrables rangs de perles entrelacés dans ses cheveux, Jamie pensa immédiatement au plaisir qu'il aurait, plus tard, à les ôter un à un.

— Tu es magnifique, lui dit-il en lui baisant la main.

— Toi aussi, répondit-elle. Et vous aussi ! ajouta-t-elle à l'adresse de ses frères.

En hauts-de-chausses et pourpoints brodés incrustés de pierres précieuses, les hommes rivalisaient d'élégance avec les femmes.

La grande salle étant réservée aux festivités qui commenceraient plus tard, dans l'après-midi, le déjeuner de famille avait lieu dans la petite salle à manger. Alexia s'étonna de voir un inconnu parmi eux. Personne ne l'avait prévenue de la présence d'un invité.

Il se tenait légèrement à l'écart, près du feu de cheminée. Simplement vêtu d'un pourpoint noir, il avait toutefois la prestance d'un gentleman. Son visage était mince et ses yeux bleus, glacés.

— Qui est-ce ? murmura Alexia à Jamie qui lui tendait une coupe de vin blanc doux.

— Oh... un vieil ami de mère, répondit-il en lui prenant la main pour la présenter.

Geoffrey Peale passa tout le repas à converser avec Annor à voix basse, ce qui irrita Alexia car la bonne humeur des jeunes gens s'en trouva refroidie. De plus, il observait sans cesse Evie comme s'il cherchait à voir sous son masque, mettant la jeune fille tellement mal à l'aise qu'elle en perdit l'appétit.

Elspeth et Robin s'ignorèrent soigneusement et même Jamie parut songeur. Toutefois, dès qu'il captait le regard d'Alexia, une flamme s'allumait dans le sien et elle se dit avec un petit sourire intérieur qu'il avait décidément une nature très sensuelle.

À un moment, Malcolm lança un clin d'œil à Alexia et se pencha vers l'homme pour lui parler.

— Le choix est toujours possible, répondit ce dernier.

Et il ajouta, coupant les autres conversations :

— Et vous, lord Maxwell ? Vous ne placeriez pas votre famille avant l'Écosse ?

Jamie s'enfonça dans son siège. Il prit sa coupe de vin dans une main, et de l'autre, saisit celle d'Alexia sous la table.

— Cela dépend des circonstances mais en principe, oui, ma femme et ma famille comptent plus que tout.

— Et que faites-vous de Dieu ?

— Dieu est omniprésent, non ? Il garde toujours sa place, quels que soient mes choix.

L'homme pâlit. Il allait répondre quand Annor se leva et repoussa sa chaise avec une telle violence qu'elle faillit tomber.

— Je ne voudrais pas vous interrompre, commença-t-elle d'une voix légèrement altérée, mais nos gens nous attendent dans la grande salle. Nous leur avons promis de la musique et des danses.

L'homme jeta à Jamie un regard acerbe mais il n'eut pas d'autre choix que de suivre le mouvement général.

Serviteurs, palefreniers, bergers, bouviers, tous les paysans qui s'occupaient du domaine Maxwell étaient là. Ils saluèrent le seigneur et sa dame avec effusion puis la bière et le cidre commencèrent à couler.

Jamie s'assit au clavecin et entonna une danse entraînante. Dick invita Elspeth mais au bout de quelques minutes, Robin évinça son frère pour lui voler sa cavalière. Dick se retrouva seul au milieu des couples qui tournoyaient avec entrain. Alexia lui tapota l'épaule.

— Venez à mon secours, sir Dick, je n'ai pas de cavalier.

Malcolm s'approcha d'Evie et s'inclina devant elle.

— Madame, prendriez-vous le risque de danser avec moi ? J'essaierai de ne pas trop vous écraser les pieds.

Après une brève hésitation, elle accepta.

Personne ne remarqua qu'Annor et son ami avaient disparu.

Un peu plus tard, Alexia s'assit sur un banc pour reprendre son souffle quand Elspeth la saisit aux épaules et la tourna vers la scène protégée d'un rideau d'où s'échappaient des bruits et des rires.

— Regardez, Alexia ! La pièce de théâtre va commencer.

— J'ignorais que l'on avait fait venir des acteurs.

— Ce ne sont pas des acteurs, c'est lord Maxwell avec ses frères. Chaque Noël, ils donnent un spectacle, c'est la tradition.

Cette année, Robin jouait le rôle d'un roi. Affublé d'une fausse barbe, d'une perruque de cheveux gris et couronné d'un pot de chambre, il brandissait un crochet à marmite en guise de sceptre et s'assit sur le trône de Jamie. Il annonça d'un ton solennel qu'il marierait sa fille, la princesse, à l'homme qui oserait affronter le dragon du diable.

La princesse fit son entrée. Ce n'était autre que Malcolm, travesti et fardé en femme, qui papillotait des paupières et envoyait des baisers à l'assistance hilare.

Andy tenait le rôle du valeureux prince. Armé d'une épée et d'un bouclier, il était juché sur son cheval, son frère Dick, coiffé d'une tête de cheval en papier.

Tout le monde se mit à crier, même Alexia, quand le dragon entra en scène en rugissant. Il était impressionnant avec son énorme tête couverte d'écailles vertes et ses larges narines par lesquelles il crachait de la fumée. L'illusion était si parfaite qu'Alexia eut du mal à croire que Jamie était caché à l'intérieur.

Jamais elle n'avait connu de Noël aussi joyeux et grandiose à Thirlwall. En regardant les frères Maxwell se démener, Malcolm qui gloussait, Jamie qui s'efforçait de ne pas rire entre deux rugissements, elle se dit que, désormais, là était sa famille. Comment avait-elle pu croire qu'ils voulaient la tuer ? Auprès d'eux, avec Jamie, elle se sentait chez elle.

Plus tard, cette nuit-là, quand elle se retrouva seule dans sa chambre avec son mari, elle voulut lui exprimer ce qu'elle avait éprouvé.

— Jamie... commença-t-elle.

Sa voix mourut sur ses lèvres. Étendu sur le lit, les mains croisées sous la nuque, il la fixait avec un drôle d'éclat dans ses yeux verts.

— Déshabille-toi, ordonna-t-il avec brusquerie.

Elle redressa fièrement la tête, et planta son regard dans le sien. Puis, lentement, elle ôta la collerette de dentelle, et la jeta par terre. Son corsage suivit, et ainsi de suite sans que jamais elle ne le quitte des yeux. Elle s'apprêtait à détacher ses cheveux quand il l'interrompit :

— Non. Ne touche pas à tes cheveux.

Elle laissa retomber ses bras de part et d'autre de son corps.

— Ferme les yeux, ajouta-t-il.

Elle lui obéit. Elle entendit le matelas bruire, devina qu'il se levait et se déplaçait dans la pièce. Il prit quelque chose dans un tiroir de la commode.

— Tu triches !

— Mais non ! s'indigna-t-elle, en fermant les yeux encore plus fort pour lui prouver sa bonne foi.

Elle sentit soudain ses doigts au creux de sa nuque, puis quelque chose de lourd et de froid sur sa poitrine. Elle ouvrit les yeux. Debout à son côté, Jamie lui tendait un miroir.

Émerveillée, Alexia découvrit autour de son cou une épaisse chaîne en or avec un diamant serti dans chacun des maillons. Au bout de la chaîne pendait un magnifique saphir.

Elle n'osa même pas le toucher.

— Oh, Jamie... dit-elle dans un souffle.

— Tu aimes ?

— Oh, Jamie...

Il éclata de rire et posa le miroir avant de se pencher pour l'embrasser dans le cou. Elle renversa la tête en arrière et s'offrit à lui. Il lui caressa les seins tout en suivant de ses lèvres la ligne de ses épaules. Elle guida ses mains plus bas. Avec un soupir heureux, il la souleva dans ses bras, et l'emmena sur le lit.

Alexia se réveilla en sursaut.

Dehors, la lune se reflétait sur la neige, diffusant dans

la chambre une lumière d'une blancheur argentée. Tout était silencieux. Elle tendit une jambe pour toucher Jamie, et ne rencontra que du vide.

Sans doute était-il dans le salon. Elle l'appela doucement en se redressant. Comme elle n'obtenait pas de réponse, elle se leva. Il n'y avait personne dans le salon.

La porte donnant sur la cage d'escalier était entrouverte. Alexia enfila sa robe de chambre, ses chaussons, prit un bougeoir et sortit.

Des chandelles murales brûlaient toute la nuit dans les couloirs du château mais le froid la fit frissonner. Elle alla jusqu'à la grande salle. La bûche de Noël crépitait dans l'âtre. En levant sa chandelle, Alexia s'aperçut qu'elle tremblait. De quoi avait-elle peur ? Des fantômes ?

Ne sois pas ridicule, se dit-elle.

— Jamie ? Tu es là ?

Personne.

Une sorte de gémissement émana alors du mur. Non, pas du mur. Non, c'était quelqu'un, ou quelque chose, *derrière* le mur.

Le cœur battant à tout rompre, elle avança vers l'endroit d'où venait le bruit. Il se tut.

Elle examina la pierre, à droite de la cheminée. Se représentant la disposition des pièces du château, Alexia en conclut qu'il n'y avait pas de pièce, de l'autre côté. Non, pas de pièce mais... un réduit.

De part et d'autre de la cheminée, des panneaux de plâtre représentaient les signes du zodiaque, six de chaque côté. Le taureau se trouvait juste à hauteur de ses yeux. Alexia appuya sur son naseau. Rien.

Elle se dit alors que son imagination lui avait joué un tour. Jamie avait sans doute été satisfaire un besoin naturel. En ce moment même, de retour dans leur chambre, il devait se demander où elle était passée. Si elle ne remontait pas très vite, il allait réveiller toute la maisonnée pour la chercher. Elle s'en retournait quand... elle croisa le regard du lion.

Elle étouffa un cri en plaquant une main sur sa bouche. La bougie lui échappa et s'éteignit. Elle s'aperçut alors que ce qu'elle avait pris pour un regard bien vivant n'était autre chose que deux trous, dans le panneau, à la place des yeux. Il y avait donc de la lumière de l'autre côté...

Elle dut monter sur un banc pour arriver à hauteur de la tête de lion. Se haussant sur la pointe des pieds, elle approcha son œil des yeux de la sculpture.

Ainsi découvrit-elle une petite chapelle pleine de monde. Un prêtre en aube rouge se tenait devant l'autel, un calice en or dans chaque main. Il entonna un chant en latin. Près de lui était agenouillé un petit garçon vêtu d'une robe blanche sous une tunique rouge. Il prit un encensoir posé sur le sol et l'agita. Une forte odeur d'encens se répandit dans l'air. L'enfant tourna légèrement la tête. Andy !

Alexia comprit alors avec stupeur que les Maxwell étaient papistes. Les rites catholiques étaient interdits dans le pays mais ils se perpétuaient en secret. S'ils se faisaient prendre, les coupables se voyaient confisquer tous leurs biens, risquaient l'exil et parfois même, la mort.

Le prêtre prononça le « amen » final et s'agenouilla avant de se retourner vers ses fidèles. Alexia reconnut alors le visage étroit et sombre de Geoffrey Peale.

Soudain, des mains de fer saisirent la taille d'Alexia, la soulevèrent du banc et la déposèrent sur le sol. Elle se débattit mais une main calleuse se plaqua sur sa bouche. Affolée, elle se mit à ruer mais l'homme la maintenait dans un étau. C'est alors que la bûche dégringola dans l'âtre, produisant une pluie d'étincelles à la faveur desquelles Alexia reconnut les cheveux blonds de Jamie.

Elle cessa de lutter mais il ne la libéra qu'une fois dans leur chambre dont il referma la porte d'un coup de talon.

Alexia se frotta la bouche du dos de la main.

— Tu n'avais pas besoin d'être aussi brutal !

Un sourire mauvais passa sur les lèvres de Jamie. Une colère froide l'animait. Elle ne l'avait vu que deux fois dans cet état de fureur contenue, mais jamais sa rage n'avait été dirigée contre elle. Pour la première fois, elle eut vraiment peur de lui.

Sa voix cinglante déchira le silence comme un coup de fouet.

— *Qu'étais-tu en train de faire ?*

— Je... je me suis réveillée, et tu n'étais pas là. Je me suis inquiétée, et je suis allée te chercher. Je n'avais pas l'intention de t'espionner.

— Non ? C'est pourtant bien ce que tu faisais.

La colère la gagna alors à son tour.

— Et alors ? N'ai-je pas le droit de savoir ce qui se passe sous mon propre toit ? Particulièrement quand il s'agit de faits qui risquent de mettre ma vie en danger ?

Il ne dit rien, mais il sembla se détendre un peu.

— Pourquoi ne m'as-tu pas dit que tu étais catholique ? Je suis ta femme, non ? Tu aurais dû m'en parler.

Jamie soupira.

— Nous n'avons jamais évoqué les questions religieuses. Peut-être... n'y tenais-je pas. Tant de choses nous séparaient déjà...

S'étant replongé dans le silence, il s'assit auprès du feu, appuya ses coudes sur ses genoux, et regarda ses mains jointes.

— Je ne suis pas catholique, mais ma mère et mes

frères le sont. Je n'ai pas le droit de nier leur foi. Les Maxwell sont catholiques depuis plus de trois siècles.

— Mais pas toi ?

Il haussa les épaules.

— Je trouve Dieu ailleurs que dans les rites.

Alexia s'était agenouillée à ses pieds. Elle posa une main sur sa cuisse, et il plongea ses yeux dans les siens.

— Tu connais les lois écossaises. Maintenant que tu es au courant de l'existence de la chapelle secrète, qu'as-tu l'intention de faire ?

— Oh, Jamie, comment peux-tu me demander une chose pareille ? Tu sais bien que jamais je ne te trahirai.

Il lui caressa la joue et, une main sous son menton, l'obligea à le regarder.

— C'est vrai, Alexia ? Comment pourrais-je lire dans tes pensées quand tu ne les connais pas vraiment toi-même ?

18

Après avoir passé un bon moment avec le jardinier qui expérimentait une méthode pour faire pousser des grenades dont Jamie était très friand, mais qui revenaient fort chères à l'importation, Alexia poursuivit son exploration du jardin seule.

Elle se promena entre les parterres de violettes, de pavots, de jonquilles qui formaient sur la terre sombre des taches colorées rappelant la palette d'un peintre. Cette année, Alexia avait agrandi le jardin en l'agrémentant de vastes étendues de pieds-d'alouette et d'hysope autour des plantations de menthe, de persil, de coriandre et de fenouil.

Plus loin, le potager, avec ses rangées de légumes parfaitement alignées : concombres, betteraves, choux, navets... Un petit champ de moutarde était en fleur. Peut-être demanderait-elle au cuisinier de préparer une sole à la moutarde pour Jamie, l'un de ses plats préférés.

Alexia s'assit sur un banc, sous la charmille, et offrit son visage à la chaleur du soleil, les yeux clos. Elle était heureuse que le printemps arrive, bien qu'elle n'eût pas passé l'hiver à tourner en rond tel un ours en cage, comme Jamie. Quand il n'y tenait plus, il disparaissait quelques jours pour aller mettre de l'ordre le long de la frontière, courir après des pilleurs ou mener des opérations de représailles plus ou moins légales. À la façon dont il semblait reprendre vie, lors de ces escapades, elle avait compris qu'une part de lui-même ne changerait jamais. L'artiste capable de jouer du luth ou de manier le fusain était aussi un redoutable guerrier. Le seigneur, le chef de clan ne pouvait se permettre de poser les armes, d'autant plus qu'il menait un peuple violent et vindicatif.

Quelque chose atterrit soudain dans son giron. Alexia sursauta en ouvrant les yeux et découvrit un paquet enveloppé de cuir. Le vagabond s'assit tranquillement sur le banc, à côté d'elle.

— Comment osez-vous ? s'emporta-t-elle. Qu'est-ce que...

— Du calme, répondit-il. Je me suis laissé dire que pour une femme, vous ne manquiez pas de jugeote, mais je n'ai pas encore eu l'occasion de m'en rendre compte. J'ai besoin de transmettre ces papiers à Carleton. C'est urgent. La sécurité de l'Angleterre et la vie de la reine en dépendent. Ce n'est pas le moment de faire des crises d'hystérie ou de me traiter de haut.

Alexia s'étonna que le vagabond s'exprime sans l'accent paysan qu'il avait employé jusque-là et avec une aisance qui détonnait avec sa condition.

Elle déglutit avec peine en regardant le paquet. *La sécurité de l'Angleterre et la vie de la reine...*

— Vous pouvez regarder. Vous aurez le plaisir de constater que les Maxwell sont impliqués dans la trahison jusqu'au cou.

— Qu'est-ce qui vous fait croire que cela me fera plaisir ?

— Votre histoire, bien sûr. Vous avez été enlevée, non ? Maxwell a profité de vous, puis vous a épousée pour étouffer le scandale. J'imagine que vous attendez votre heure pour lui rendre la monnaie de sa pièce. Je vous en donne les moyens. Cela dit... si vous avez des scrupules à transmettre ces papiers, je ferais mieux de m'en charger moi-même...

— Non ! s'écria-t-elle en saisissant le paquet avant de se lever d'un bond. Vous avez raison. Je veux me venger de lord Maxwell.

Il ricana.

— C'est bien ce que je pensais. Certains trahissent par amour, d'autres par haine. Moi, c'est pour l'argent. Vous comprendrez l'importance de ces papiers quand vous les aurez lus. Mieux vaudrait que vous les fassiez parvenir à votre père dans les plus brefs délais. Et puis vous ferez savoir à votre seigneur de mari qu'il doit chercher un nouveau maréchal-ferrant, ajouta-t-il avec un sourire édenté. J'ai traîné en Écosse suffisamment longtemps. J'ai le mal du pays.

Il s'éloigna en traversant le jardin sans se soucier d'emprunter les sentiers, écrasant fleurs et légumes sans vergogne. Alexia courait déjà vers le château.

Elle referma la porte de sa chambre et s'installa sur son lit pour ouvrir le paquet. Le vagabond n'avait pas exagéré l'importance des lettres. La première était adressée à Marie Stuart, reine d'Écosse.

Alexia la lut en tremblant. Elle exposait tous les détails d'un complot qui ferait voler son univers en éclats. Un groupe d'Écossais frontaliers et de nobles anglais s'étaient alliés pour libérer Marie Stuart de sa prison en Angleterre. Il était prévu que les Écossais se réuniraient le dernier jour d'avril dans l'une des tours construites sur la frontière, Liddleskeep, dans les monts Cheviot. Le lendemain, ils passeraient en Angleterre pour rejoindre les rebelles anglais et attaquer le château de Chartley afin de délivrer la vieille reine. Marie, la mère détrônée du roi James, serait proclamée reine d'Écosse et d'Angleterre. Ils marcheraient ensuite sur Londres, soulèveraient les catholiques des deux pays. Le protestantisme serait décrété religion interdite, et le catholicisme deviendrait la religion d'État, la seule foi légitime. Le succès de cette révolte serait garanti par le fait, que le 1er mai, Élisabeth Tudor serait assassinée par un meurtrier déjà en place dans son entourage. La lettre était signée d'un nom qui n'évoqua rien à Alexia.

Suivait la liste des nobles impliqués dans le complot. Il s'agissait de catholiques anglais qu'elle connaissait tous. Quant aux Écossais... un seul lui était connu.

L'évidence de la duplicité de Jamie Maxwell la dévasta, ébranlant les fondations de son mariage, de son amour, de sa confiance en elle.

Parmi nos alliés les plus actifs, nous comptons le jeune lord Maxwell et sa mère. Grâce à eux nos coffres se sont remplis et c'est le jeune Maxwell qui mènera les troupes écossaises. Afin de récompenser nos sujets les plus fidèles, je vous demande d'étendre les terres des Maxwell en un comté en leur attribuant les domaines anglais de Penrith, Cockermouth, Thirlwall...

Thirlwall ! Le menteur, le fourbe, le voyou ! Il ne pouvait même pas attendre la mort de son père pour mettre ses sales pattes sur son héritage ! Avec ses amis hérétiques, il s'apprêtait ni plus ni moins à commettre un régicide pour mettre une reine catholique sur le trône. Elle avait cru en lui alors qu'il fomentait crimes et trahisons...

Repoussant la lettre avec dégoût, elle enfouit son visage dans ses mains pour tenter d'endiguer les sanglots qui menaçaient de l'engloutir.

La rage se mêlait en elle à la douleur et au désir impérieux de l'empêcher de commettre cette folie qui les détruirait tous, sans exception.

Jamie s'approcha de la fenêtre pour lire les documents.

— Ce n'est pas pire que ce que tu redoutais, dit Malcolm, assis devant le bureau de son frère, dans ses appartements privés. Des rendez-vous en pleine nuit, des assassins rôdant dans les cuisines... On se croirait dans l'une de nos saynètes.

— Cela t'amuse peut-être, Malcolm, mais pour ceux qui sont impliqués, je crains que ce ne soit vraiment sérieux. Jock, Nat a dit qu'il avait donné copie de ces documents à Alexia ?

Adossé à la porte, Big Jock soupira avant de se redresser.

— Oui, admit-il en lançant à son seigneur un regard désapprobateur. Mais quelque chose me semble bizarre. Il paraît qu'il a obéi à un ordre venant de vous.

Malcolm se tourna vers Jamie.

— À quel jeu joues-tu ? Tu ne crois pas sérieusement qu'Alexia va passer ces papiers en Angleterre ?

— Il y a longtemps que je ne me demande plus ce

que ma femme va faire ou ne pas faire. Après tout, elle correspond régulièrement avec son père.

— Mais quelqu'un qui ne connaît pas les faits exacts pensera que tu es bel et bien impliqué dans le complot. L'une de ces lettres cite nommément lord Maxwell à la tête des rebelles écossais.

— Oui... et il y a une autre chose de bizarre, comme dirait Jock, jeta Jamie.

— Tu ne crois tout de même pas que... il ne... bredouilla Malcolm.

Et pourtant, il n'y avait que deux explications possibles au contenu de cette lettre. Car si, comme ils le soupçonnaient, leur frère Robin était impliqué, soit il trompait délibérément les autres sur son identité, soit il prévoyait que le jour de la révolte, il *serait* lord Maxwell. Ce qui signifiait que...

— Non, s'exclama Malcolm. C'est impossible. Robin ne peut vouloir ta mort. Et je ne peux croire non plus qu'Alexia transmettra ces papiers à son père. Pas si elle estime que cela te vaudra la corde. Mon Dieu, Jamie, c'est ta femme !

— Elle est aussi anglaise. Et c'est une Carleton.

— Mais elle t'aime.

— Vraiment ? rétorqua Jamie.

Malcolm n'insista pas. Si Jamie avait décidé de ne pas voir la vérité, il n'y avait rien à faire.

— Elle ne nous trahira pas, se contenta-t-il d'ajouter.

— Je t'ai dit que je ne savais pas à quoi m'en tenir à son sujet. En tout cas, ce sera intéressant de voir ce qu'elle fera, dit Jamie en repliant la lettre. Bon, je crois que je ferais mieux d'apporter moi-même ces papiers à Stirling. Et dès cet après-midi. Le temps presse. Jock, tu m'accompagnes.

— Tu n'as pas l'intention de montrer ça au roi ?

s'écria Malcolm. Qu'adviendra-t-il de Robin et de mère s'ils sont vraiment impliqués ?

Jamie tourna vers son frère un visage dur.

— Je passerai un marché avec le roi. J'essaierai de leur obtenir la vie sauve en échange de tous les détails du complot. Mais ils n'auront rien sans rien. Moi vivant, j'épargnerai à cette île une guerre civile qui répandra tellement de sang que dans cent ans, ses rivières en seront encore rouges !

Malcolm pensa à Marie Stuart en prison depuis dix-huit ans. Pendant tout ce temps, elle avait comploté pour recouvrer la liberté et remonter sur son trône. Aujourd'hui, elle n'était plus qu'une vieille femme stupide et démente. Un pion entre les mains d'individus comme son frère Robin qui jouait un jeu dangereux et désespéré pour un titre et des terres qui n'étaient pas les siens.

Il réalisa tout à coup que Jamie lui avait posé une question et attendait impatiemment sa réponse.

— Pardon ?

— Je disais que tu ferais mieux de décider tout de suite de quel côté tu es, Malcolm.

Derrière Jamie, Big Jock posa une main sur la dague accrochée à sa ceinture.

Un sourire amer apparut sur les lèvres de Malcolm.

— Et si ma réponse ne te plaît pas, mon cher frère, que feras-tu ?

Jamie éclata de rire, et Malcolm s'en émut car il n'y avait ni malice ni colère dans ce rire. Rien de plus qu'un réel amusement.

— Attache-toi, bâillonne-toi et enferme-toi dans une cellule du château. Quand je rentrerai de Stirling, je t'écorcherai vif pour m'avoir donné tout ce mal. Alors ?

Malcolm rit à son tour, de soulagement et de chagrin.

— Mon Dieu, Jamie, je suis avec toi. Pour l'Écosse et pour le roi James. Qu'est-ce que tu crois ?

Il boitilla jusqu'à la table et prit un coffret qu'il tendit à son frère.

— Qu'est-ce que c'est ? demanda Jamie.

— Puisque tu es décidé à sauver le roi tout seul, cela pourra peut-être t'aider.

Jamie ouvrit le coffret et découvrit une paire de pistolets à mèche.

Ils étaient beaux, impressionnants mais longs à charger, d'une mise à feu compliquée, et de courte portée. Jamie ne s'en était jamais encombré au cours d'une bataille. Certes, c'étaient des armes redoutables, mais mieux valait ne pas rater sa cible, car sinon votre adversaire vous transperçait de son épée avant que vous ayez eu le temps de recharger.

— Je me les suis offerts avec l'argent que j'ai gagné en pariant sur ton cheval, dimanche dernier, à Langholm, dit Malcolm. Emporte-les à Stirling, si tu veux.

Jamie sourit à son frère et lui donna l'accolade.

— C'est gentil, Malcolm, mais je vais *voir* le roi, pas le tuer.

Jamie se dirigea vers la porte et se retourna avant de sortir.

— Il va de soi que jusqu'à ce que j'aie vu le roi, personne d'autre que nous ne doit savoir que j'ai ces papiers en ma possession.

— Oui, bien sûr. Et Alexia ?

— Laissons-la agir à sa guise avec ses copies. Je doute qu'elle parle à Robin ou à mère de leur existence.

Alexia reconnut les pas de son mari dans l'escalier. La poignée de la porte du salon tourna. Elle rassembla les papiers en toute hâte, et les cacha sous l'oreiller d'un geste preste avant d'adopter un air qu'elle espérait dégagé.

Jamie entra dans la chambre.

— Quelque chose ne va pas ? demanda-t-il aussitôt.

Sans attendre sa réponse, il se dirigea vers un coffre, l'ouvrit, et en sortit un sac.

— Je... j'étais dans le jardin et... il fait chaud pour un mois d'avril, tu ne trouves pas ?

— Hum... fit-il en remplissant le sac de chemises.

— Où vas-tu ?

— À Stirling.

Menteur, pensa-t-elle. Tu t'apprêtes à commettre un meurtre et un crime de trahison.

— Tu n'as pas assez de chemises dans ta maison de Stirling ?

La sécheresse de sa voix lui valut un regard incisif de Jamie mais il ne dit rien. Il rajouta quelques effets dans son ballot et le ferma. Puis il le jeta sur le lit et prit sa femme dans ses bras.

— Je ne suis pas obligé de partir immédiatement, dit-il d'une voix rauque.

Elle comprit immédiatement son intention et son baiser ardent la lui confirma. Déjà, Alexia avait oublié tout le reste. Le désir, ce traître, prenait possession d'elle et de sa raison. Elle tenta de se rappeler qu'elle le haïssait, mais son corps lui disait le contraire.

Les mains de Jamie remontèrent le long de ses bras, suivirent la ligne de ses épaules, soulevèrent ses cheveux pour dégager sa nuque où il appuya sa bouche brûlante.

— Jamie... nous sommes au milieu de la matinée.

Il émit un petit rire et son souffle lui caressa le cou.

— Et alors ? L'heure n'a aucune importance, si ?

Il la pressa contre lui et plaqua son ventre contre le sien avant de reprendre sa bouche sans douceur. Il la désirait de tout son être et elle se fondit dans son étreinte avec une passion égale. Il glissa une main vers les attaches de son corsage mais malgré le feu qu'il avait allumé en elle, elle le repoussa.

— Arrête ! cria-t-elle.

— Que se passe-t-il, mon amour ?

— Je... c'est la période du mois où... je ne peux pas.

Elle évita de le regarder. Il aurait lu le mensonge dans ses yeux, d'autant plus qu'il savait compter et avait déjà compris qu'elle mentait. Il la lâcha aussitôt.

— Un simple non m'aurait suffi. Je n'ai aucune envie de te forcer.

Il prit sa ceinture et son épée, sa veste et son sac. Au moment d'ouvrir la porte pour sortir, il s'arrêta et se retourna. Ses yeux verts la détaillèrent avec une telle intensité qu'elle eut l'impression qu'il lisait en elle comme à livre ouvert, qu'il connaissait l'existence des papiers et ce qu'elle allait en faire, bien qu'elle n'en fût pas tout à fait sûre elle-même.

— Aurais-tu quelque chose à me dire ? demanda-t-il.

— Non... rien. Pourquoi ?

— Je ne sais pas.

— Jamie ?

— Oui ?

— Fais attention à toi, murmura-t-elle.

Il se contenta de lui lancer un dernier regard, un long regard, et sortit de la chambre.

Sans perdre de temps, Alexia alluma un feu dans la cheminée, récupéra les documents sous l'oreiller et s'agenouilla devant l'âtre.

— Que Dieu me pardonne, mais je ne peux pas faire ça, dit-elle tout haut. Je l'aime trop pour le trahir. Même pour sauver un royaume, je ne le trahirai pas, non.

Ayant dit, elle jeta les lettres dans les flammes, une à une. Elle eut l'impression que son cœur brûlait en même temps. Un amour tel que le sien ne pouvait s'évanouir en un instant. Le désespoir, la désillusion se chargeraient de le saper. Lentement. Très lentement.

Des coups frappés à sa porte la firent sursauter. Elle se leva d'un bond.

— Qui est-ce ?

Après un silence, la porte s'ouvrit et Malcolm fit son apparition. Il s'arrêta sur le seuil.

— Seigneur ! Il fait une chaleur d'enfer ici ! s'écria-t-il.

— Je... j'avais un peu froid. J'ai fait un feu, répondit Alexia en croisant les bras. Jamie n'est pas là. Je ne me sens pas très bien, ajouta-t-elle dans l'espoir que le jeune homme la laisserait seule.

Mais au lieu de se retirer, il s'approcha de l'âtre et observa les braises. Il poussa du bout du pied un amas de cendres.

— Avez-vous brûlé quelque chose ? s'enquit-il en se retournant avec un petit sourire. Un journal intime, peut-être ?

Alexia fit semblant de rire.

— Non. Seulement des vieilles... lettres. De mon père.

Elle rougit malgré elle, et souhaita ardemment qu'il attribue ces couleurs à la chaleur ou à son indisposition passagère.

Malcolm se déplaça dans la pièce, effleurant un bibelot, le luth de Jamie dont il pinça les cordes.

— Je me demandais... Jamie vous a-t-il parlé avant de partir ?

— Il m'a seulement dit qu'il allait à Stirling.

— Ah... Et il ne vous a pas précisé pourquoi ?

— Non... Il était pressé, répondit-elle évasivement.

Le vagabond avait laissé entendre que tous les Malcolm étaient impliqués dans le complot. Jamie lui avait-il envoyé son frère pour qu'il essaie de la sonder afin de découvrir ce qu'elle savait exactement ?

L'espace d'un instant, elle songea à tout raconter à Malcolm, mais elle se souvint combien les Maxwell étaient soudés. Ils ne lui feraient jamais confiance et si jamais ils estimaient qu'elle représentait une menace, ils n'hésiteraient pas à l'éliminer.

Elle s'aperçut soudain que Malcolm l'observait avec une expression étrange sur le visage.

— Alexia... commença-t-il.

Mais il s'interrompit.

— Non, rien... ce n'est pas grave, jeta-t-il avant de quitter la pièce.

Jamie tendit les rênes de son cheval épuisé au palefrenier et traversa la cour en direction de ses appartements. Un grondement sourd se fit entendre ; d'épais nuages noirs assombrissaient le ciel au couchant. Il espérait que cet orage éclaterait. Dans les champs, les jeunes pousses se gorgeraient d'eau, ce dont elles avaient bien besoin car avril touchait à sa fin et les pluies printanières avaient été fort rares.

La fatigue lui donnait la migraine. Il était rentré de Stirling d'une seule traite, chevauchant une nuit et une journée entières.

Horrifié d'apprendre le complot qui se tramait contre lui, le roi James s'était montré fort reconnaissant envers Jamie. Néanmoins, il ne comptait épargner personne. Les coupables, sans exception, seraient châtiés. Il n'avait pas voulu en démordre. Ravalant sa fierté, Jamie était allé voir son cousin, le comte d'Argyll, pour lui demander d'intercéder auprès du roi pour qu'il ménage les Maxwell. Embarrassé et obséquieux, Argyll lui avait promis de voir ce qu'il pourrait faire. N'ayant aucune confiance en lui, Jamie avait préféré recourir à des moyens moins légaux et plus coûteux.

Le roi, subitement devenu méfiant, lui avait ordonné de rentrer à Caerlaverock et de s'enfermer dans son château jusqu'à ce que les rebelles soient sous clé. Il avait été jusqu'à le menacer de l'accuser lui-même de trahison s'il n'obéissait pas immédiatement. Jamie s'était incliné avec un certain soulagement.

Pourtant, aujourd'hui encore, il n'était pas aussi sûr de la pureté de ses motivations. Si le soulèvement de Robin avait réussi, le roi James n'aurait pas été le seul à perdre son trône. Jamie se sourit à lui-même en songeant qu'il était prêt à se battre pour protéger son héritage alors que, jusqu'à présent, il s'en croyait totalement détaché.

— Milord ! s'écria soudain l'un des palefreniers en accourant vers son maître.

Hirsute, il semblait en grand émoi.

— C'est ma femme, Molly, milord. Elle est en train d'accoucher et... oh, Seigneur ! Je crois qu'elle va mourir !

Jamie posa sur les épaules du jeune homme une main apaisante.

— Et la sage-femme ? Personne ne l'a envoyé chercher ?

— Si, milord. Mais elle est occupée à Dumfries où deux bébés sont en train de naître. Molly dit qu'il doit y avoir quelque chose dans l'air... Milord, je ne sais plus quoi faire !

— Où est la châtelaine ? s'enquit Jamie en suivant le palefrenier dans la tour où il logeait.

— Je ne sais pas, milord. Je l'ai demandée mais...

— Et ma mère, lady Annor ?

— Milord, il n'y a personne au château, à part les domestiques.

Jamie entra dans la pièce où Molly était étendue sur une paillasse. Près d'elle se tenait sa mère. Molly poussa un long cri de douleur. Plusieurs femmes se trouvaient là.

— Milord, dit l'une d'entre elles. Qu'allons-nous faire ? Voilà des heures que le travail a commencé et le bébé ne vient toujours pas.

Jamie sentit la sueur perler à son front. Elles le regardaient avec espoir, attendant qu'il prenne les choses en main, comme il l'avait toujours fait.

Il tourna les yeux vers la jeune femme éperdue de douleur. Il avait bien aidé des brebis et des juments à mettre au monde leurs petits, et cela n'avait pas toujours été facile, mais... ce n'était pas la même chose. Quoique...

Il ôta sa veste, remonta ses manches et chercha de quoi se laver les mains.

— Cela manque de lumière ici. Envoyez quelqu'un chercher la châtelaine. Dépêchez-vous !

Enfin, l'enfant sortit du ventre de sa mère. C'était un garçon qui poussa aussitôt un cri vigoureux. Jamie le tendait à sa grand-mère en larmes lorsqu'il entendit la porte s'ouvrir.

— Tu es en retard, Alexia, dit-il sans se retourner. Mais... la bienvenue néanmoins. Il semble qu'il y ait un autre bébé.

La porte se referma.

— Ce n'était que maître Malcolm, milord, dit la grand-mère.

Mais Jamie n'écoutait plus. Il s'occupait déjà de mettre au monde le deuxième bébé.

Dehors, appuyé contre le mur, Malcolm l'attendait.

Jamie émergea enfin de la chambre en s'essuyant les mains avec une serviette.

— Jamie...

Le regard incendiaire de son frère l'interrompit.

— Ne t'avise pas de dire à qui que ce soit ce que tu viens de voir, sinon, je te tords le cou.

Jamie ne put retenir un léger frisson. Si des hommes comme Angus Johnstone ou Wat Scott apprenaient que lord Maxwell avait lui-même accouché l'une de ses servantes, qui plus est de deux enfants... Seigneur, il serait la risée de toute la région !

— Jamie, Alexia est partie.

— Quoi ? Et où diable étais-tu ? Tu étais censé la surveiller.

— Ne passe pas ta colère sur moi, veux-tu ? La surveiller, d'accord. Mais dormir avec elle, je ne crois pas. Elle m'a dit qu'elle allait s'allonger un moment. J'ignorais que tu voulais que je la suive jusque dans son lit.

— Malcolm...

— Elle est partie juste après le déjeuner. Elle a emporté de l'eau, de la nourriture et une épée. C'est un garçon d'écurie qui me l'a dit. Il a essayé de l'arrêter mais sans succès.

Jamie jura comme un beau diable.

— Elle s'imagine qu'elle va sauver l'Angleterre toute seule ! Elle ne perd rien pour attendre...

Il allait se précipiter dans l'escalier lorsque Malcolm lui agrippa le bras.

— Et si ce n'était pas l'Angleterre qu'elle était partie sauver ? Si c'était toi ? Tu es aveugle, mon pauvre. Elle n'a pas transmis les papiers à son père. Elle les a brûlés. Le problème, c'est qu'elle pense que c'est toi qui es à la tête de la rébellion, et ce parce que tu n'as jamais pris la peine de lui dire le contraire. Or, connaissant Alexia et ses sentiments à ton égard, il me semble évident qu'elle est partie soit pour tenter de t'arrêter, soit... pour se joindre à toi.

Jamie secouait la tête, incrédule. Il ne voulait pas croire son frère. Et cependant, il savait que Malcolm avait raison. Jusque-là il se demandait comment réagirait Alexia, à présent il était fixé.

À cause de lui, sa femme, la femme qu'il aimait, se lançait seule au beau milieu d'une bataille pour un trône.

19

Alexia glissa de sa selle et s'agrippa au pommeau pour assurer son équilibre sur ses jambes tremblantes. Elle passa une main apaisante sur la croupe de son cheval qui soufflait bruyamment.

La brume matinale donnait au paysage un aspect onirique. Un coup de vent la balaya, rafraîchissant le visage moite de la jeune femme. Autour d'elle se découpaient les monts Cheviot. Vertes collines parsemées çà et là de buissons colorés.

Elle attacha sa monture à une touffe de fougères et continua à pied. Son épée battait contre ses bottes trop grandes – une vieille paire empruntée à Jamie. Dès qu'elle s'était trouvée suffisamment éloignée de Caerlaverock, elle s'était arrêtée pour enfiler les chausses et une chemise de son mari. Les vêtements d'homme lui donnaient une liberté de mouvements qu'elle n'aurait jamais eue sinon.

Parvenue près du sommet, elle se coucha à plat ventre et rampa jusqu'à une dépression, en contrebas. Un creux entre les rochers qui devait offrir aux rebelles écossais un repaire idéal.

Une tour carrée était appuyée contre le flanc de la corniche. Elle était occupée. De la fumée s'en échappait, des hommes armés montaient la garde dans les meurtrières. À l'intérieur se trouvait l'homme qu'elle aimait, occupé à comploter contre son pays et sa reine à elle.

Pour la première fois de sa vie, Alexia eut une pensée de sympathie pour Marie Stuart, enfermée dans sa prison. Une passion amoureuse l'avait conduite à sa perte. Aujourd'hui, elle comprenait à quoi pouvait mener l'amour fou.

Restée veuve du dauphin de France, un homme impotent, Marie s'était laissé séduire par la beauté de lord Darnley et l'avait épousé. L'homme était un dégénéré et elle avait très vite déchanté. Elle s'était ensuite éprise de James Hepburn, comte de Bothwell, un homme attiré par la luxure autant que par le trône d'Écosse. Il l'avait incitée à se débarrasser de son encombrant mari. Ainsi Marie avait-elle fait assassiner Darnley au nom de l'amour. Bothwell avait pris la place du défunt, mais les nobles d'Écosse n'avaient pas supporté que l'arrogant personnage se retrouve au-dessus d'eux. Un coffret empli de lettres d'amour prouvant la culpabilité de Marie avait atterri dans de mauvaises mains. On proposa à la reine d'abdiquer ou d'accepter d'être jugée pour meurtre.

L'amour perdit Marie Stuart. Il lui coûta sa couronne et sa liberté. Aujourd'hui, par amour, Alexia tentait d'arrêter une bande de rebelles armés pour empêcher Jamie de commettre le crime de haute trahison. Si elle ne pouvait les en empêcher, elle lutterait aux côtés de l'homme qu'elle aimait plus que tout au monde.

Les grilles de la tour se levèrent. Un groupe de cavaliers casqués et armés en sortit. Un porte-drapeau les précédait, portant la bannière des Maxwell.

Alexia se laissa glisser au bas de la pente dans une avalanche de terre et de rocaille. Elle récupéra son cheval, se mit en selle et prit le chemin de berger. Ne sachant pas encore comment elle aborderait Jamie, elle décida, dans un premier temps, de les suivre de loin.

Trop occupés à aller de l'avant, les rebelles ne s'aperçurent pas de sa présence. Ils avançaient en colonne, deux par deux, sous le soleil rasant du petit matin. Ils serpentèrent dans un large couloir menant à un champ d'herbe drue.

Une main en visière, Alexia essaya de discerner lequel était Jamie. Ils se ressemblaient tous avec leur casque et leur cotte d'armes. Elle venait de repérer l'un d'entre eux, grand et mince sur son cheval, quand son voisin bascula soudain de sa selle.

Un moment de silence suivit, puis une sorte de sifflement fendit l'air et une nuée de flèches obscurcit le ciel.

Des hommes à cheval sortirent alors du brouillard, comme par magie. Les rebelles se regroupèrent, mais ils n'eurent guère le temps de saisir leurs armes. En un éclair, les soldats du roi fondirent sur eux. Le bruit du fer des épées entrechoquées, des cris, des sabots des chevaux qui labouraient le sol grossit au fur et à mesure que le combat se faisait plus acharné. Il devint très vite difficile de distinguer qui était qui. Très vite, les lances furent rouges de sang.

Un peu en retrait sur la corniche, Alexia assista à l'embuscade avec horreur et impuissance.

— Jamie ! s'écria-t-elle, affolée.

Sans réfléchir, elle éperonna son cheval et dévala la pente.

Elle entendit un cri derrière elle. Se retournant sur sa selle sans ralentir, elle vit un cavalier qui galopait vers elle. Elle se coucha sur l'encolure de sa monture et accéléra l'allure.

Le cheval sauta par-dessus un fossé et elle faillit tomber. Elle perdit un étrier et ne resta en selle qu'en s'agrippant de toutes ses forces à la crinière. L'animal courait à une vitesse effrayante.

Elle tenta de remettre son pied dans l'étrier, en vain. Le lien de cuir qui retenait ses cheveux s'étant détaché, elle fut très vite aveuglée par ses longues mèches bouclées.

Le son de la bataille qui faisait rage se rapprochait de plus en plus. Son cheval gravit une petite pente. Elle était près du but. Une dernière ravine à franchir et...

Quelque chose heurta son cheval qui trébucha et tomba sur les genoux. Alexia s'accrocha désespérément aux rênes comme si sa seule volonté pouvait prévenir la chute. Un homme se jeta sur elle. Elle vit son casque, sa cotte d'armes... Ils roulèrent sur le sol, enlacés comme deux amoureux. Elle parvint à glisser une main entre son ventre et la poitrine bardée de plaques de fer de son agresseur. Elle trouva son couteau, l'empoigna.

Elle sentit la lame qui entrait dans la chair de son adversaire. L'homme poussa un cri étouffé et enserra le poignet d'Alexia comme dans un étau pour l'obliger à lâcher son arme. La jeune femme poussa un cri de douleur.

— Dieu du ciel, Alexia ! s'exclama Jamie. Arrête ! Tu vas finir par nous tuer !

Elle se raidit instantanément. Il poussa un juron, aboya un ordre et se leva, l'entraînant avec lui sans desserrer son étreinte de fer. Il la tira sans ménagements vers son cheval qui l'attendait en broutant tranquillement. Celui d'Alexia essayait vainement de se relever en poussant des cris déchirants. Il avait une jambe cassée.

Jamie la flanqua en selle, et d'un bond, il se hissa derrière elle. Le cheval s'élança et elle se retrouva plaquée contre la poitrine de Jamie.

Elle sentit son souffle contre sa joue.

— Prie, dit-il. Prie comme tu ne l'as jamais fait, parce que, que ce soit en tant qu'allié du roi ou rebelle, je ne vois vraiment pas comment je pourrai expliquer ma présence ici.

Le soleil était déjà haut dans le ciel quand ils arrivèrent dans la cabane de berger où il l'avait emmenée, le jour où il l'avait enlevée de Carlisle.

Elle sauta de cheval et le précéda dans la cabane sans l'attendre. À sa démarche, il comprit qu'elle était en colère et se demanda s'il n'aurait pas mieux fait d'affronter les soldats du roi...

Il jeta son casque sur la table et s'essuya le front du revers de la manche. Son flanc le brûlait comme si un fer rouge y était appliqué. Il serra les dents pour enlever sa cotte. Sa chemise était rouge de sang. Heureusement, aucun organe vital n'était atteint. Une cicatrice de plus à ajouter à sa collection.

— Tu ne m'as pas raté ! lança-t-il. Cela devait arriver. Tu es trop habile dans le maniement des armes.

Alexia allait et venait dans la pièce comme un ours en cage. Il devinait la ligne élancée de ses jambes sous les chausses, la courbe de ses hanches, et il la trouva plus belle que jamais. Elle se tourna subitement pour lui faire face et ses cheveux accompagnèrent son mouvement en un halo sombre et mouvant. Ses yeux dorés lançaient des éclairs.

Elle se planta devant lui, si près qu'il aurait pu l'embrasser en se penchant à peine.

— De quel côté es-tu, Jamie Maxwell ?

— De côté du roi James. Et des Écossais. Et de l'Angleterre aussi, si tu veux bien essayer de comprendre.

— Mais j'ai vu l'étendard des Maxwell... et ces documents... Notamment une lettre qui te désignait comme traître. C'étaient des mensonges ?

— Cette lettre t'a induite en erreur. Le traître, c'est Robin, mon frère.

La plus vive confusion se peignit sur les traits d'Alexia puis, soudain, la colère l'emporta.

— Tu savais... Tu savais depuis le début. Le vagabond... était un de tes hommes !

Jamie haussa les épaules.

— Disons qu'il travaille pour plusieurs maîtres.

— Si je comprends bien, en lui demandant de me remettre ces papiers, tu me testais. Ce n'était qu'un jeu pour toi. Tu voulais savoir ce que je ferais.

Il poussa un profond soupir.

— Il fallait que je sache où allait ta loyauté, Alexia. C'était capital. En revanche, je ne m'attendais pas à ce que tu...

— Espèce de voyou ! hurla-t-elle en lui envoyant un coup de poing au visage.

Ivre de rage, elle frappa si fort qu'elle se blessa les phalanges mais cela ne l'empêcha pas de vouloir recommencer. Cette fois, il para le coup en lui saisissant les poignets. Il lui bloqua les bras derrière le dos et l'attira contre lui. Ses seins tendus se plaquèrent sur sa poitrine. Elle se débattit vigoureusement mais il la maintenait si serrée qu'à son grand amusement, il sentit son sexe se durcir.

— Lâche-moi !

Il tourna la tête, et cracha du sang.

— Tu vas m'écouter ?

— Lâche-moi !

Il desserra lentement son étreinte, pensant qu'elle était peut-être disposée à se calmer. Il n'en était rien.

— Je voudrais t'expliquer...

— M'expliquer ! Mais comment veux-tu que je te croie ?

— Tu as bien cru que j'étais capable de trahir mon roi et mon pays pour un bout de terre ! répliqua-t-il d'un ton acerbe, à son tour gagné par la colère. Tu m'as pris pour un traître, pour un assassin. Comment as-tu osé me croire capable d'une telle forfaiture ?

— Tu me l'as *délibérément* laissé croire.

— Tu aurais dû me faire confiance...

— Confiance ! Tu oses encore employer ce mot ? Si toi tu m'avais fait confiance, tu n'aurais pas joué ce double jeu !

Elle chassa des larmes de rage du revers de la main.

— Et moi, pauvre innocente, j'étais prête à renoncer à tout pour toi ! Par amour pour toi !

— Oh, mon Dieu, Alexia... je suis désolé.

La vue de ses larmes le fit chavirer.

Il prit ses mains dans les siennes.

— Jamais je n'aurais imaginé que tu ferais une chose pareille. Je pensais que tu transmettrais ces papiers à ton père, ou que tu me les montrerais en exigeant des explications sur les crimes qui m'étaient reprochés. Je ne... je ne pouvais pas deviner que tu m'aimais à ce point !

Il se précipita vers elle pour essuyer ses larmes.

— Ne me touche pas ! Ne me touche plus jamais !

Ils rentrèrent à Caerlaverock sans échanger un mot, mais à deux sur le même cheval, il était difficile d'éviter les contacts physiques. Alexia était assise devant lui, mais chaque fois qu'ils se touchaient, elle s'écartait comme s'il était atteint de la lèpre.

À un moment, il posa une main sur sa taille et crut qu'elle cédait. Mais il déchanta très vite.

— Enlève ta main, jeta-t-elle d'un ton tellement glacial que Jamie frissonna.

Le vent soulevait les cheveux d'Alexia et ils caressaient le visage de Jamie, comme pour le narguer, charriant des odeurs de fleurs et de pluie d'été. Le cheval trébucha. Jamie resserra les rênes et son bras effleura le seins de la jeune femme. Il se troubla, la gorge sèche... jura. Depuis qu'elle lui avait interdit de la toucher, il la désirait plus que jamais.

Quand ils arrivèrent en vue du château, le crépuscule tombait. Les flammes des lampes qui scintillaient derrière les fenêtres faisaient oublier l'austérité des murs gris.

Dans la cour intérieure, Jamie descendit de cheval en étouffant un gémissement. Il souffrait le martyre. La soif le tourmentait. Il avait perdu beaucoup de sang.

Big Jock sortit de l'ombre.

— Milord... milady, les salua-t-il.

Alexia passa devant lui sans mot dire. Jamie la suivit des yeux un instant puis regarda Big Jock. Il avait une arcade sourcilière fendue et son visage était gris de poussière et de fatigue. Jamie l'avait envoyé là où lui-même n'avait pu rester. Auprès du roi James, pour le défendre.

— La bataille a été rude, dit Big Jock avec un petit sourire. À un moment, j'ai cru voir des fantômes. J'ai même eu une vision, pendant que je me battais. Il m'a semblé vous voir, avec votre lady, à cheval dans les collines.

Jamie lui rendit son sourire.

— Je crois que tu as reçu un sacré coup sur la tête, mon vieux Jock, répondit-il en désignant sa coupure.

Big Jock se mit à rire, puis :

— J'ai essayé de repérer votre frère, milord, comme vous me l'avez demandé, mais je ne l'ai pas vu. Il n'était ni parmi les morts ni parmi les prisonniers. Remarquez, je ne pouvais pas être partout à la fois, non plus. Un groupe de rebelles s'est sauvé vers la frontière. Il en faisait peut-être partie.

— Peut-être s'est-il échappé.

Big Jock haussa les épaules.

— Je ne sais pas s'il ira bien loin.

Soudain, Jamie chancela. Big Jock eut tout juste le temps de tendre les bras pour l'y recueillir comme un enfant.

Jock contempla son maître évanoui et son expression s'adoucit.

— Oh, milord... mais... vous saignez drôlement...

Elspeth frotta la vitre de la fenêtre avec sa manche et regarda ce qui se passait en bas, dans la cour. Deux hommes franchissaient la grille, sur le même cheval. Lorsqu'il sauta à terre, elle reconnut Jamie, quant à l'autre... Regardant plus attentivement, elle réalisa qu'il s'agissait en fait d'Alexia. Pourquoi diable portait-elle des chausses et une chemise ? Elspeth se mordit les lèvres, s'efforçant de deviner ce que cela impliquait.

Oh, Robin ! pleura-t-elle en silence. Elle savait bien que ce qu'il s'apprêtait à faire était un acte de folie. Et tout cela pour elle. Pour l'épouser en lui offrant un titre, des châteaux et des terres, alors que tout ce qu'elle voulait de lui, c'était son amour.

Un bruissement d'étoffe derrière elle attira son attention. Evie. Elle s'écarta pour laisser cette dernière regarder par la fenêtre.

— Mais il est blessé ! s'écria Evie.

Elspeth se laissa tomber sur un siège devant l'âtre et tendit ses mains glacées vers les flammes.

— Comment ?

— Lord Maxwell. Il est blessé. Cela se voit à la façon dont sa tête penche légèrement sur le côté.

— Ah ?

Robin n'avait d'abord voulu rien dire de ses projets à Elspeth, puis il avait fini par se confier. Il ne pouvait rien lui refuser quand elle était dans ses bras. Ce pouvoir qu'elle détenait sur lui l'effrayait quelque peu. Pourtant, s'il devait lui servir un jour, ce serait uniquement pour s'attacher Robin, le garder.

Elle posa une main sur son ventre. N'avait-elle pas perçu un mouvement ? Non, c'était trop tôt. Bientôt, elle s'arrondirait et son secret s'éventerait. Robin lui reviendrait-il ? L'épouserait-il même s'il échouait ? Il était si fier...

Evie se détourna de la fenêtre.

— Une fois de plus, c'est sa faute ! jeta-t-elle avec hargne.

— La faute de qui ? demanda Elspeth sans comprendre.

— D'Alexia, bien sûr. Avec son caractère obstiné et insoumis, elle le tourmente sans relâche.

— Non, vous vous trompez, Evie. Ils sont fous l'un de l'autre, cela saute aux yeux. Leurs disputes donnent seulement plus de sel à leur amour.

— Il ne l'a épousée que parce que le roi l'y a obligé.

Elspeth allait lui répondre quand un cri l'interrompit.

Quelqu'un appelait dehors. Elle se précipita à la fenêtre. La herse du château grinça et s'ouvrit.

L'homme qui venait de la franchir était couvert de poussière. Son cheval écumait. Elle reconnut le valet de Robin, celui qui chevauchait à ses côtés quand il était parti libérer une reine et conquérir un trône. Malgré la distance, elle se rendit compte que l'homme était affolé.

Annor Maxwell émergea d'une porte latérale. L'homme se dirigea aussitôt vers elle. Elspeth n'entendit pas ce qu'ils se dirent mais elle en devina le sens. Le soulèvement avait échoué.

Elle étouffa un sanglot en plaquant une main sur sa bouche. Déjà, elle imaginait Robin se balançant au bout d'une corde...

Elle poussa un gémissement puis tout devint noir.

Alexia faisait nerveusement les cent pas dans son salon, toujours vêtue de ses habits masculins.

Comment Jamie osait-il prétendre qu'il l'aimait quand il la traitait de la sorte ? Il avait soi-disant voulu mettre sa loyauté à l'épreuve. Il était bien avancé maintenant ! En repensant aux tourments qu'elle avait endurés à cause de lui ces jours derniers, elle s'empara d'un coussin et le jeta avec fureur contre le mur. Il s'imaginait peut-être qu'elle allait continuer à se comporter comme une épouse, à dormir avec lui...

Un bruit en provenance de la porte attira son attention. Elle fit volte-face.

— Si tu... cria-t-elle.

Mais sa voix mourut quand elle aperçut le visage pâle et impérieux d'Annor Maxwell.

— C'est vous, reprit-elle plus bas.

Annor la regarda des pieds à la tête avec un dégoût non dissimulé.

— Je vois que vous vous êtes à nouveau distinguée dans l'art de la trahison, commença-t-elle.

— Non, c'est moi, intervint Jamie qui venait d'entrer à son tour.

Il était torse nu et un épais bandage protégeait sa blessure. Il avait les traits tirés et le regard las, très las.

— Toi ? répéta Annor. Je suis surprise que tu sois au courant. Il t'arrive donc de t'intéresser à autre chose qu'à tes toiles et à ton luth ?

Jamie ne répondit pas. Seul un petit sourire désabusé joua sur ses lèvres. Alexia se souvint alors de ce qu'il lui avait dit un jour, à propos du réseau d'espionnage qu'il avait placé le long de la frontière.

Annor toisa son fils, méprisante.

— Remarque, j'aurais dû m'en douter. Quand tu étais enfant, tu n'as jamais cessé de me décevoir et l'homme que tu es devenu n'a pas fait mieux. Tu as trahi ton clan pour un roi boutonneux et un consort efféminé à Stirling. À moins que... tu n'aies songé qu'à gagner les bonnes grâces de la cour avec ton étrangère, ajouta-t-elle en désignant Alexia du menton. Que t'a-t-elle promis en échange ? Thirlwall ? Un titre anglais peut-être ?

De la sueur perlait sur le torse de Jamie et l'éclat anormal de ses yeux indiquait qu'il avait de la fièvre.

— Votre reine Marie ne s'est pas gênée pour s'octroyer des titres auxquels elle n'avait pas droit, répondit doucement Jamie. Dites-moi, mère, si Robin était devenu lord de Maxwell, que serait-il advenu de moi ?

Annor pâlit sous sa poudre de riz. Le fucus qui colorait ses lèvres et ses joues n'en ressortit que davantage, si bien qu'on eût dit qu'elle portait un masque d'acteur de pantomime.

— Je suppose que tu vas rester là, les bras croisés, à te réjouir pendant que Robin subira le châtiment réservé aux traîtres, rétorqua-t-elle.

— Si Robin a la vie sauve, il aura le droit de s'exiler. Cela m'a coûté beaucoup, mais j'ai payé pour qu'on lui laisse cette chance. C'est plus qu'il ne mérite.

Annor haussa ses fins sourcils.

— Quelle aimable attention ! Et moi ? Que comptes-tu faire de moi ?

— Les hommes du roi sont occupés pour le moment, mais ils ne vont pas tarder à venir vous arrêter pour trahison. Je me suis arrangé pour que vous preniez un bateau en partance pour la France. Le choix est entre vos mains, mais si la prison vous rebute, je vous suggère cette deuxième solution.

Il la considéra avec dureté avant de poursuivre :

— Puisque vous étiez prête à mettre un pays à feu et à sang pour votre religion, eh bien, il y a des couvents en France. Vous n'avez qu'à prendre le voile.

Annor frémit.

— Une cellule de prison ou une cellule de couvent. Il n'y a pas grande différence.

Elle se tut mais Jamie ne dit rien. Elle attendit encore un instant, sans doute dans l'espoir qu'il reviendrait sur sa décision, mais comme il restait intraitable, elle finit par se diriger vers la porte. Avant de sortir, elle se retourna et releva fièrement la tête.

— Je crois que j'ai commis une grave erreur en te sous-estimant.

— En effet. Et Robin aussi.

Il posa sur Alexia un regard appuyé et ajouta :

— Et vous n'êtes pas les seuls.

Annor referma doucement derrière elle. Malgré elle, Alexia tourna les yeux vers Jamie et lut dans les siens l'émotion et la peine. Elle eut envie de le consoler, de chasser le chagrin qui le dévastait.

— Alexia...

Elle respira profondément et surmonta la faiblesse qui menaçait de l'envahir.

— Oui, milord ?

— Je crois que nous devrions parler.

— Je n'ai rien à te dire.

— Ce n'est pas mon avis.

— C'est le mien, milord.

— Nom d'un chien, est-ce que tu vas cesser ?

— Cesser quoi, milord ?

— Tes milord par-ci ! Milord par-là ! Arrête ce jeu ridicule ! Tu as été assez claire. Je reconnais que j'ai peut-être eu tort de...

— Peut-être ! ?

— D'accord. J'ai eu tort. Je me suis trompé. J'ai été aveugle, arrogant, lamentable. Que veux-tu de plus ? Tu m'as même donné un coup de couteau ! Seigneur, cela ne te suffit pas ?

Il semblait complètement désemparé et cependant animé d'un vague espoir. Alexia sentit sa gorge se serrer à l'idée du nouveau coup qu'elle allait lui infliger, mais néanmoins elle répondit :

— Rien de ce que tu pourras dire n'effacera ce que tu as fait.

Elle se dirigea vers la porte de la chambre et, avant de l'ouvrir, elle lui donna le coup de grâce.

— Je pars pour Thirlwall dans deux jours.

— Alexia ! Tu ne vas pas...

— Je te quitte, Jamie. Je ne reviendrai pas.

Et elle disparut. Figé sur place, effaré, blanc comme un linge, il regarda la porte qu'elle venait de refermer entre eux. Une part de lui-même avait envie de la défoncer, cette porte, de prendre Alexia dans ses bras et de la couvrir de baisers pour qu'elle entende raison. L'autre pensait qu'il valait sans doute mieux que cela finisse ainsi. À quoi bon éprouver tant de plaisir à faire l'amour ensemble quand ils étaient capables de se déchirer de la sorte ? Il l'avait profondément blessée, certes, mais Dieu du ciel, il avait reconnu son erreur ! Elle ne pouvait lui accorder son pardon ? Soit. De toute façon, il ne l'obligerait pas à rester contre sa volonté.

Alexia l'entendit s'éloigner d'un pas lourd. Elle s'écarta de la porte contre laquelle elle était restée appuyée avec l'espoir qu'il la suivrait, tenterait de la retenir, même si elle s'efforçait de se persuader que cela n'aurait rien changé. Jamie était trop fier pour se jeter à ses pieds et la supplier de rester.

Il la laisserait partir.

La femme remplit à nouveau la tasse ébréchée de son infecte potion. Elle la posa devant Alexia et s'assit en face d'elle. La jeune femme but une gorgée en grimaçant.

— Je m'attendais à ce que vous, au moins, vous me compreniez.

— Je comprends que vous aimez lord Maxwell bien que vous vouliez le quitter, répondit Katherine.

— Il ne mérite plus mon amour, s'obstina Alexia.

— C'est ce que vous dites, mais votre cœur n'est pas d'accord. Votre visage s'adoucit à la simple mention de son nom.

La main d'Alexia se crispa sur la table. Émue, Katherine faillit la prendre dans la sienne, mais elle n'en fit rien et se leva d'un bond.

— Quelle naïveté ! Vous croyiez peut-être que jamais il ne vous décevrait ? Que jamais il ne vous blesserait ?

Il n'est qu'un homme, non ? Avec toutes ses faiblesses. Fier, arrogant, obstiné...

— S'il m'avait fait confiance...

— Il me semble, à moi, qu'il vous faisait beaucoup trop confiance, au contraire. La plupart des hommes pensent que les femmes n'ont aucune jugeote. Elles ne sont pour eux que des objets de plaisir. Lord Maxwell, au contraire, vous a tout de suite laissé des responsabilités, celles de châtelaine, par exemple. C'est vrai, il a voulu vous tester. Mais au moins, il ne vous croyait pas inconsciente au point de vous jeter dans une bataille sous prétexte que vous l'aviez cru, lui, assez idiot pour le faire.

Alexia rougit.

— Vu sous cet angle...

— Je vais vous dire autre chose, poursuivit Katherine en se détournant pour que la jeune femme ne voie pas la lueur amusée qui brillait dans ses yeux. Quel genre d'épouse êtes-vous pour courir vous réfugier chez votre père à la première difficulté ?

Un soupir sonore échappa à Alexia.

– Oh, Katherine, je crains que vous n'ayez raison mais il est trop tard. Les mots ont été prononcés. Il est trop fier pour me reprendre maintenant; et moi pour le lui demander.

— Ah, la fierté ! Quand je pense à ce qu'elle m'a coûté...

Alexia se leva pour partir. Elle était déjà à cheval quand la femme la rappela.

— Il y a une chose que j'ai failli oublier de vous dire. Lady Elspeth est enceinte. Elle est venue me voir il n'y a pas une heure pour me demander une potion pour se débarrasser de l'enfant.

— Vous ne lui avez pas...

— Non. Mais elle est désespérée. Je vous le dis car elle pourrait se faire du mal.

Alexia hocha la tête, soucieuse. Ses propres soucis l'avaient tellement accaparée qu'elle n'avait pas songé à ce que l'échec de Robin pouvait signifier pour Elspeth. Pauvre Elspeth... On n'avait aucune nouvelle du père de son enfant. Le destin s'acharnait contre eux.

Tous les lundis, lord Maxwell rencontrait les régisseurs de ses domaines pour faire le point. Il s'enfermait ensuite dans son bureau pour s'occuper des innombrables papiers traitant de problèmes que le sénéchal ne pouvait résoudre. Ce n'était pas la partie de ses attributions qu'il préférait.

Ce matin-là, il était penché sur un rapport concernant la castration d'une soixantaine de bêtes, à Lochmaben, quand la porte s'ouvrit.

Il ne releva pas la tête, certain qu'il s'agissait du sénéchal qu'il avait fait mander.

Un couteau fendit l'air et se planta dans le dossier ouvert devant lui. Jamie posa ses mains de part et d'autre des feuillets. Il leva la tête, et son regard tomba sur la pointe d'une épée et des yeux qui le fixaient, des yeux d'un vert identique aux siens.

— Prends-le, dit Robin Maxwell en montrant le couteau de la pointe de son épée.

20

Un peu plus tôt, ce matin-là, Big Jock vint prévenir Alexia qu'une pouliche avait des difficultés à mettre bas. Elle partit aussitôt à la recherche de Jamie.

Elle commença par les écuries mais il ne s'y trouvait pas. En revanche, le poulain avait fini par naître. Elle allait ressortir quand elle aperçut une tignasse rousse, dans une stalle du fond.

Elle revint sur ses pas. C'était Dick. Il semblait particulièrement morose et Alexia se demanda si sa mère lui manquait. Elle était partie pour la France quelques jours plus tôt. Annor et Dick n'avaient jamais semblé particulièrement proches mais le jeune homme avait déjà perdu son père. Il s'efforçait de se comporter comme un grand mais il n'était qu'un petit garçon.

— Bonjour, Dick, lança-t-elle en souriant.

— Bonjour, maugréa-t-il.

Alexia s'installa à califourchon sur un porte-selle.

— Malcolm m'a dit que vous aviez été élu roi, à la fête du 1er mai, hier. J'aurais voulu être là pour voir ça.

Elle avait toujours adoré cette fête avec ses chants et ses danses. Avant que le soir tombe, les jeunes s'égaillaient dans la forêt pour composer un bouquet de fleurs printanières, de branchages et d'aubépine.

— Quand j'étais enfant, je rêvais d'être la reine du 1er mai, mais je n'ai jamais été choisie. Votre règne a-t-il été profitable ?

— Oui, très, répondit-il en rougissant.

Alexia se demanda si elle n'avait pas touché le point sensible. Plus d'un jeune avait perdu sa vertu, la nuit de la fête de mai. Peut-être l'expérience n'avait-elle pas été à la hauteur de ses espérances ?

— Je voudrais ne pas être si vieux ! s'exclama-t-il soudain.

— Vous ne pouvez rester enfant toute votre vie, Dick.

— Vous ne comprenez pas. Jamie a décidé de m'envoyer à l'université de Stirling maintenant que j'ai quatorze ans. Je devrai y rester pendant deux années entières ! Je ne veux pas y aller.

C'était donc cela. Alexia réprima un sourire. La plupart des cursus duraient sept ans. Deux ans étaient un minimum, pour un fils de famille.

— Vous serez entouré de jeunes de votre âge, lui fit-elle remarquer. Vous vous amuserez beaucoup plus que vous ne le pensez. Combats de coqs, jeux de toutes sortes, vous aurez l'embarras du choix.

— Ah ? Mais Malcolm dit que notre tuteur nous fouette si nous ne respectons pas les règles, ou si nous ne faisons pas nos devoirs. C'est dommage que vous ne puissiez venir avec moi. De toute façon, ils n'acceptent pas les filles.

— Je n'y serais pas allée, Dick.

— Vous allez me manquer, Alexia. Mais je vous verrai quand je rentrerai, de temps en temps.

— Je ne serai peut-être plus là, vous savez.

— Seigneur, ne dites pas ça ! Cela porte malheur. Bon, ajouta-t-il en s'étirant. Je vais voir Malcolm pour qu'il m'aide à choisir ce que j'emporte.

Un peu revigoré, Dick s'éloigna. Alexia sauta du porte-selle et le suivit.

— Vous ne savez pas où je pourrais trouver Jamie par hasard ?

Il réfléchit un instant puis claqua des doigts.

— Si ! Il est dans son bureau. Mais à votre place, je n'irais pas le déranger. Il s'occupe de la paperasse et cela le met toujours d'une humeur noire. Il va vous passer à la moulinette !

— Prends ce couteau, répéta Robin.

Le bras qui tenait l'épée commençait à trembler et sa main se crispa sur le manche. Il serra les dents. Un bandage souillé de sang lui entourait la cuisse. Il avait été blessé par un coup de lance.

— Et si je refuse ? demanda Jamie.

— Tu es donc un lâche ?

— Tu sais bien que non. Je ne veux pas me battre contre toi, Robin.

— Dans ce cas, je vais te passer mon épée à travers le corps. Tu mourras ici même, sur ton gros trône de lord, dans ton château pourri. Le huitième lord de Maxwell sera enterré dans la crypte et je serai le neuvième. Je les ai entendus parler avant de m'évader. C'est toi qui as trahi nos plans en prévenant le roi.

Jamie ne répondit pas. Les mains toujours posées de part et d'autre du couteau, il ne quittait pas Robin des yeux.

— Bon sang ! Que faut-il faire pour que tu te battes ?

La porte s'ouvrit derrière lui.

Il fit volte-face et se mit en garde instinctivement. Quand il vit Alexia, il hésita, puis la prit par le bras et la tira brutalement dans la pièce. Alexia lui saisit l'avant-bras à son tour, glissa un pied derrière sa jambe blessée et lui donna un coup de hanche. Il perdit l'équilibre et s'étala par terre comme une crêpe. L'épée lui échappa. En un éclair, Alexia se baissa et la récupéra.

Jamie avait bondi de son siège, le couteau dans la main, mais il s'arrêta net. Il regarda Alexia, les yeux pétillant d'amusement, puis il se souvint qu'elle le quittait et il se rembrunit.

— Seigneur Dieu, Jamie ! jeta Robin en s'appuyant sur un coude. C'est contre nature d'apprendre à une femme des prises pareilles. Elle s'y prend de la même manière, pour te renverser sur le lit, le soir ?

Jamie éclata de rire.

— Ce n'est pas drôle, intervint Alexia. Il allait te tuer.

— Non, dit Jamie.

— Si, j'allais te tuer, rectifia Robin.

Alexia lui appuya la pointe de l'épée contre la gorge.

— Vous êtes un ingrat, un voyou et un lâche. Vous alliez tuer l'homme qui vous a fait évader ?

Robin regarda son frère en haussant les sourcils.

— Non, c'est vrai ? fit-il. Quel sentimental, ce Jamie ! Je suppose que je devrais te remercier ? Ils ont commencé à en pendre quelques-uns. Et moi qui croyais que j'avais une sacrée chance, quand je me suis rendu compte que les cordes qui liaient mes poignets n'étaient pas serrées comme elles auraient dû l'être.

Il s'assit.

— Bon, et maintenant ? Le roi ne risque pas de se douter de quelque chose, non ? Il va peut-être arriver d'un moment à l'autre ?

— Ton nom figurera sur la liste des pendus.

— Ah... tu as toujours été très intelligent, Jamie. Sentimental mais intelligent. Il ne me reste plus qu'à disparaître, n'est-ce pas ?

— Si tu tiens à la vie... répondit Jamie en jetant le couteau sur la table. Mère est déjà en route pour la France. Je te suggère de la rejoindre. Je pense que le climat... vous conviendra mieux. Tu es plus solide et courageux que sensé. Si Alexia voulait bien te rendre ton épée, tu pourrais prendre la route tout de suite.

Robin dévisagea son frère.

— Tu ne m'en veux donc pas ? Je t'aurais tout pris, même la vie, s'il l'avait fallu. Je convoitais absolument tout ce que tu possèdes. Caerlaverock, Threave, ton titre... tout, sauf elle, ajouta-t-il en désignant Alexia d'un geste. Tu peux la garder.

Un petit sourire glacial et cruel passa sur les lèvres de Jamie.

— Si tu crois que je ne t'en veux pas, tu te trompes lourdement. J'essaie simplement de ne pas verser le sang de mes frères dans la mesure où je peux l'éviter. Mais si jamais tu remettais les pieds ici, Robin, si jamais tu revenais t'immiscer dans ma vie, je te tuerais sans hésiter.

Les deux frères s'affrontèrent du regard et Robin comprit que Jamie ne mentait pas. Pour une raison qui lui échappait, il l'avait épargné une fois mais il ne l'épargnerait pas une seconde fois.

Robin baissa la tête puis se releva péniblement, ménageant sa jambe blessée. Il tendit une main à Alexia. Elle lui rendit l'épée.

— Eh bien, puisque tu penses que le climat de la France me conviendra mieux que celui de l'Écosse...

Jovial, Robin adressa à son frère un salut ironique.

— Emmenez Elspeth avec vous, dit Alexia.

Deux paires d'yeux verts se tournèrent vers elle. L'espace d'un instant, une lueur d'espoir brilla dans le regard de Robin mais il secoua la tête.

— Non, c'est impossible.

— Vous la laissez ici alors qu'elle porte votre enfant et encourra la disgrâce ?

— Mon... ?

Il la dévisagea en silence, stupéfait.

Alexia opina. Elle devinait aisément les pensées qu'il remuait. Pour une femme, suivre une armée était une existence difficile mais nombre de mercenaires avaient fait fortune sur les champs de bataille en Europe et

Elspeth avait de l'argent. S'il parvenait à faire taire son orgueil...

— Donnez-lui au moins le choix, ajouta doucement Alexia. Elle pourrait vous surprendre...

Robin déglutit avec peine. Puis avec un dernier regard, un regard éperdu, il sortit. Alexia remarqua qu'il ne descendait pas l'escalier mais qu'il montait vers la chambre d'Elspeth.

Elle se tourna vers Jamie. Il semblait impassible mais un petit muscle qui tressautait sur sa joue indiquait qu'il luttait contre des émotions intenses.

— Je suppose qu'il ne t'est même pas venu à l'esprit que je pouvais avoir mon mot à dire. Ne serais-je donc plus maître chez moi ? jeta-t-il froidement.

— Maître ? Elspeth est un être humain, pas une esclave dont tu peux disposer à ta guise !

Alexia se mordit la lèvre. Elle comptait lui parler pour tenter de contourner les obstacles qui s'étaient dressés entre eux et voilà qu'elle cédait à la colère et qu'elle gâchait tout.

Il s'assit sur le coin du bureau, prit le couteau et le fit passer d'une main à l'autre. Ses cheveux blonds brillaient comme de l'or dans le rayon de soleil qui entrait par la fenêtre. Il avait baissé les yeux mais elle devinait qu'ils étaient sombres, tourmentés.

Elle regarda ses mains racées, ses mains qui l'avaient caressée comme il touchait le luth, avec art, tendresse et passion.

Seigneur, songea-t-elle. Comment ai-je pu penser que je pouvais le quitter ? Comment pourrais-je vivre sans lui ?

— Je n'avais pas l'intention de m'immiscer dans tes affaires. J'ai appris ce qu'il y avait entre Elspeth et Robin par hasard. Mais ils s'aiment vraiment, et je crois qu'il faut leur donner une chance de vivre ensemble.

— Tu me surprends, Alexia. Il semble que tu sois dans tous les petits secrets de Caerlaverock. Tu vas nous manquer, quand tu seras partie.

Il leva la tête et plongea son regard dans le sien, mais elle n'y vit que de la courtoisie.

— À propos, quand pars-tu ?

Une boule lui obstruait la gorge et elle bredouilla :

— Je... euh... vendredi peut-être ? Je n'ai pas encore décidé.

Il posa le couteau, contourna le bureau, s'assit et se plongea dans le dossier ouvert devant lui.

— Préviens-moi dès que tu auras arrêté une date. Je dois m'occuper de ton escorte.

Quand il releva la tête, Alexia n'était plus là. Il passa une main dans ses cheveux, puis s'emparant du couteau, il le lança avec rage contre le mur.

Alexia traversa lentement la grande salle vide. De la poussière dansait dans les rayons de soleil qui illuminaient la pièce. Les meubles bien cirés brillaient et le tapis de table aux couleurs vives apportait une note de gaieté à l'ensemble. La salière en forme de voilier était posée devant le fauteuil du seigneur.

Elle monta sur l'estrade, s'approcha du trône et caressa le faucon sculpté dans le bois. Elle se souvint de la fierté qu'elle avait éprouvée le jour où Jamie s'y était assis en tant que lord de Maxwell. Comme elle avait été naïve de croire que cet amour pouvait durer toujours !

À présent, ils n'auraient pas d'enfant. Ainsi qu'on le leur avait prédit, leur mariage se soldait par un échec. Ils avaient cru innocemment que l'amour pouvait effacer trois siècles de haine entre deux clans ennemis.

Elle souleva le tapis de table et regarda le nom finement gravé dans le bois. *Vous ne serez jamais des nôtres*, lui avait dit Annor. Elle ne s'était pas trompée, mais Alexia avait été l'artisan de sa propre infortune.

Un bruit de pas attira son attention. Jamie venait d'entrer dans la pièce. Il marcha vers elle, ses cheveux blonds ondulant autour de son visage.

Il s'arrêta au bord de l'estrade.

— Tu ne partiras pas pour Thirlwall vendredi.

Alexia releva le menton.

— Pourquoi pas ?

Il la saisit à la taille, la souleva du sol et la posa devant lui avant de s'emparer farouchement de ses lèvres. Elle voulut le repousser mais ses bras la trahirent. Ils s'enroulèrent autour du cou de Jamie. Dans la fureur de ce baiser, elle devina les sentiments contraires qui s'agitaient en lui, la fierté contre le désir. Quand il la lâcha, elle dut se retenir au bord de la table pour ne pas chanceler.

Il haletait. Ses yeux étaient si sombres qu'ils semblaient presque noirs. Il la dévora du regard, et elle eut l'impression d'être nue devant lui.

— Pourquoi pas ? répéta-t-elle dans un souffle.

Incertaine, à présent. De sa question comme de la réponse.

Il la lâcha et s'éloigna. Elle s'apprêtait à s'élancer derrière lui lorsqu'il se retourna d'une pièce et revint sur ses pas. Il la prit aux épaules et se mit à la secouer.

— Parce que tu es ma femme ! Et une femme appartient à son mari, à son château et à son pays !

— Tu m'interdis de partir ? demanda-t-elle calmement.

— Oui !

Il s'interrompit, sembla chercher son souffle avant d'ajouter :

— Oui, Dieu Tout-Puissant, je te l'interdis.

Alexia baissa la tête avec docilité.

— Très bien. Puisque tu insistes...

Les mains de Jamie lâchèrent ses épaules, encerclèrent son cou. Du bout des pouces, il lui releva le menton et posa ses lèvres sur les siennes. Ils s'abîmèrent dans un nouveau baiser qu'il interrompit pour la scruter d'un air soupçonneux.

— Cela ne te ressemble pas de capituler aussi facilement. Tu m'as habitué à mener des batailles pour des choses beaucoup moins importantes.

— Je te trouve bien ingrat. J'ai toujours essayé d'être une femme obéissante.

Elle ignora son exclamation ironique et continua :

— De toute façon, il y a ce marché que nous avons conclu, concernant nos deux fils...

— C'est autre chose, l'interrompit-il en laissant courir ses doigts sur son décolleté. Je ne veux plus en entendre parler. Si tu crois que cette perspective d'avoir deux fils suffirait à me satisfaire...

— Je te rappelle que c'était ton idée ! l'interrompit-elle en le repoussant.

Il ricana.

— Non. Il aurait fallu que je perde la tête pour y croire vraiment.

Il captura ses poignets et les bloqua derrière son dos de façon à la plaquer de nouveau contre lui, sans barrière aucune. Elle fit mine de se dégager et ses mouvements contre son ventre obtinrent l'effet recherché.

— Je ne trouve pas cette idée si insensée, murmura-t-elle contre son cou. Pense à la joie que nous aurions à les faire.

Un sourire se dessina sur les lèvres de Jamie.

— Mmm... Rien ne nous oblige à nous arrêter à deux, dit-il en la pressant contre lui, la palpant sur toutes les coutures, comme pour s'assurer qu'elle était bel et bien là, dans ses bras.

Mais s'il ne la lâchait pas tout de suite, il allait lui faire l'amour sur-le-champ, à même le sol de la grande salle. Il desserra son étreinte à regret mais garda ses mains dans les siennes.

Alexia soupira et se laissa aller contre lui.

— Je me suis conduite comme une idiote. Depuis que nous nous sommes mariés, je n'ai cessé de te rendre la vie impossible, de te donner... toutes les raisons de me haïr.

Il sourit, et porta ses mains à ses lèvres.

— Je dois être un peu bizarre parce que je suis toujours fou amoureux de toi.

Il s'écarta légèrement pour la regarder, de sorte qu'elle puisse lire dans ses yeux la profondeur de sa passion. Il faut que je lui demande, se dit-il. Il faut que je lui demande si elle m'aime. Je veux l'entendre prononcer les mots. Alors seulement je m'autoriserai à la croire.

— Alexia...

Une explosion déchira le silence. La salière vola en morceaux.

Un éclat d'argent massif se planta dans la cuisse de Jamie, un autre projectile le toucha à l'épaule, le faisant tournoyer sur lui-même. La force de l'impact le précipita par terre, sur son flanc blessé, et il sentit le craquement d'un os qui se brisait. Alexia s'était écartée d'un bond. S'ils étaient restés sur l'estrade, les morceaux de salière, transformés en lames tranchantes, les auraient tués.

Quand elle ôta ses mains, qu'elle avait plaquées sur sa bouche pour étouffer ses hurlements, son visage était maculé de sang. Le coup de feu résonna longtemps sous la voûte du plafond de la grande salle. Un silence terrible suivit.

Jamie entendit la porte du réduit s'ouvrir derrière eux. Il vit les yeux d'Alexia s'écarquiller de frayeur et il se souvint soudain du coffret de Malcolm. Il y avait *deux* pistolets.

Il essaya de se redresser mais une douleur terrible lui vrilla le corps. Jamais il n'atteindrait Alexia à temps, car la personne qui avait tiré une première fois était en train de la viser avec le deuxième pistolet, c'était certain. Elle allait appuyer sur la détente...

— Ne bougez pas, lord Maxwell, lança une voix tremblante. À moins que vous ne vouliez vous abîmer un peu plus pour rejoindre votre femme.

— *Evie !* cria Alexia.

Il y eut un bruissement d'étoffe puis la jeune fille se dressa devant eux, petite et mince, son masque blanc sur le visage. Bien que le pistolet semblât trop lourd dans ses mains délicates, elle le pointait droit sur le cœur de sa sœur.

Evie rit doucement, son souffle soulevant légèrement le masque qui cachait ses lèvres.

— Regarde tes mains, Alexia. Tu pourrais tout de même prendre soin de tes mains, non ?

Alexia baissa les yeux sur ses mains lacérées de coupures sanglantes. Elle frissonna et croisa les bras autour d'elle.

— Evie, pourquoi, Seigneur...

— Demande à ton mari. Il sait pourquoi, lui. N'est-ce pas, lord Maxwell ? Vous commencez à comprendre ? Vous aviez des soupçons, c'est pourquoi vous la faisiez protéger nuit et jour. J'ai pourtant fait preuve d'imagination, multipliant les accidents, mais chaque fois il y avait quelqu'un dans l'ombre, qui veillait. Dites-lui pourquoi.

— Je ne sais pas pourquoi, répondit Jamie.

Elle tira le chien du second pistolet. Jamie se dit que s'il arrivait à se jeter dans ses jambes et à la faire tomber, elle n'aurait peut-être pas le temps d'appuyer sur la détente. Il voulut se tourner pour faire passer le poids de son corps sur sa jambe valide, mais ce simple mouvement lui causa une douleur atroce. Son épaule brisée le torturait. La sueur perla à son front.

— Mais si vous savez, insista Evie. J'aurais pu être très belle si elle ne m'avait pas fait ça. J'aurais été une épouse exemplaire, ne prétendez pas le contraire. Je ne vous aurais jamais donné la moindre raison d'être en colère contre moi. Je vous aurais satisfait à tout point de vue. Vous ne pouvez même pas imaginer à quel point je vous aurais comblé. Oh, lord Maxwell, si vous pouviez seulement vous représenter celle que j'aurais dû être, vous l'oublieriez immédiatement.

— Evie, commença Jamie.

Il voulait qu'elle le regarde, qu'elle détourne le pistolet d'Alexia et le pointe sur lui.

La porte du réduit s'ouvrit à cet instant, et alla claquer contre le mur. Evie fit volte-face.

Malcolm se jeta sur elle. S'il n'avait été handicapé, il aurait pu lui arracher le pistolet des mains. Mais il trébucha sur le carrelage, ce qui le ralentit dans son mouvement. Evie eut le temps de pointer le canon vers sa poitrine et de tirer. Malcolm fut arrêté net dans son élan. L'incrédulité se peignit sur ses traits et il se laissa lentement glisser par terre.

Evie émit un grognement féroce, comme un animal pris au piège. Elle jeta le pistolet, et s'élança vers sa sœur, toutes griffes dehors.

Jamie tendit un bras et lui saisit la cheville. Evie

s'étala lourdement sur lui, sur son épaule cassée. La douleur lui coupa le souffle mais il ne s'en défendit pas moins car la jeune femme avait retourné sa fureur contre lui et le martelait de ses poings. Dans la bataille, le masque d'Evie fut subitement arraché.

Jamie resta figé d'effroi devant le visage défiguré. Un spectacle insoutenable qui lui arracha une grimace de répulsion.

— Nooon ! hurla Evie en se relevant d'un bond.

Ne pouvant supporter d'avoir suscité une telle horreur dans le regard de Jamie, elle s'enfuit en courant.

Malcolm tenta de se lever, mais sentant que cela lui serait impossible, il renonça et posa sa tête sur les genoux d'Alexia qui s'était précipitée à ses côtés dès qu'il s'était écroulé. Il s'étonna de les trouver tellement confortables, la jeune femme étant si mince. Il avait sommeil.

Au cours du bref effort qu'il avait fait pour s'asseoir, il s'était rendu compte qu'un énorme trou béait dans sa poitrine. Une blessure sans doute fatale. Il ne souffrait pas. Il espérait que ce n'était pas mauvais signe.

Il leva une main pour caresser la joue d'Alexia et s'étonna que son bras fût si lourd.

— Vous pleurez, dit-il. Je ne vous avais jamais vue pleurer.

— Malcolm...

Il tourna la tête. Son frère faisait des efforts surhumains pour s'agenouiller près de lui. Il semblait en plus mauvais état encore.

— Espèce d'idiot ! dit Jamie d'une voix rauque.

Malcolm essaya de sourire.

— Je croyais qu'elle me raterait. Satanée Carleton... !

Un bruit retentit dans l'escalier. Suivi d'un groupe d'hommes armés, Big Jock fit irruption dans la grande salle une hache à la main. Il s'arrêta net en découvrant le carnage.

— Seigneur ! Qu'est-il arrivé ?

— Jock, allez chercher la femme des marais, dit Alexia d'une voix claire malgré les larmes qui continuaient de couler sur ses joues. Dites-lui qu'elle prenne le nécessaire pour ôter une balle de la poitrine d'un homme.

— Oui, milady, répondit Big Jock en faisant volte-face.

— Le nécessaire... ? répéta Malcolm, un filet de sang au coin de la bouche. Jamie, ne la laisse pas me...

— Chut, l'interrompit Jamie. Ça va aller, ajouta-t-il en dégageant les cheveux du front de son frère.

Malcolm s'évanouit.

Jamie leva les yeux et regarda Alexia.

— Il ne mourra pas, dit-elle. Non, il ne mourra pas.

On emporta Malcolm dans le lit le plus confortable du château, celui du seigneur. Alexia s'installa à son chevet jusqu'à l'arrivée de Katherine, impressionnante dans ses vêtements noirs.

— Laissez-nous, ordonna-t-elle à Alexia. Vous ne me serez d'aucune utilité ici.

— Mais...

— Allez auprès de votre seigneur. Il a besoin de vous lui aussi.

Jamie était assis dans un fauteuil du salon de leur appartement. Son épaule et sa cuisse étaient bandées. Le feu qui crépitait dans l'âtre faisait danser des ombres sur son visage. La douleur avait creusé des cernes profonds sous ses yeux et il était très pâle.

Alexia s'agenouilla près de lui. Il posa une main sur sa nuque.

— Pourquoi a-t-elle fait ça ? lui demanda-t-elle. Elle a dit que tu savais, que tu te doutais...

— Je savais seulement que des choses t'arrivaient, des choses qui ressemblaient à des accidents mais qui n'en étaient pas. J'avais chargé Malcolm et Big Jock de veiller sur toi en mon absence. C'est Malcolm qui se méfiait de ta sœur. Je pense qu'il la comprenait mieux que personne car elle représentait ce qu'il aurait pu devenir s'il s'était laissé submerger par l'amertume.

Alexia éprouva alors avec une force qu'elle n'avait encore jamais sentie le poids des remords qui la rongeaient depuis toujours.

— Comme elle doit me haïr, pour souhaiter ma mort...

D'une pression des doigts sous son menton, il l'obligea à le regarder.

— Tu ne dois pas te charger de ce nouveau fardeau. Tu ne dois pas te sentir coupable. Je crois qu'elle n'a vraiment voulu ta mort qu'à la fin. Les accidents étaient davantage censés t'effrayer, t'éloigner de Caerlaverock. Et de moi, je suppose. Elle les provoquait puis se retirait et attendait de voir ce qui en découlerait.

— L'un de ces « accidents » a tué notre fille.

— Je m'en voudrai toujours, répondit-il d'une voix altérée. Si seulement j'avais compris plus tôt... Mais c'est seulement lors de cet épisode avec le mastiff de ma mère que j'ai fait le rapprochement avec les autres mésaventures qui t'étaient arrivées.

— Le vin... j'aurais dû t'en parler...

— Quoi ?

— Oh, peu importe...

Elle détourna la tête et il plongea ses doigts dans ses

cheveux, sachant très bien ce qu'elle allait lui dire. Il ne s'étonna pas de voir la colère dans ses yeux quand elle se retourna.

— Pourquoi as-tu gardé le silence ? Je l'aurais renvoyée chez mon père. Il se serait occupé d'elle, elle aurait recouvré ses esprits. Pourquoi ne m'as-tu jamais parlé de tes soupçons ?

— Alexia, mon amour... réfléchis. Tu m'aurais cru ?

— Non, tu as raison, avoua-t-elle au bout d'un moment. C'est ma sœur. Jamais je ne l'aurais crue malade à ce point. Cela n'aurait fait que... aggraver ma culpabilité à son égard.

— Je sais, murmura-t-il.

Si seulement il avait pu la décharger de ce poids terrible du remords...

— Au début, j'ai soupçonné ta famille d'être derrière tout cela. Ensuite, j'ai essayé d'oublier car je me suis mise à aimer tes frères. Du moins, Malcolm et les deux plus jeunes. Nous ne nous sommes jamais beaucoup appréciés, Robin et moi, mais au moins, je le comprenais. S'il avait voulu me faire du mal, il n'y serait pas allé par quatre chemins, ajouta-t-elle avec un sourire triste. Il aurait employé un couteau, une épée. Même ta mère... aurait utilisé un moyen radical. Tu sais que c'est elle qui m'a aidée à surmonter la mort de notre fille ? Elle n'est pas profondément égoïste, Jamie. Il y a une part de tendresse en elle.

À la mention de sa mère, Jamie s'était raidi.

— Je suis heureux que tu le penses, mais quant à moi, le jour où j'ai compris que je ne pourrais jamais lui plaire sans devenir quelqu'un que j'aurais méprisé, j'ai cessé de me préoccuper d'elle et de ce qu'elle pensait de moi.

On frappa doucement à la porte. Big Jock passa la tête dans l'entrebâillement avant d'entrer.

— Nous n'avons pas trouvé trace d'elle, milord. Nous avons fouillé les marais, toutes les rivières aux alentours de Dumfries. Elle s'est volatilisée.

— Prenez les chiens.

— Les chiens ! s'exclama Alexia en se levant d'un bond.

Elle fit un pas vers Big Jock, se tourna vers Jamie.

— Tu ne peux pas la pourchasser comme un... criminel ou un... animal.

D'un regard, Jamie ordonna à Big Jock de se retirer.

— Alexia, on ne lui fera pas de mal, tu le sais. Mais il faut la retrouver. Elle n'a pas toute sa raison. Elle pourrait se faire du mal, à elle ou à quelqu'un d'autre.

— Tu... tu me le promets ?

— Oui, je te le promets. Viens ici, murmura-t-il.

Il l'attira sur ses genoux et l'entoura de ses bras. Ses yeux verts, marqués par la tragédie qu'ils venaient de vivre, demeuraient graves, mais ils disaient aussi que quoi qu'il arrive maintenant, rien ne pourrait plus jamais les séparer.

Elle lui caressa la joue et répondit à sa question muette.

— Jamie, je t'aime tellement !

Il l'attira plus près.

— Je vais te faire mal, dit-elle. Ton épaule...

— Non, mentit-il.

Elle posa son visage contre sa poitrine et quand elle parla, il sentit son souffle contre sa peau.

— Elle t'aimait aussi. Je l'ai compris le jour de son arrivée à Caerlaverock. Elle a éprouvé pour toi la même chose que moi, la première fois où je t'ai vu. Un coup de foudre total, définitif. L'amour fou, celui qui coupe le souffle, qui laisse sans voix.

L'émotion ramena quelques couleurs sur les joues de Jamie.

— Mais tu n'avais pas plus de treize ans quand nous nous sommes rencontrés.

— Quatorze. Et c'est toi qui m'as embrassée, souviens-toi. Je peux comprendre qu'Evie ait voulu tuer par amour pour toi. Si je te surprenais dans les bras d'une autre femme, je vous transpercerais de mon épée sans hésiter.

Il rit et posa ses lèvres sur son front.

— Je ne m'y aviserais pas. Cette dernière année m'a valu assez de cicatrices comme ça !

Elle sourit et se blottit plus étroitement contre lui. Au bout d'un moment, à sa respiration régulière, il comprit qu'elle dormait.

Longtemps après, la porte donnant sur la chambre s'ouvrit, et Katherine apparut. Jamie l'interrogea du regard.

— La balle s'était logée dans une côte, annonça-t-elle. Elle n'a pas touché le poumon. Je pense qu'il survivra.

Ils regardèrent Alexia.

— Ne la réveillez pas, dit Jamie en resserrant son étreinte d'un geste protecteur.

— Mais elle doit s'inquiéter pour lui. Elle lui est très attachée.

— Je serai là quand elle se réveillera. C'est la première chose que je lui dirai.

Debout au milieu des herbes hautes du marais, elle regardait les eaux du golfe de Solway qui s'étendaient devant elle, des eaux d'un vert sombre. Celui des yeux de Jamie.

Elle enleva ses vêtements, lentement, prenant le

temps de savourer la chaleur du soleil sur sa peau. Jamais encore elle n'avait exposé son corps de cette façon. Elle aimait cette sensation, cette caresse chaude, si douce. Comme les mains d'un amant, pensa-t-elle, bien qu'elle n'ait jamais eu d'amant.

Une fois nue, elle entra dans l'eau. Ses pieds s'enfoncèrent dans le sable mouillé et elle en conçut un plaisir sensuel.

Elle prit ses seins entre ses mains, pinça doucement les petites pointes qui durcirent et renversa la tête en arrière. L'eau jouait entre ses cuisses.

— Jamie, soupira-t-elle.

Une fois immergée jusqu'à la taille, elle s'allongea et se laissa porter, bercer par les flots. Ses cheveux se déployèrent autour de sa figure et elle tendit son visage vers le ciel.

L'eau était froide. Elle frissonna et roula sur elle-même, surprise de ne plus sentir le fond sous ses pieds. Elle coula, suffoqua. Sa tête émergea à la surface mais ses cheveux l'aveuglaient. Le rivage n'était plus qu'une ligne sombre et lointaine. Elle coula de nouveau. Il faisait tellement froid...

Quelque chose s'accrocha à ses jambes, la tira vers le fond. Elle donna des coups de pied, se débattit, mais rien n'y fit. Elle voulut crier. L'eau entra dans sa bouche.

Un pêcheur la trouva peu de temps après. Il s'approcha pour la hisser dans son bateau bien qu'elle fût déjà morte. Il la prit par un bras, commença à la retourner et découvrit la moitié de son visage. À cet instant, et avant qu'il ne voie le reste, il sut que jamais il n'avait rien contemplé de plus beau.

21

— Oh, la barbe ! s'écria Alexia. J'ai sué sang et eau et je n'ai même pas fini la première manche !

Elle jeta sur le sol la chemise qu'elle s'efforçait vainement de coudre pour Jamie.

Installé à côté de son épouse, ce dernier jouait du luth. Il posa son instrument, et ramassa le vêtement avant de le déployer à la lumière de la fenêtre pour l'examiner de près. Il sourit en découvrant les faux plis et les points irréguliers.

— Il y a une femme à Dumfries qui réussit ce travail à la perfection, je te l'ai déjà dit...

— Je suis ta femme. C'est à moi de coudre tes chemises, pas à une... Qui est cette femme à Dumfries ?

Dissimulant sa gaieté, il reprit son luth et entonna une ballade amoureuse.

— Serais-tu jalouse, mon amour ?

— Ne sois pas ridicule. Elle est jolie ?

Jamie éclata de rire.

— Elle a sept petits-enfants. Si je me souviens bien, je ne t'ai pas épousée pour tes talents de couturière. C'est en maniant l'épée que tu m'as séduit.

Alexia se leva et se posta devant lui. Il enfouit son visage entre ses seins.

Elle lui embrassa le front.

— J'en ai terminé avec les épées et les arcs. Maintenant que le roi a fait de toi un comte, tu es devenu tellement fier que je suis obligée de travailler dur pour être une femme à la hauteur.

— Ah, ah, voilà qui explique cet intérêt soudain pour les tâches domestiques. Non, c'est toi, lady Alexia Maxwell, comtesse de Morton, qui te glorifies tellement de ce titre que je vais bientôt devoir t'emmener à Stirling pour que tu parades à la cour.

— Bon, en vérité, je voulais te dire que...

— Je plaisante, Alexia.

— Que si tu veux que nous allions à Stirling, mieux vaudrait ne pas attendre que je ne puisse plus voyager.

Il s'apprêtait à lui baiser la main quand il s'arrêta net.

— Es-tu en train de me dire que...

— Oui, dit-elle en l'embrassant bruyamment. Nous avons huit mois à attendre. Ce sera un garçon et nous l'appellerons Thomas, comme son grand-père.

Avec un rire de bonheur, il l'attira sur ses genoux pour l'embrasser. Elle lui rendit son baiser avec ardeur et il glissa une main dans son corsage, heureux de constater qu'elle ne portait ni dessous ni corset. Rien ne faisait barrière à ses doigts possessifs. Il dénoua les lacets, dénuda ses seins et referma ses mains sur leur douce rondeur. Il pinça délicatement les tétons roses qui durcirent aussitôt. La respiration d'Alexia s'altéra. Elle renversa la tête en arrière pour offrir sa gorge à ses lèvres.

Il soupira, lui embrassa l'oreille.

— Alexia, Alexia... je t'aime.

Durant les semaines qui venaient de s'écouler, il avait connu un bonheur serein, une félicité qu'il n'aurait pas crue possible. Ils étaient vraiment faits l'un pour l'autre. Également fiers et volontaires. Une combinaison explosive que seul l'amour pouvait apaiser. Le manque de confiance qui avait failli les séparer n'existait plus. Et le bébé qui allait naître scellerait leur union. Alexia n'était pas femme à lui répéter qu'elle l'aimait mais il ne doutait plus de ses sentiments. Lui-même prenait un grand plaisir à imaginer mille et une manières de lui manifester son amour. Ils vieilliraient ensemble ici, à Caerlaverock, et leurs nombreux enfants et petits-enfants peupleraient l'immense château.

— Alexia... murmura-t-il en prenant son visage dans ses mains, captant son regard et s'en abreuvant.

Une grande douceur se peignit sur les traits de la jeune femme, elle frémit légèrement, comme l'oisillon qu'il avait recueilli, jadis, quand il n'était encore qu'un petit garçon.

— Oui... répondit-elle dans un souffle. Oui...

Il se leva, la souleva dans ses bras et l'emporta jusqu'au grand lit où il la débarrassa tendrement de sa robe. Il étala autour d'elle ses longs cheveux et s'écarta un peu pour l'admirer. Un rayon de soleil éclairait son corps mince, colorant sa peau d'une teinte mordorée. Ses yeux d'ambre suivirent le moindre de ses mouvements quand il se dévêtit à son tour. Le désir, aussi puissant que le sien, leur donnait un éclat particulier. Elle lui ouvrit les bras, et il s'allongea sur elle.

Tandis qu'elle le dévorait de baisers, il la caressa, la respira, s'enivrant de son odeur, de sa douceur, d'elle tout entière. Ce qu'ils éprouvaient quand ils faisaient l'amour lui semblait presque divin, tant c'était fort, étourdissant, passionné.

Elle promena une main légère entre ses cuisses, l'effleurant jusqu'à ce qu'il gémisse d'impatience et que, fou de désir, il lui prenne la main et la guide vers son sexe tendu. Leurs cœurs battaient à l'unisson, à grands coups.

Pressant un sein, il en saisit la pointe de ses lèvres humides tout en glissant une main au bas de son ventre. Elle ouvrit les jambes, s'offrant à ses doigts experts. Elle se cambra sous ses caresses, gémissant de plaisir. Alors, il passa un bras sous ses reins. Elle enroula ses jambes autour de ses hanches, et l'attira en elle. Il resta immobile un instant, savourant sa chaleur moite et douce, puis il se redressa légèrement sur les coudes pour la regarder tandis qu'il commençait à aller et venir en elle.

Le feu les prit, les dévorant de ses flammes. Ondulant au même rythme, ils connurent en même temps la brûlure de l'extase. Ils en perdirent le souffle, et des larmes de plaisir leur montèrent aux yeux. Puis ils redescendirent lentement de ces sommets édéniques où ils avaient eu un aperçu de l'éternité.

Elle roula sur lui. Sa chevelure les enveloppa comme un voile. Alexia lui effleura les lèvres du bout des doigts.

— Il y a un an, jour pour jour, nous nous mariions, lui dit-elle.

Il lui mordilla le bout des doigts puis la renversa près de lui sans desserrer son étreinte.

— Nous nous sommes mariés ? Toi et moi ? C'est étrange, je ne me souviens pas d'avoir commis une telle folie. L'expérience a dû s'avérer tellement traumatisante que je l'ai oubliée.

Jamie se sourit à lui-même. Il songea à la superbe jument qu'il avait choisie pour elle, pour fêter cet anniversaire. Un pur-sang, à la ligne noble, magnifique.

Alexia s'échappa soudain de ses bras, et se dirigea d'une démarche alanguie jusqu'à un coffre de cèdre, sous la fenêtre. Jamie se redressa sur un coude pour contempler sa femme. Jamais il ne se lasserait d'admirer son corps élancé, ses longues jambes fines et le balancement de ses hanches.

Lorsqu'elle se pencha en avant, le sang de Jamie se mit à bouillir à nouveau. Ses cheveux se déployèrent devant son visage, tel un rideau aux reflets d'or noir. Elle les rejeta en arrière d'un geste impatient mais comme ils retombaient aussitôt, elle les rassembla dans une main et en fit une torsade pour qu'ils tiennent sur une épaule. Ce mouvement dévoila ses seins, et Jamie sentit son sexe durcir.

Je ferais mieux de me lever, songea-t-il avec amusement, sinon elle va m'épuiser...

— Nom d'un chien, Alexia ! Qu'est-ce que tu fabriques ? s'écria-t-il alors qu'elle se mettait à pousser l'énorme coffre. Tu es vraiment impossible...

Elle lui sourit par-dessus son épaule.

— Ce n'est pas lourd, cesse donc de ronchonner.

— Viens ici, ordonna-t-il d'un ton qui laissait entendre que si elle l'obligeait à aller la chercher, elle le regretterait.

Elle le rejoignit, tenant à la main une vieille épée ternie et rouillée par le temps. Jamie s'était agenouillé sur le lit. Elle lui offrit l'épée.

— Qu'est-ce que c'est ? demanda-t-il en la prenant.

— Une épée.

— Ça, je sais, bon sang ! Mais cette épée, d'où vient-elle ?

— Les droits de succession veulent que cette épée revienne, Jamie, lord de Maxwell.

— C'est... l'épée de mon grand-père... ?

Elle hocha la tête, les yeux pétillant de plaisir.

— J'ai écrit à mon père il y a des mois pour lui demander de me l'envoyer. Il m'a d'abord répondu que si tu la voulais, tu n'avais qu'à aller la chercher à Thirlwall. Comme il en profitait pour te traiter de voleur, de pilleur, de voyou, je me suis dit qu'il ne te proposait pas une visite amicale. J'ai dû le menacer de l'interdiction de voir son premier petit-fils pour parvenir à mes fins.

— Hum... Tu l'as grugé. Étonnant qu'il ne s'en soit pas rendu compte.

— Oh... Il attendait peut-être un prétexte pour faire la paix avec toi.

Il sortit l'épée de son étui. La lame était tachetée, usée par les ans.

— Un jour, j'étais encore un petit garçon, mon père m'a emmené dans la chapelle secrète. Il m'a fait agenouiller devant l'autel et jurer que je rapporterais cette épée en Écosse. Quelle ironie, n'est-ce pas, que ce soit par l'intermédiaire de ma femme, une Carleton, que ce vœu soit exaucé ! Si mon grand-père avait vécu assez longtemps pour me voir t'épouser et vivre ici avec toi, je crois qu'il m'aurait tué, tant sa haine pour l'Angleterre était féroce.

Alexia prit la main de Jamie, et la posa sur son ventre.

— Ton fils épousera peut-être aussi une Anglaise. Tu lui légueras cette épée pour lui rappeler que la force de l'amour peut effacer trois siècles de haine.

Jamie se mit debout, leva l'épée et s'agenouilla devant elle. Alexia le regarda avec gravité, émue par la majesté de son geste.

Il prononça alors des mots intemporels, engageant solennellement son honneur, son âme et son cœur.

— Je jure devant Dieu, créateur du ciel et de la terre, Père Tout-Puissant, moi, James, lord de Maxwell et comte de Morton, uni par les liens du mariage à dame Alexia, ma bien-aimée, que par la force de l'amour qui nous unit, et qu'à travers les peines et les joies que nous connaîtrons ensemble, nous ferons de cette terre un havre de paix pour nos enfants et les enfants de nos enfants.

Alexia croisa ses mains sur celles de Jamie qui tenaient l'épée, les joues baignées de larmes.

— Ne pleure pas, dit-il. Tu ne voudrais pas que je pleure aussi ?

— Je ne pleure pas, répondit-elle en s'essuyant la joue du revers de la main.

Il lui sourit, posa l'épée, attira sa femme dans ses bras et but à même ses joues ses larmes, symboles de joie, avant de l'embrasser avec un bonheur sans pareil. Il eut l'impression que ce baiser leur apportait enfin la rédemption, et leur ouvrait la voie sur un avenir plein d'espoir.

Quand il lâcha enfin ses lèvres, Alexia exhala un soupir heureux.

— Jamie... tu es sûr que cela ne t'ennuie pas de passer un mois ou deux à Stirling ?

— Pas si cela te fait plaisir, mon amour. Cela m'inquiète toutefois de ne pas être à Caerlaverock pendant la moisson.

— Malcolm est tout à fait capable de prendre les choses en main. Il est très doué pour diriger et veiller à nos intérêts. Tu me l'as souvent dit. Nous emmènerons Andy avec nous, bien sûr, ajouta-t-elle. Il est grand temps qu'il découvre la ville et ses usages. Il a grandi à la campagne, en toute liberté, et un soupçon de sophistication ne lui fera pas de mal. Nous en profiterons pour rendre visite à Dick, à l'université. Je voudrais voir son tuteur. Il me semble bien sévère, et je ne pense pas que mener un jeune homme à la baguette soit la meilleure manière de l'éduquer.

Jamie leva les yeux au ciel.

— Et voilà qu'elle recommence ! Je me demande pourquoi le roi m'a donné ce comté. Il aurait dû te l'offrir à toi. Tu finiras à cheval, l'épée au poing, et moi ici, au coin du feu, en train de broder et de raccommoder.

Elle releva la tête d'un air mutin.

— Quand cesseras-tu de te plaindre, Jamie Maxwell ? Tu n'aurais jamais supporté une femme effacée et docile. Tu te serais ennuyé à mourir au bout d'une semaine.

— Tu crois ?

Il embrassa le coin de ses lèvres où pointait un sourire.

— La prochaine fois que je me marierai, ce sera avec une épouse réservée, douce, sachant rester à sa place.

— Et quelle est cette place ?

Il se renversa sur le lit, l'attirant avec lui, puis il roula sur elle et l'immobilisa sous le poids de son corps.

— La sienne, je ne sais pas, dit-il d'une voix rauque. Mais la tienne est ici. Dans mes bras.

5568

Achevé d'imprimer en Italie
par GRAFICA VENETA
le 18 juillet 2010.

Dépôt légal juillet 2010.
EAN 9782290027057

ÉDITIONS J'AI LU
87, quai Panhard-et-Levassor, 75013 Paris

Diffusion France et étranger : Flammarion